青葉山 乙葉
AOBAYAMA OTOHA
雪
YUKI

CHARACTER
[HIGH!] SCHOOL HACK & SLASH
鈴成 凛子
SUZUNARI RINKO
柏木 蜜柑
KASHIWAGI MIKAN

CONTENTS

[HIGH!] SCHOOL HACK&SLASH

ハイスクール
ハックアンドスラッシュ❸

竜庭ケンジ

開幕

「ふっ、ふっ、ふっ」
周囲を山に囲まれている学園は、さながら陸の孤島だ。
早朝の空気も冷たく、朝日の訪れも遅い。
ランニングコースを走る彼、叶馬《とうま》の息も白かった。
誤解されることも多いが、私生活の叶馬は規則正しい優等生だ。
ただし、最近は少しばかり夜更かしが増えている。
早朝トレーニングもご無沙汰だった。
ランニングのペースで山道を下り、坂は全力疾走で駆け上がる。
まだ薄暗い森の中、他に人影はなかった。
目的地に到達した叶馬がフードを下ろした。
腰を落とした恰好で歩を進め、自作したトレーニング用の木人形君へと蹴りを放つ。
「ケエエエッ！」
怪鳥のような叫びが周囲に木霊する。
完全に近所迷惑であった。
山の鳥たちが飛び立ち、野犬の遠吠えも泣き声のように響いた。
ちなみに、その叫びは近隣の学生寮にも届いており、学園にも報告されていた。
そろそろ緊急討伐クエストが発行されそうになっていたりする。
「カアアアアッ！」

木肌を抉る蹴りや突きが繰り出され、木々の枝にぶら下げられた標的君も砕け散る。

安眠の破壊者となった叶馬が、全力で森の中を疾走した。

一度迷って遅刻しそうになってからは、多少の智慧を得ている。

道中の岩や木々を打ち砕きながら目印にしていた。

これならば確かに、帰還の目印をやすやすと小鳥についばまれたりはしない。

ヘンゼルとグレーテルの教訓を、暴力で解決した叶馬であった。

少しずつペース落とし、クールダウンを兼ねながら寮へと戻った。

戻った学生寮は、彼が本来所属している黒鵜荘ではない。

女子寮の麻鷺荘であった。

最初は悲鳴をあげられたりしていたが、最近はすっかり顔馴染みだ。

寝惚け眼で動き始めている女子からも、親しげに挨拶をされているくらいだ。

「おはよう。誠一《せいいち》」

叶馬と同じくらい女子寮に馴染んできた誠一が、玄関で出待ちしていた。

ジャージ姿のまま、呆れ顔で頬を掻いている。

「おはようさん。やっぱり叶馬が外に出てたか」

「ああ。どうした、何かあったのか？」

「いや……」

遠い目をした誠一が言葉を濁した。

「気にするな。朝飯でも食いに行こうぜ」

「ああ」

三日後。

討伐隊が編成されたが返り討ちにされていた。

第３０章　ジ・アンタッチャブル

「おっはよ」

「オハー」

まだ空いている席も多い朝の教室。

豊葦原《とよあしはら》学園、一年丙組で朝の挨拶が交わされる。

教室を支配していた謎の緊張感も大分和らぎ、他の教室と同じような朝の空気が流れていた。

木造建築でレトロな内装であることを除けば、ありふれたごく普通の学校の教室だ。

地下に謎の施設があったとしても、学生が学ぶ学舎であることに違いはない。

学園生徒の多くも、ごく普通な思春期の少年少女たちだ。

もうじき訪れるゴールデンウィークの過ごし方など、話題には事欠かなかった。

「おはよう」

扉を潜って教室に姿を見せた男子の挨拶に、女子のグループから明るい挨拶が返される。

はっきり言えば媚びたような、女子同士がお互いに牽制し合うような微妙な緊張感も混じっていた。

嫌みのない整ったルックスに、高身長な男子の名前は和人《かずと》。

公式には壱年丙組で最初にクラスチェンジメンバーを出したパーティのリーダーであり、規格外《イリーガル》クラスである『勇者《ブレイバー》』という物珍しさである。

一概に規格外《イリーガル》が強力なクラスであるとは言えないが、その素質には疑いようがなく、仲良くなろうと狙う者は多い。

「ヤベー、スゲー眠ぃわ」

「だから程々で寝ておけと言っただろ？」

和人の後ろで大欠伸をしたのは、同じパーティのメンバーである剛史《たけし》だ。

クラスは『戦士《ファイター》』であり、和人よりも大柄な体躯は入学前から逞しく鍛えられていた。

メンバーからはゴリラのようだと言われているが、彫りの深い顔つきは男臭いだけで不細工ではない。

「剛史は野性的ですからね。元気が余っているのでしょう」

「男はタフじゃなきゃ生きていけねぇぜ？　虎太もちったぁ鍛えておけよ」

「無理を言わないで下さいよ。向き不向きというのがあるんですから」

バイセップスのポーズを極めた剛史に、呆れたように溜息を吐いたのは虎太郎《こたろう》だ。

パーティ三人目の男子であり、クラスは『術士《マギ》』になる。

他のメンバーから比べれば線の細い、はかなげな容姿が細いフレームの眼鏡で強調されていた。

「まー、虎太はタフっつーか、ねちっこいけどな。人は見掛けによらねぇってやつだ」

「止めて下さいよ。朝っぱらから」

「まったくよ。何を朝から発情してんのかしら、この野獣ゴリラ」

男子メンバーより遅れて教室に入ってきたのは、女子メンバーの聖菜《せな》と志保《しほ》の二人だ。

聖菜は『盗賊《シーフ》』系レアクラスの『海賊《パイレーツ》』に転職したばかりだ。

ふわりとウェーブがかけられた茶髪に、胸元で主張する膨らみは同年代に比べて発育も良い。

「今日は早いじゃねえか。また遅刻すんじゃねえかと思ったぜ」

「あのねー、アンタたちの所為でしょ。ヤリっ放しの男子とは違って、女の子には身嗜みってのがあるのよ」

「聖菜ちゃん、声おっきいよ」

明け透けな台詞に初々しく頬を染めたのは志保、ルームメイトの聖菜と一緒に転職したばかりの『文官《オフィサー》』である。

スレンダーな身体にきっちりと制服を着こなし、几帳面に切り揃えられた前髪から生真面目なイメージが漂う。

実際に一年丙組では副委員長の役を務めている。

「……まったく。一回許したら調子に乗って毎日毎日、猿みたいに盛っちゃってバッカみたい」

「あに言ってんだよ。聖菜も随分と良さそうになってきたじゃねーか」

「違いますー。自意識過剰。なに言ってンだか」

「もう、声が大きいってばー。恥ずかしいよ」

「そうだな。余り大っぴらにすることでもないだろう」

視線を外した和人が、照れた仕草で口元を押さえる。

彼らのパーティの連帯感は、他パーティを組んでいる者たちと比べても良好だった。

「見せびらかすことに意味が無いとは言いませんけどね。牽制的な意味で」

「……っ」

席に座った虎太郎は、誰にも見えないポジションからするり、と志保の尻を撫でた。

シャワー室から出てきたタイミングを見計らい、和人たちと登校する僅かな合間に胎内射精を仕込み直した尻だ。

洗浄して洗い流された器の中に、自分の精を溜め込ませる。

代わるがわる入れ替わる夜間よりも、影響を受ける時間は遥かに長い。

成果は確実に二人の女子を蝕み始めていた。

「……ねー、そういえばパーティメンバー増やす話はどうなったの？」

「そうだな。聖菜と志保もクラスチェンジを済ませたし、募集してもいいかもしれないな」

「和人がそんなコト言うと、休み時間にどっと押しかけてくるわよ。タダでさえ紹介してって女の子が一杯だってのに」

「ええっ、女が増えんのかよ？」

「あのねー、和人が部長になって倶楽部を作るんでしょ？　そんなのハーレム状態になるに決まってんじゃん」

「かー、まあ、しゃあねえか。和人の野郎モテっからなぁ」

「アンタもお零れに与れるんだから、文句言わない……の」

自分から志保と並ぶように立った聖菜の尻が、ご褒美とばかりにするり、と撫でられた。

＊　＊　＊

「クッソが、見せびらかしやがって……」

「ひがまないひがまない」

「あー。マジダルネム」

栄治《えいじ》、白夜《びゃくや》、翔《しょう》の男子三人組は、教室の定位置に固まって駄弁《だべ》っていた。

男子三人組でダンジョンを攻略している彼らからすれば、教室の可愛い所を独占しようとしている和人のパーティは目ざわりでしかない。

彼らもダンジョンを順調に攻略してレベルを上げ、一年生の中でもトップグループでクラスチェンジをしている。

同学年二四学級の中では、まだ誰もクラスチェンジしていない方が多いほどだ。

それでも、同じ教室に先行した相手がいれば注目度は下がる。

どうしても出遅れた感じは否めない。

「つか、栄治ってマジ好きモン。俺しばらく女はいらねー。半日位」

休日丸ごと泥のようなセックス漬けで過ごした翔が欠伸をする。

文字通りの抱き枕にした女子の先輩に対し、わずかでも肉棒が反応するたびに挿れまくっていた。

登校前には〆のモーニングセックスまで、二人相手にきっちり済ませている。

まさに初めて自慰を覚えた猿の如き所行だ。

「ケッ。ちっとばかし面ぁイイ野郎にゃ、簡単にケツ振りやがるぜ。このクラスのメス豚どもはヨォ」

「そういう基地発言ばっかしてるから女の子が近づいてこないんだよ。栄治」

ハードに髪を逆立てた栄治が仰け反り、座った椅子の前脚をカツンカツンと鳴らした。

「……マジで？」

「重症だよ。もう手遅れだと思う。自覚すらしてなかったなんてビックリだ」

「なん、だと……」

実際には彼らを注視しているクラスメートは、男女問わず少なからず存在していた。

ダンジョンというある種の実力至上主義が支配している学園内において、能力があるというレッテルは彼らが自覚している以上に大きい。

進学校における成績優秀者、底辺校における暴力者と同じだ。

そして人間も本能的に、自分の立ち位置を求めて群れる動物である。

「クッソ、マジかよ。まあイイや。それについては後で詳しく教えろください」

「栄治には無理だと思うよ」

「ウッセ。……んで、アイツ等、どの程度に『視え』んだ？」

声を落とした栄治が、キャッキャウフフと騒がしい教室の一角に顎をしゃくる。

机に肘をつき、手で顔の半分を隠すように覆った白夜が右目を閉じる。

隠した手の指の間から、瞳孔に刻印が刻まれた左の瞳が覗いた。

ダンジョンの宝箱から発見されるマジックアイテムは物品ばかりではない。

使用者にスキルを継承する付与アイテムも存在していた。

譲り渡しはできず、使用者本人しか恩恵がないが、肉体に直接付与されたスキルはダンジョン外でも使用可能な物がある。

それはSPを消費しないスキルということだ。

中でも眼球を媒介した『魔眼』系は、スキル付与アイテムではスタンダードな部類だった。

邪視《イーヴィルアイ》の伝承は世界各地に残されている。

直視した相手を衰弱させ、あるいは不幸を招き、石と変え死に至らしめる。

そうした様々な種類の力があるのも、魔眼スキルの特徴と言えた。

「……大したことない。俺たちの方が強い」

「ハッ！　ヤッパな。女とイチャイチャしてくさるような軟弱野郎にゃあ負けねぇんだよ」

「やられ役みてーな台詞はフラグが勃起しちまいそうだから止めろや」

眠そうな翔が、律儀に突っ込みを入れる。

白夜は和人のパーティメンバーを一通り眺め、ついでにクラスメートを一瞥した。

全ての記述《ステータス》を読み取ることができる。

それは同時に、自分より格下であることの証明でもある。

ゼロコストで強い影響力を持つ魔眼スキルだが、自分より格上の相手にはあまり効果がない。

「翔オ、テメェのお下劣発言のせいで女が逃げんじゃねのか？」

「チンピラみてーな面して阿呆抜かせや」

「クッソ、やっぱルックスかよ。必死こいてレベル上げたっつうのによぉ」

大袈裟に嘆くほど、彼らのルックスが悪いわけではない。

無駄に攻撃的なヘアスタイルにメンズ○ックルなセンス、猫背に伸びた髪で顔を半分隠したズボラ具合、軽すぎてまったく他人と合わないテンション。

素材は兎も角、三人ともビジュアル的に一般受けしないタイプだった。

「なあ、俺らツエエだろ？」

「まあなー」

「アイツ等よかツエエよな？」

「白夜が言ってンならそーだろうな。実際、俺も負ける気しねー」

「……俺ら、この教室で最強、か？」

「……」

机に突っ伏した翔が欠伸をした。

聞いた本人も視線を逸らして頭を掻いていた。

「――無理」

「あ？」

首を傾けて振り向くと、白夜が口元を奇妙な形に歪めていた。

額に大粒の汗を浮かべ、微かに漏れる変な笑い声に、急に教室が静まり返っていることに気づいた。

「無理、無理、無理ぃ。なんなんだよアレ……」

「あー、無理に視んのは止めとけ」

翔が机に突っ伏したまま、教室の入口を凝視している白夜を引っ張る。

「見るまでもねーよ。ありゃー駄目な奴だ、ケツ穴がきゅってなるわ」

＊＊＊

爽やかで心が弾むような朝である。

朝から蜜柑《みかん》先輩のお顔が見れるとは幸先がいい。

自然と口元にも笑みが浮かぶというものだ。

「ねー。叶馬くんの口がトランプのジョーカーみたいになってるんだけど。世界を滅ぼす決心でもした？」

「あれはエッチなコトを考えている顔です」

「どんな猟奇的プレイを妄想してるの……ヒクわー」

ウチの女子メンバーは、どうにも心が汚れすぎている。

「ええ。叶馬さんの調教の成果です」

蜜柑先輩のお話だが、沙姫《さき》の刀製造に必要な素材が足りないとのことだ。

いや、現状でも作れないことはないのだが、ベースにするブルーソードのプラス値が思った以上に高いので、折角だしもっといいやつを作ろうという蜜柑先輩の飽くなき向上心である。

具体的には芯鉄となる素材が欲しいらしい。

モンスターの骨や、爪、牙、角、鱗など、強靭かつ靭《しな》やかで魔力伝導率のいい物が最適との仰せだ。

沙姫も凄い張り切っていた。

蜜柑先輩のことだ、きっと天を割り、地を裂くような一振りを目指しておられるのだろう。

「あんまハードルを高くして差し上げげんなよ。蜜柑ちゃん先輩、泣くぞ」

「それはそれで」

多分とてもラブリーだと思われる。

だが疑うまでもなく蜜柑先輩たち『匠工房《アデプトワーカーズ》』の武具は逸品だろう。

もうちょっと流行ってもいい。

ここは宣伝のお手伝いを試みるべき。

いつもより心なし空気が柔らかい教室を見回す。

一年丙組は他の教室と比べてどうも大人しく、騒いだりすることは滅多にない。

これなら特に目立つこともなく、さり気ない感じでステマできそうだ。

だが誠一たちを巻き込むと、やはりワザとらしさが出るだろう。

なので、仲間たちの視線が外れた隙に、スッと席を立つ。

サブウェポンとして預かっていた、『匠工房《アデプトワーカーズ》』特製カスタマイズのゴブリンシリーズ武器を空間収納《アイテムボックス》から取り出す。

右手には扱いやすさを考えてゴブリンナイフとゴブリンダガーを、左手にお奨め品としてゴブリンアックスを握る。

側の席のクラスメートが、ぎょっとした顔で過呼吸になっているような気がしないでもない。

カスタマイズの成果である重量バランスをアピールするため、左手で軽く斧をジャグリングして見せたりする。

右手で剣二本のジャグリングは、少し難易度が高いのだがチャレンジ。

一本何処かに飛んでいったが、これは俺の腕が悪いので気にしないようにして頂きたい。

だがやはりミスをしたのが突っ込み所なのか、教室中の視線が俺に向けられているような感じだ。

実際には顔を手で覆って天井を仰いでいる誠一と、ウェットな目で俺を見ている静香《しずか》と麻衣《まい》以外は、全員顔を反らしておられる。

完全に失敗した。

ちゃんと練習してから再チャレンジするべき。

折角なので、クラスメートの中でもクラスチェンジしている人に渡して試供品として使ってもらうのも良いだろう。

ちょうど仲が良さそうな三人組パーティだと思われる男子がいたので、さり気なく切れ味をアピールしつつプレゼントフォーユーである。

ちなみに吹っ飛んでいったゴブリンナイフは、黒板のど真ん中に突き立っていた。

鋭さのアピールにはなったと思うが、顔を真っ青にした翠《みどり》先生に見られてしまった。


——穿界迷宮『YGGDRASILL』、接続枝界『黄泉比良坂』——

——第『肆』階層、『既知外』領域——


「……黒板の弁償費が」

「自業自得という言葉以外では言い表せません」

ダンジョンの壁に手を突いて落ち込んでいる叶馬に、静香が背後から追い打ちをかけている。

ローテーションでは休息日にしていた放課後、予定を変更してダンジョンにおもむいていた。

沙姫のテンションが上がりすぎて、放置すると単独でもダンジョンにダイブしてしまいそう、という理由だ。

ついでに、新たな借金を背負った男子からの嘆願もあった。

「ようやく教室でも、もうアイツ等は見えないことにしておこうぜ、っていう雰囲気になってたのに」

いまいち乗り気になっていない麻衣が、欠伸を噛み殺しながらボヤいていた。

ぐぅたらを愛する麻衣からすれば、ダンジョンに潜るよりもゴロゴロと自堕落に寝ている方がいい。

「お前は何がしたいんだよ……。クラスの連中をシメたいのか？　テッペンでも目指してやがるのか？」

「誤解だ」

「クラスの女は全員俺の女とかやりてえのか。つうか前の席の女の子とか、もう楽になりたいから叶馬様にさっさと襲ってくれって伝言お願いされたりしてんだよ。かわいそうだろ、いい加減にしろ」

「……叶馬くんサイテー、いや本気で」

「ただ俺はステマを」

ステルスマーケティングとは、宣伝と気づかれないような宣伝活動を指すのであり、結果的に宣伝ですらない示威行為が該当するのか怪しい。

「翠ちゃん先生とか血の気が引いて倒れそうだったじゃねえかよ、ったく」

「ダガン、って教室の後ろの壁から剣先が飛び出て、みんな白くなってました」

教室が隣である海春《みはる》が、遠い目をして呟く。

「壁が薄すぎる」

「違う。そういう問題じゃねえ」

どうでも良いような会話をしつつも、遭遇したワンダリングモンスターの首を掻き切っていた。

チームワークが優れているとは言えないが、踏んだ場数は一年生でも間違いなくトップだ。

「さー、行きますよー。どんどん行きますよー。見敵必殺《サーチアンドデストロイ》です。全部真っ二つです！」

「姫ちゃん、いのちをだいじに、です」

「勿論です！　感謝を込めて皆殺しです！」

刀を眼前に立て、一分の曇りもない良い笑顔で宣誓する。

「……姫っちにこれ以上の刀って必要なくない？　ってゆーか渡しちゃ駄目な気がしない？」

「材料発見ですっ。トラトラトラ！」

旋風と化した沙姫が玄室に突貫していった。

＊＊＊

其《そ》れはダンジョンに潜む獣であった。

其れは己がどのような存在であるか自覚することはなく、己の有り様に疑問を持つこともなかった。

其れは己が己として発生した刻を覚えていない。

其処に生まれ出で、漂い湧き出る瘴気に引き寄せられる同類を食らい、いずれ朽ち果て再構成される。

其れは繰り返される輪廻であったが、其れにどのような感慨も持たない。

其れらの内、あるいは超越個体《オーバーボーダー》として住処を離れる徘徊する脅威《ワンダリングモンスター》と化した個体もいたのかもしれない。

だが、其れは界門守護者《ゲートキーパー》として界門玄室に留まっていた。

ゴルルル、と喉の奥から久しくなかった唸り声が漏れる。

己のテリトリーである玄室の入口からかぐわう、餌の臭いだ。

本来、捕食行為をせずとも、其れが飢えることはない。

モンスターとは瘴気で構成された瘴気の塊であり、己のレベルに応じた瘴気の濃度があれば疑似生命活動を維持できる。

それでも、肉体が訴える渇望は、受肉化《マテリアライズ》したモンスターにとって枷であり快楽でもある。

巨体が、のそり、と起き上がる。

玄室が縮んだように感じるほどの圧力、同階層に出現するモンスターとは比べものにならない巨躯。

みしり、とした筋肉で膨れた四肢は、純白の毛皮に黒の縦縞が走っている。

がぱり、と開いた口腔から涎を垂らし、上顎から突き出した雄々しく鋭い巨大な剣牙が煌めく。

第『肆』階層『既知外』領域、界門守護者《ゲートキーパー》剣牙王虎《パンツァーティーゲル》の個体名に相応しい姿であった。

その剣牙は容易く鎧に穴を穿ち、硬質な体毛は千刃を弾き返す。

剣牙王虎《パンツァーティーゲル》は本能的な狩りへの昂奮に、大きく口を開けて咆吼を――。

「首を、よこせ」

突如、間近で聞こえた声の意味は分からずとも、己の最大の武器である剣牙をがしり、と掴まれたことは理解できた。

鋭く尖り、万物を穿つ剣牙の根元を、瞬きする間もなく眼前に出現した人型に掴まれていた。

「銭を、よこせ……」

怒りを通り越した困惑、それがミシミシと牙と骨が軋む激痛に変わった。

何故か制服はボロ切れのように千切れ、両腕が筋肉がパンプアップする。

「ア、アあ、ォア、ガアアあああアァア！」

己よりも獣圧の高い咆吼にビリビリと体毛が逆立ち、首の角度が可動範囲を超えてボギリ、と鈍い音を聞いた瞬間、全ての感覚が暗転した。

＊　＊　＊

「……はい。チート乙」

チベットスナギツネよりも乾いた目をした麻衣が投げやりに労ってくる。

パチパチと適当に拍手をするのは止めて欲しい。

ボス戦なので出し惜しみはなし、という誠一の指示だったはずだ。

取りあえず『飛ぶな』と言われているので、開幕に封印していた雷神式高速機動でGPを全消費するコンセプト。

案の定、全身ビリビリスタイルの紳士度が高い格好になってしまった。

ログアウトで元に戻るはず、戻ってくれないと泣く。

「要するに、アレだ。時間制限アリで、無敵のバーストモードが使えるって考えりゃいいんだろ？　オーケー、何も問題はねえし」

何か自分に言い聞かせているような台詞である。

「旦那様ズルイです！　私もずばってしたかったですっ」

「お疲れ様、です」

「『癒し《ヒール》』、です」

「お疲れ様です。叶馬さん」

静香からタオルを手渡されたが、こういうのは本命のボスが追加登場したりするパターン。

前座の猫っぽい動物は確保したが、油断してはいけないと思う。

「いや、ねえよ。見るからに本ボスだったろ……。ていうか180度首が回転してボキィってなったボスの残骸《ドロップ》がねえんだけど？」

「ドロップアイテムどころか、クリスタルもノー泥？」

そういえば、ゴブリンなどの雑魚モンスターでもクリスタルは必ず落ちていた気はする。

「大丈夫だ。問題ない」

「お前の問題ない、は嫌な予感しかしねえんだよ」

「……多分、大丈夫だ」

雪《ゆき》ちゃんが文句を言ってこないので、ちゃんと絞めてから入れられたはずだ。

生のまま入れると、畑が荒れるからダメらしい。

俺の空間収納《アイテムボックス》の中で何を耕作しているのか、ちょっと気になる。

ただ入れるタイミングが遅れると、通常どおり消滅してしまうので中々難しい。

成功したのか失敗したのか分からないが、ここで死骸を出すと多分消えてしまうだろう。

「うーうー、斬り甲斐がありそうなモンスターでした……」

着実に戦闘中毒《バトルホリック》への道を歩みつつある沙姫は、すっかり手段と目的が入れ替わっている。

良いことだ。

どんどん中毒者を増やそう。

戦い、ねじ伏せ、征服することこそが悦楽だ。

掠うように抱き寄せた腕の中で、静香がビクッと身動ぐ。

股間が痛いほど突っ張っており、なんというか凄く蹂躙したい。

「ボスをぶっ飛ばした後に発情レイプタイムとか、ホント叶馬くんはケダモノねっ」

いつもは従順に俺の欲望を酌み取って奉仕してくれる静香だが、セックスに移行することなく優しい抱擁で背中をポンポンしてくる。

海春と夏海《なつみ》がパタパタと慌てているのが見えたが、俺は衝動のままに静香のスカートを剥ぎ取って上着をたくし上げる。

柔らかく大きい母性の塊を、桃色のブラジャーの上から噛みついた。

邪魔なカップを食い千切り、直接蜜々しい乳房に食いつく前に、愛らしく隆起した乳首を咥えて吸いたくる。

ブラジャーの上から噛まれる度に痙攣した静香だが、背中を抱擁する手は優しいままだった。

なんかパラパラと振り掛けられたり、ぴしゃぴしゃっと撒かれたりしている気がした。

静香の胸に顔を埋めたまま交互に乳首を吸う俺に、必死な顔をした海春と夏海がバサバサしていた。

良く分からないが、お正月とかに神社の神主さんがバサバサっとするやつを振っている。

葉っぱの付いた木の枝に、白いギザギザの紙が垂れてるアレである。

二人並んで床に座り、バサバサしてる姿が必死可愛い。

クラス的には静香が巫女なのだが、この二人の方が巫女っぽいと思う。

というか、あの枝っ葉はどこから持ってきたのだろうか。

「は、アっ……！」

甘えるように胸の谷間に頬擦りしていたら、感極まったように痙攣した静香から縋りついてきた。

ほっとした様子でバサバサ枝を捧げる双子の後ろでは、沙姫が泣きそうな顔で刀をぎゅっと抱いていた。

「……あー、落ち着いたってことで良いのか？」

「はい、です」

「お鎮まりに、なられました」

「塩に酒に玉串か……。なんでそんな物に効果が。そもそも良く持ち歩いてたな」

両手にナイフを構えたままの誠一が、深い溜息を吐いている。

「久し振りにちょっとチビったかも」

「旦那様……」

「まー、あんだけのチートパワーだ。反動や副作用のペナルティも、当然あるってこったな」

いろいろと揶揄されているようだが気分は賢者タイムなので、静香を抱っこしながら頬摺りする。

「ペナルティ、ではない、です」

「本来、神には荒御霊《あらみたま》と和御霊《にぎみたま》の二面性があります」

「調和が崩れて顔を見せる、荒ぶり昂ぶる祟神《たたりがみ》も自然なお姿、です」

「マジでゴッド扱いなのかよ、洒落にならねえだろ。……つまり、どうすりゃいいんだ。今までは平気だったろ？」

「……それは、えっと、多分、静姉様というか、私たちが、その、お相手を」

「……今日はずっと戦っていたから、だと思います。いつもは適度にエッチな癒やしがあった、ので」

「……命を生み出す行為は、和御霊《にぎみたま》です」

「つまり、連戦でテンションが振り切れちまったってことか。バトル毎に一発抜いてクールダウンさせりゃ大丈夫ってことだな？」

「身も蓋もない言い方すぎ。要するにいつも通りってことね」

夜の帳が落ちた麻鷺荘。

森の中にたたずむ女子寮の周囲に光源はない。

木造の麻鷺荘を照らしているのは、月と星の光だけだ。

「はぅ…あっ…あぅ…あっ…ひぃ…」

ギシギシと軋むベッドの上で、内側から搾り出される喘ぎ声が途切れない。

シーツの上で横向きに寝そべった夏海は、背後から自分の胸に回された手に縋りついている。

シンプルなシングルの寝具は決して大きくはないが、小柄な夏海には手足を伸ばして余りあった。

これは男女問わず、エントリークラスの寮では規格が統一されている。

だが、あくまでベッドはシングル仕様だ。

荒削りながらも逞しい体躯は、夏海よりも二回りは大きい。

胸板や腹筋もゴツゴツとして硬い男の身体だ。

夏海がシーツに伸ばした右足はピンと伸ばされ、空中に持ち上げられた左足はプラプラと揺れ続けている。

初々しい股間に突き刺さった陰茎は雄々しくそそり立ち、未成熟な夏海の芯に己を刻みつけていく。

「ひっ…ぃィ…」

ちゅっちゅ、と隙間なく密着する故に響いていた淫音が途切れ、見計らって手加減されていた深度より深くぬくり、と這入り込む。

腹の底に填まり込む亀頭の丸みと、熱く爆ぜる感触に、夏海の唇からはみ出た舌が震える。

ギシ、ギシ、と不規則に軋むスプリングは、岩のように固定された二人の下半身が痙攣する音だ。

「ふぁ……ぁ」

ベッドの手前に座り込み、シーツに腕と頭を乗せていた海春が先に余韻の吐息を吐いた。

夏海と同じ顔で舌を出し、オルガズムの余韻で瞳が潤んでいた。

シンクロする感覚に引き摺られないために接触を控えていても、交互に精を注がれた後ではユニゾン強度も上がりすぎている。

床にへたり込んでいた海春の尻が、ビクリと上下に振られる。

誰も触れていない小振りな尻が空中で卑猥に振られ、股間の根元に咲く秘華は淫猥にわなないて愛液と奥にたっぷり溜まった精子汁を垂らしていた。

抜かぬままに胎内の精液を掻き混ぜられ始めた夏海には、二本の指が咥えさせられていた。

潤いは外に零れるまで深く開花したまま、つるりとした幼い陰部がちゅっちゅと音を奏で始めている。

「ふにゃ……静ねーさま」

いつもの如く早々にブレーカーを落としてしまった沙姫が、頭を撫でられる心地良さに夢現で目を覚ました。

一年生である彼女たちに割り振られているのは二人部屋だ。

エントリークラスの学生寮にも一人部屋はあったが、それなりの貢献を積まなければ利用できない。

麻鷺荘にある沙姫と夏海の部屋には、四人の女子と一人の男子が泊まり込んでいた。

一つのベッドでは終わらない性行為が続けられ、もう一つのベッドでは沙姫たちが余韻に浸っている。

「うぅ……んぅ」

可愛らしく呻いた沙姫は、ベッドの上で横座りしている静香の太股に頬ずりをする。

膝枕をしている静香は、また優しく沙姫の頭を撫でた。

最初の順番だった彼女たちは既に一糸纏わぬ姿だ。

熱が籠もっている部屋の中でも、肌を晒すにはまだ肌寒い。

沙姫の身体にはタオルケットが掛けられていた。

「静ねーさま、これ……」

心地良い膝枕の上で身体の向きを変えた沙姫が、頭上で撓わに実った乳の房に手を伸ばす。

更なる成長の余地を残しているのか、しっかりと張って重い肌には、いくつもの赤く傷々しい歯形が残されていた。

ダンジョンの中で受けたダメージは回復する。

本来はその筈であった。

「痛そう……ぁ、ねーさまの『お願い《ウィッシュ》』で」

「良いんです」

静香本人が『祈願』で癒やしを願えば、すぐに消える傷跡だ。

だが、叶馬から与えられる痛みと疼きは、静香本人の望みでもあった。

「でも……」

「これは叶馬さんが私に刻んだ証、ですから」

「う～……はむ」

半分寝惚けモードの沙姫は、幼児退行したように静香に甘えた。

あるいは自分にない母性の象徴に対する憧れだろうか。

授乳を求めるように乳房へ吸い付いた沙姫を静香は困った目で見詰め、優しく髪を撫で梳いた。

第31章　新装備

静香たちには迷惑をかけてしまった。

どうやら、久し振りに暴走してしまった模様。

実はダンジョンからログアウトするあたりから記憶が曖昧だった。

すっきりさっぱりで目覚めた朝に、視界全部が肌色だったのには驚きました。

五人くらい乗ってもベッドの足は折れないらしい。

はふー、と猫口の雪ちゃんが満足げな感じで混じっていた気がするので、プラス半人分追加だろうか。

全員一度にお相手したのは初めてである。

鎮魂祭というイベント名で定期的にローテーションに組み入れるとか相談しておられた。

確実に寿命が縮みそうなのでなんとか止めさせたい。

「ハーレムの醍醐味って、多人数プレイなんじゃないの？」

首の後ろで手を組んだ麻衣が、のほほんと気楽な発言をする。

「一列に並べて、オラッ、ケツ出せ、みたいな」

「あ、昨夜のプレイですね」

苦言を申す前に、沙姫が軽い感じで白状してしまった。

半分閉じた麻衣の視線が冷ややかウェット。

「……まー、いーんだけど。大乱交プレイがしたいなら、今の寮は手狭なんじゃないの？」

「そんなつもりはない」

寝起きする場所に不満はない。

所詮人間は、起きて半畳、寝て一畳である。

広くて豪華な部屋に住んだとしても、所詮は寝る場所に布団が一つあればいい。

「叶馬くんが言うと、なんか泥臭いくらいに淫靡なエッチ空間に聞こえる。カプセルホテルに女の子たちを監禁して順繰り種付けしてるみたいな」

「誠一。麻衣が欲求不満になっているようだが」

「俺に話を振るなよ」

他人面してないでちゃんと管理して欲しい。

まあ、そんなどうでもいい話をしながら学生食堂を出た。

予定ではダンジョンダイブだったのだが、やはり一日置きに休息日を挟む方がいいという方針になってしまった。

ままならないものである。

のんびりと食後の腹ごなしを兼ね、みんなで仲良くピクニックである。

みんな暇なのだろうか。

授業の予習や復習をしている姿とか見たことがない。

「自習なんざテスト前で充分だろ？」

まあ、誠一は要領が良さそうだ。

目を合わせない麻衣や沙姫は、赤点を取らないように祈っておこう。

静香や双子シスターズは勉強ができそうなイメージがある。

静香の方を見ると、両側から海春と夏海にオッパイをパフパフされていた。

良く分からないが静香のオッパイを愛でるブームでも来ているのかもしれない。

困ったような助けを求めるような視線を向けられるが、百合百合しいのも一興なので放置。

そんな感じでゾロゾロと、グラウンドの方にあるプレハブ部室棟へと足を向けた。

「やほー、叶馬くん。いらっしゃーい。今日はみんな一緒だね」

「やほーです。蜜柑先輩」

宣伝の甲斐虚しく閑古鳥が鳴いている『匠工房《アデプトワーカーズ》』の部室で、蜜柑先輩が出迎えて下さった。

「あがってあがって。お茶煎れてあげるよー」

「お構いなく」

とはいえ、七名もお邪魔すると部室が一杯になってしまう。

『匠工房《アデプトワーカーズ》』の所属部員が何名いるのか分からないが、蜜柑先輩たちは大体この部室におられる気がする。

あまりダンジョンの攻略には熱心でない感じ。

「日曜からファクトリーが復旧したんだけど、そのせいか今日は混んじゃってるんだよー」

「成る程」

蜜柑先輩が直々に煎れてくれたお茶を飲みつつ頷く。

茶葉の善し悪しなど分からない無粋の身だが、心が落ち着くお手前である。

なのだが誠一は女子部員に愛想を振りまいて麻衣に尻を抓られており、静香たちはにこやかに微笑みながら一部の先輩たちと火花を散らしていた。

「えと、沙姫ちゃんの刀の件だよね？　ブルーソードを砕いて小割りにして、積んでから折り返しまでは終わってるの。ダンジョン産のアイテムには不純物がほとんど含まれてないから、打ち出ししなくてもそのまま良い魔玉鋼として使えるんだよ。凄いでしょ」

「成る程」

良く分からないが蜜柑先輩のドヤ顔可愛い。

沙姫は理解できるのか、鼻をスンスンいわせて興奮気味だ。

「ブルーソードはスタンダードな洋剣だから刀身全部の金属が硬いの。これを皮鉄にして造り込みをするつもりだったんだけど、折り返して硬度をあげちゃった魔玉鋼だと魔力の通りがぎゅってなるの。洋剣は元々全体的にほわほわって魔力が依ってる作りだからいいんだけど、刀はぎゅって感じでしゅってでしょ？　だから芯鉄に魔力の通りが良い素材を使ってぎゅーんって感じでしゅってしたいの」

「分かります！　しゅってしてぎゅーのふぁーですよねっ」

「うんっ、しゅっが良ければいっぱいふぁーってなるよ」

凄いです、と鼻息の荒い沙姫と蜜柑先輩がキャッキャウフフしていた。

蜜柑語が分かる沙姫にちょっとジェラシー。

お茶のお代わりを注いでくれる凛子《りんこ》先輩に視線で問うと、生温かい目で頭を振っておられた。

「いくつか素材を狩ってきたので、一応見てもらおうかと」

「わ、早速持ってきてくれたの？　見せて見せて」

「ここではちょっと」

出すと、ちゃぶ台とか棚が潰れてしまうと思われる。

「ん。出し惜しみかな？　欲しかったら俺のをしゃぶれとか」

「違います」

にまにましておられる凛子先輩から弄られる。

事故以来、凛子先輩のパーソナルスペースが妙に近い感じがして困る。

蜜柑先輩がキョトンとされているので下ネタはご遠慮頂きたい。

「じゃ、外で出す？　それとも中で出したいかな？」

「えっと、外で出しちゃうと手間だから、中に出して欲しいな……えっと、みんなどうしたの？」

凛子先輩や他の先輩たちが一丸となって、蜜柑先輩を撫で愛でていた。

俺も混ざってナデナデしたい。

「んー。エントの木材とか嵩張るしね。奥の倉庫兼更衣室が良いかな。パンツとか盗んだら出禁だからね？」

パンツの魅力は中身とセットになっている故であって、パンツ単体に興味は、あんまりない。

静香さんの視線が疑う感じになっておられますが、俺はちゃんと正面から頂戴と申し出る。

蔑みの視線までがワンセットのプレイ。

「正直、木材はかなり助かってるかな。いろいろな部分で使うんだけど、持ち帰る人が少ないの」

確か、今回はエントの木材《ドロップ》がなかった気がする。

竹材とかサボテン、後は雪ちゃんが食べて尽くしていなければパイナップルもあったはず。

倉庫といっても特に別室があるわけでもなく、ロッカーで衝立された空きスペースだった。

怪訝そうな顔の蜜柑先輩たちには下がってもらい、空間収納《アイテムボックス》から剣牙王虎《パンツァーティーゲル》の死骸をでろんと引っ張り出した。

尻尾を除いた体長が三メートルくらいあるので、倉庫スペースが埋まってしまった。

体重も一トンは超えているだろう。

首がグリってなっている剣牙王虎《パンツァーティーゲル》は、ちゃんと冷え冷えで腐敗している様子はない。

雪ちゃんは良い仕事をしている。

まあ強力なモンスターは死骸にも瘴気が宿っているそうなので、生身のドロップでも早々腐ったりはしないと聞く。

コイツの無駄に長い牙とか、爪なんかが刀の材料に使えないだろうか。

「取りあえず、これなのですが」

「……」

静かになっていた蜜柑先輩が、へちゃりと腰を抜かしたように座り込む。

顔を真っ青にした先輩とか、気を失ったように倒れかかっている先輩とかもいらっしゃるようだ。

「改めて見ると、でっかいねー」

「そうですね」

マイペースなのはウチのパーティメンバーだけだった。

いや、誠一だけは顔を両手で覆って天井を仰いでいるが。

凛子先輩がパン、と手を叩いたのは喝を入れるためだろうか。

「……動ける子はシャッター下ろしてきて。大丈夫、コレはちゃんと死んでるかな。あと気絶しちゃった子の介抱をお願い」


「――流石にね。君たちの異常性には気づいてたかな。でもね、学年も違うし、ダンジョンの攻略方法については不文律っていうのもあるから詳しくは聞かなかった。お互いに利益はあるし、悪い子たちじゃないって思ったからね。でもね」

「すんません。ホントすんません」

ちゃぶ台の前に座った凛子先輩が据わった目で、でろんと横たわった剣牙王虎《パンツァーティーゲル》を指す。

「アレはない」

「すんません。ホントすんませんすん」

妙に畏まった誠一がロボットのように同じ台詞をリピートしている。

部室入口のシャッターが下ろされ臨時閉店になった『匠工房《アデプトワーカーズ》』の部室は、謎の混乱が過ぎた今はワイワイと賑やかだ。

ナマの死骸が気持ち悪くて青くなってたのかな、とも思ったが、手際よく皮を剥いで解体していた。

メインで解体している睨み目さんこと、久留美《くるみ》先輩は良い腕をしていらっしゃる。

最初の皮を剥ぐ工程だけでも、専門的な知識と慣れがいると思う。

授業で解体とか習うのだろうか。

「あんな原形を留めてるモンスター、見たことも聞いたこともないかな」

「すんません。ホントすんません」

米つきバッタのように頭を下げる誠一がマゾに目覚めそう。

理由は分からないが蜜柑先輩はお着替えにいっているので、凛子先輩が場を仕切っている。

キリッとお姉様っぽい雰囲気を振りまいている凛子先輩だが、本人の資質はSではなくMだと思われる。

「パーティのリーダーは君でしょ？　もうちょっと普通に見せかける努力くらいしなさい。というか、あの子をちゃんと抑えないと駄目かな。ぱっと見でもいろいろと突っ込み所があるくらい変だから」

ぴしっとこちらを指さす凛子先輩である。

なにやら勘違いをなされているような気もするが、取りあえず足が痺れてきたので正座を崩しても良いのだろうか。

「いやあ、俺も最近……もう、なにが変なのか分からなくなってきたっていうか」

「ねぇねぇ。あたしたちになにか問題あるの？　普通にダンジョンからモンスターの素材狩ってきただけじゃん」

グロッキーな彼氏に代わり、麻衣が猫パンチを振りかざして参戦である。

「全然普通じゃないかな。良い？　ダンジョンの中でモンスターを倒したら、そのモンスターの身体は構成物質である瘴気に分解される。その瘴気還元作用の濃縮物がモンスタークリスタルであり、モンスターの一部である素材。これが『残留物《ドロップアイテム》』

「あ、当り前でしょ」

既に麻衣の理解力をオーバーしているのか敗色濃厚だ。

「だからダンジョンの中では、あんな風にどこも欠損していない死骸が残るなんてのは有り得ないの」

「そ、それは、だからパーツ全部がドロップした可能性も微粒子レベルで存在してるはずよ！」

その発想はなかった。

落とし物の財布を拾ったと言いつつ持ち主ごと誘拐したような強引な解釈、もしくは判定負けしたボクシングの試合で審判を殴り倒して勝利宣言するが如き斬新な発想である。

「……可能性はゼロじゃないけど、そんなの間違いなく学園側の目に留まってサンプルとして没収されるはず。チェックゲートを越えて持ち出せてる時点でいろいろアウトかな」

「えと、そんなのあるの？」

「あるんだな。これが」

振り返って小首を傾げた麻衣に、深い溜息を吐いた誠一が肯定する。

羅城門が設置されている地下フロアから地上への順路には、科学的及び魔術的な監視システムが設置されているそうだ。

ボディスキャナーとかでヌードを見られているのだろう。

ケツ穴に変な玩具とか挿入したまま、何食わぬ顔で検査員さんとエキサイティングチャットなプレイも可能なのか。

空港でやると検査室に連行されるコンボから、オゥイエスオゥイエスの企画物の如き急展開も微レ存。

静香にお願いしてちょっと試してみたいシチュエーションプレイである。

取りあえず、俺が容疑者役で。

「要するにね。これからどういう風にお付き合いしていくつもりなの？　っていうお話かな。君なら意味が分かるでしょ？」

「まあ、そうっすね」

「ウチは蜜柑ちゃんがアレだからみんな付いて来たんだし、ゆっくり考えて選んでくれれば良いよ」

ワイワイと賑やかだが少しばかり血生臭い部室の中で、凛子先輩は冷めた湯飲みに口を付けていた。


「えーっと、つまり、どゆこと？」

羅城門の閉門時間も過ぎた逢魔が時。

珍しく混雑していた工作室《ファクトリー》からも、作業を終えた学生たちの姿が消えていく。

じきに日が暮れる時間帯ではあるが、一行は沙姫の強い希望により匠工房《アデプトワーカーズ》の面子と行動を共にしていた。

「まあ勧誘だな」

「それってあたしたちを『匠工房《アデプトワーカーズ》』の倶楽部に、ってこと？」

起動状態のブースの中ではハンマーを振りかぶった蜜柑が、カツンカツンと剣牙王虎《パンツァーティーゲル》の剣牙を鍛造している。

物質の形状を変更させるだけの『加工《プロセス》』は、『職人《クラフター》』の基本スキルである。

そして上位クラスの『鍛冶士《ブラックスミス》』には、対象物に様々な力を加える『鍛造《フォージング》』というスキルがあった。

非戦闘クラスである『職人《クラフター》』系スキルは、一般的には使えないスキルだと言われている。

それは効果が弱い、微妙である、という意味ではなく、使い熟せないスキルであるという意味だ。

アイテムや武具の作製においては、センスや対象物についての理解度、つまり仕組みや原理を本人が理解している必要がある。

作り出したいアイテムがあったとしても、完成品をいきなり生み出せるわけではない。

材料を元に加工し、組み込んだ能力を発現させる。

職人《クラフター》のスキルとは、そのための手段でしかなかった。

「そういうこった。身内になれば一蓮托生、知られちゃマズイ秘密は守るよってな」

「えっと、倶楽部関係の規制が解除されるのって、五月の連休明けからだっけ？　つまりフライングのスカウトみたいな？」

誠一と麻衣が腰掛けているのは、工作室《ファクトリー》の隅に放置されていた廃棄資材だ。

他のメンバーは初めて見る武器製造を見学している。

「あたしたちって、新しい倶楽部を作る予定だったじゃん」

「まあな」

カツンカツンとリズミカルに打ち鳴らされる鎚の音が響く。

最初は見学者の視線に緊張していた蜜柑だが、今は一心に没頭していた。

蜜柑が鍛造しようとしている刀は、ただ鋼を削って刃物の形にした西洋の剣とは違う。

それは独特な、はっきり言えば異常な設計思想を具現化させた剣である。

折れず、曲がらず、相反する鋼の性質を一振りに収めた剣。

例え素材が鉄と似て非なる鋼物であろうとも、柔芯を硬皮で覆う造り込みのハイブリッド構造は、蜜柑が『刀』の設計思想を理解している故だ。

「どーするつもり？　蜜柑ちゃん先輩の倶楽部に入って、あたしたちに利点ある？」

「まあ、新しく倶楽部を申請するよか楽だな。実はそんくらいしか利点がねえ。必要なら『職人《クラフター》』の一人や二人、育てるのも簡単だしな」

カツンカツンと鋼が打ち合い、蛍のように淡い燐光が舞う。

「『匠工房《アデプトワーカーズ》』って倶楽部は、ぶっちゃけちまえば落ち零れの寄り集まりだよ。エンジョイ組みてえな諦めちまった連中とは違うけどな。諦めちゃいねえけど、クラスが戦闘向けじゃねえから、どうしようもねえってこった」

ダンジョン攻略のバックアップメンバーがいれば便利ではあるが、必須ではない。

そういった考えの倶楽部が大半であり、戦闘クラス以外は足手まといとして扱われている。

それが間違いであると気づくのは、もっと深くダンジョンに関わった者たちだけだ。

「実際ダンジョンの中じゃ、まだ『遊び人《ニート》』の方が戦闘力あるらしいからな。周りのサポートがありゃ『職人《クラフター》』も戦えるらしいが、火力クラスがいない蜜柑ちゃん先輩たちがやってけるわけねえさ」

「……だから、あたしたちに入って欲しいって？」

「いんや。遅かれ早かれ、自分たちの倶楽部が潰れた後までは責任持てないよ、つう忠告だな」

カツン、と鎚の音が響いた。

――穿界迷宮『ＹＧＧＤＲＡＳＩＬＬ』、接続枝界『黄泉比良坂』――

――第『伍』階層、『既知外』領域――

沙姫が新しい刀を手にくるくると踊っていた。

スーパーご機嫌様である。

黒鞘に玻璃の細工、尻鞘にはフサフサな剣牙王虎《バンツァーティーゲル》の尻尾がそのまま利用されている。

刀身は湖の底のような、吸い込まれるようなラピスラズリの刃紋を浮かべていた。

蜜柑先輩曰わく。

「凄いのできちゃった」

とのことである。

銘は『水虎王刀』、強力な水属性《アクア》の妖刀であるそうだ。

最初の話では『水霊刀』になるはずだったのだが、何故かワンランク上のカテゴリーになっている。

妖刀のレアカテゴリーは、霊刀へ王刀へ神刀というランク付けだ。

そして、『水虎』という命名がされているネームドのマジックアイテムでもある。

情報閲覧《インターフェース》の表示でも『水虎王刀』になっており、アイテムのネーミングにも何か法則性がありそう。

そして、もう一つ。

剣牙王虎《パンツァーティーゲル》の毛皮を使って、沙姫用の防具アイテムを作製してくれた。

装備のジャンル的には、指貫篭手《さしぬきこて》という代物だ。

本来は和風甲冑の一部で、両腕全体をカバーし、襟から背中を通して一体化している。

長袖で丈の短いベストみたいな感じだろうか。

作はぽわぽわ先輩こと、『裁縫士《ドレスメーカー》』の杏《あんず》先輩だ。

毛皮自体がかなり頑丈らしく、針も通らない強度だそうだが、どうやって裁縫したのだろう。

毛皮の上着みたいな感じで、手甲部分には硬い装甲素材が組み込まれている。

白と黒の鮮やかな虎皮は美しく、一発で気に入った沙姫は杏先輩を抱き締めてくるくる回していた。

ちなみに蜜柑先輩は高い高いされていた。

何というか、ボディランゲージの激しい子である。

パーフェクトな仕事に対して、代価の支払を断られたのは心苦しい。

余った素材部位を貰えれば充分とのことだったが、もう少し恩返しの方法を考えてみるべき。

「クォオオオン！」

「ツセイ」

正面から突進してきた鎧犀《アーマーライノセラス》と組み合う。

頭頂から突き立った太く鋭い角が馬上槍《ランス》のようだ。

軽トラックサイズの鎧犀の突進を受ければ、今までの俺なら木っ葉のように吹き飛ばされていただろう。

だが、多少押し込まれはしたものの、馬上槍試合《ジョスト》のランスチャージのような勢いを相殺している。

涎を撒き散らして唸り声を上げている鎧犀だが、勢いさえ止めてしまえば頑丈なだけの的である。

首相撲の要領で引き倒して軽く首を捻った。

頸椎を砕くとトドメを刺してしまうので気を使う。

「カモン」

「……その、ダメージを与えられる気がしないです」

槍を手にした静香と、棍を構えた双子シスターズを手招く。

「デカイ相手でも頭を潰せば大体死ぬ」

ひっくり返ってビクンビクンしている鎧犀は、全身が良い感じでメタリックだ。

角とか完全に金属っぽいし、パーツ毎に鎧のようになっている体皮を殴るとカツンカツンと音がする。

関節部分はちゃんと刃が通るので頑張って欲しい。

「こういうパワータイプのデカブツは面倒臭えな」

頸部装甲パーツの隙間からナイフを突き刺し、息絶えるまで追い駆けっこをしていた誠一が溜息を吐く。

「変な攻撃もしてこないし動きも単純なんだけど、すっごいタフ」

魔法を連発していた麻衣も、腰に手を当てて怠そうだ。

ＳＰ装甲は大したことがなくとも、体力を削り取るのが辛いという感じか。

デカイというのは、それだけで強いのだ。

群れで突貫してこられたら、防ぎきれずに後衛まで突破されていたかもしれない。

今回の殊勲賞は真っ先に突っ込んでいって、メタリックな装甲も紙切れのように切り裂いて首を飛ばしまくっていた沙姫だろう。

おニューの装備が嬉しいのは分かったので、目が回る前に落ち着いて欲しい。

「だが、まあ殺れないこともねえな。モンスターの傾向もそんなに変わってねえし」

「じゃあ、このまま攻略続行？」

「進めるだけ進んじまおう。ダンジョンは深層になるほど難易度の上昇は緩やかになってくらしいからな。適正レベル帯で狩ってかねえとレベルも上がらん」

カンカンキンキンしていた静香たちの鎧犀が還元した。

ドロップするクリスタルも、今までより少しずつ大きくなっているようだ。

購買部の買取額も大きくなっているのだが、不思議と借金が減らないファンタジー。

「……手帳のレベル表示と、叶馬くんから教えてもらうレベルがどんどん離れていってるんだけど？」

「……俺にもわけ分かんねえから聞くな」

「いろいろと使える魔法も増えてるから、ちゃんとレベルが上がってるんだとは思うケド」

ちゃんと誠一たちのレベルは上がっているので安心していい。

俺の雷神はゲートキーパーの虎さんを倒して以来、レベル２から変化無しだ。

だが、レベルだけが強さの全てではない。

沙姫のように装備を強化していく必要もあるのではないだろうか。

「姫っちは、弘法筆を選ばずってゆーか、今までも無双モードだった気が……」

「そんなことありません！　これは凄いですっ。スパスパ斬れます！」

「変な斬撃とか飛んでたよな。アニメかよ」

沙姫が刀を軽く振ると、ぴゅぱ、と水飛沫のような残像が飛ぶ。

刀身の長さを超え、鎧犀《アーマーライノセラス》を正面から真っ二つに切り裂いたりしていた。

中々の切断力、これは試してみなければならない。

この鉄壁の甲冑を切り裂いてみるがいい。

「カモン」

「えっ、えっと……旦那様？」

「いや、お前の鎧も凄いのは分かった。分かったから姫っちを困らせるのは止めろ」

サイドトライセップスの、ちょっと恥じらいのあるポージングを勘違いされたようだ。

まったく子供でもあるまいし、俺の新しい装備を見てくれアピールなどしていないというのに。

「静香〜、ちょっと旦那ウザイから構ってあげて」

だが、どうしても教えて欲しいというのなら、この蜜柑先輩がカスタマイズした『重圧の甲冑《ストレッサーアーマー》』の凄さを語ってもいい。

この界門守護者《ゲートキーパー》ゴブリンロードがドロップした防具は、重圧《ストレッサー》の銘が刻まれたマジックアーマーである。

三メートルを超える巨漢だったゴブリンロードが装備していた甲冑だ。

当然サイズが合わず、空間収納《アイテムボックス》の中に死蔵されていた品である。

丁度いいタイミングだったので、沙姫の『水虎王刀』を打ってもらった時にサイズ調整をお願いした。

『職人《クラフター》』スキルには『適合《アジャスト》』という、武具防具のフィッティングをする専用スキルがあるそうだ。

体型の違いがある、男性用、女性用の調整もできるらしい。

確かに武器はともかく、鎧のようなタイトにフィットする装備に関しては微調整が必須だ。

甲冑のサイズが三分の二くらいに縮んだのは中々見物であった。

あくまで大きさの変化だけなので、質量保存の法則は逸脱していないとか仰っていたが何か嘘くさい。

ビジュアルとしては西洋風のプレートアーマー、とはいえ全身隈無く密閉された板金鎧ではない。

急所はカバーしているとはいえ、隙間も多い謎のビジュアル推しだ。

その分、関節の可動域が広いので格闘戦にも対応できる。

この無骨でいぶし銀なメタリック装甲が男心をくすぐる。

肉厚な装甲は甲冑というよりも、近未来的なパワードスーツ的なへビービルド感。

実際マジックアーマーの中には、そういうマッスルアシスト機能を搭載した種類もあるらしいが、無くても充分である。

「ホントに動けた、って蜜柑ちゃん先輩ビビッてただろ……。素で一〇〇キロ超えてるらしいじゃねえか、それ」

「大丈夫だ。問題ない」

「んで、鎧の特殊能力が、『重圧《ストレッサー》』だっけ？　土の上で歩くと沈んでいくとか、どんだけだよ。ギャグ漫画の住人かお前は」

沙姫はアニメで、俺がギャグ漫画なのはちょっと納得できない。

魔力を巡らせる、というか気合いを入れると体重が増えるというのは、結構使える能力だと思われる。

鎧犀の突進を正面から受け止められた。

ダンジョンの床板が割れると怖いので限界まで試していないが、多分十トンくらいまでなら瞬間で加重可能だ。

ちなみに地面の上で転んだりすると、『大』の形に沈むので注意が必要である。

「どうみても欠陥品のマジックアーマーだよね。フツー中の人が耐えられないでしょ」

「例のバーストモードになると、人の形をした十トンの鈍器が目にも留まらぬ速度で突っ込んでくのか……。ねえよ、ミンチ製造器か」

誠一たちには今一『ストレッサーアーマー』のブリリアントさが伝わらないようだ。

やはり頑強さのデモンストレーションは必要である。

「カモン」

「えと……首を狙っても良いですか？」

おずおずと刀を構える沙姫さんは無慈悲なお方だ。

確かにゴブリンロードも、ノー装甲な頭部が弱点だった。

フルフェイスヘルメットの購入を検討しなければならない。

第３２章　カテドラル

今日も良い天気だ、と現実逃避してみる。

ダンジョンに入らない休養日の放課後。

木陰からグラウンドが見える野外で、俺は杏先輩を膝に乗せていた。

「その、先輩……凄く、イケナイことをしている気分なのですが」

すっぽりと腕の中に填まり込んだ杏先輩は、ほわほわとした優しい瞳を潤ませて頬摺りをしている。

うっすらと紅色に染まった目元に、火照ったお身体がホカホカしていた。

一学年上な『匠工房《アデプトワーカーズ》』の先輩さんたちは、バインボインな凛子先輩を除いて小柄な体格のメンバーが多かった。

中でも飛抜けてロリっ子なのは蜜柑先輩だ。

「んぅ…」

意識が他のレディにいってしまったのを拗ねるように、胸に顔を押し付けた杏先輩がグリグリなされる。

俺も情を交わしてる最中の女の子が、他の奴を思い浮かべて比較していたりしたら切ない、というか萎えるので反省する。

膝の上に跨がっている杏先輩を抱え直し、スカートの中に入れた両手でお尻を支える。

俺の胴を挟み込んだ生おみ足にきゅっと力が籠もる。

正面からぴったりと張り付くように抱き締めてくるので、子供をあやすように優しく腰を揺すらせた。

「杏先輩は甘えん坊さんですね」

こちらが木箱に座っている姿勢上、ユサユサとお尻を振る主導権は杏先輩である。

しがみついている杏先輩の耳元に囁くと、うなじから耳まで真っ赤に染まっておられた。

あんまり責め過ぎると泣き出してしまいそうなので、片手でお尻を支えたまま腰振りに合わせて背中をポンポンとノックする。

周囲のフィールドに遮蔽物があるとはいえ野戦中だ。

ブッシュの先には無人のグラウンドが見渡せるので、奇襲の把握は容易い。

背後の壁はプレハブ部室棟の裏側になっており、グラウンド側の高窓には格子が填まっているので覗かれはすまい。

騒がしいと気づかれてしまいそうだが、声を我慢している杏先輩可愛い。

ユサユサが止まってプルプルし始めたお尻を抱え、奥を捏ねるように仕上げをした。

フルフルと身震いし、くったりと果てた杏先輩が脱力なされる。

ちゃんと一人一発種付けするように凛子先輩から通達されているが、こちらにも体調とメンタル的要素があるのだ。

ごめんなさい、と申し訳なさそうに抱っこしてくる杏先輩に、そう囁いて撫であやした。

後遺症の治療とかいわれても良く分からない。

だが、凛子先輩を含めた四人の先輩に、俺に対する変な依存症が出てしまったらしい。

工作室《ファクトリー》でガス爆発事故があった後に、学園の庭園で青姦を致してしまったメンバーになる。

あの時も、何故か発情の治まらない先輩たちを慰めたのだった。

その慰めックスの後遺症らしい。

俺とセックスをすると治まるとか、ちょっと刹那的な男性リビドーに都合が良すぎて逆に引く。

正直な気持ち、四人とも可愛いのでウェルカムという気持ちが無くもない。

杏先輩にも正直にお伝えした。

真っ赤になった杏先輩がぎゅうぎゅうと抱きついてくるが、軽蔑していらっしゃるのか拗ねていらっしゃるのか不明。

「ふんっ。最低」

がさり、と茂みの向こうから顔を出したのは久留美先輩だった。

じろりと睨んでくるお顔が赤い。

「いつまで杏に引っ付いてるの、このチ○ポ男」

「少々お待ちを」

「……待ってないしっ」

多分、また気持ち良くなってきてしまった感じのある杏先輩が、久留美先輩に見られているのを承知でなごり惜しげにお尻を揺すっていた。

特効薬的な俺のエキスを受けられなかったので、欲求が不満なのかもしれない。

申し訳ないので、また後で、とこっそり耳元で囁くと、ぎゅっとハグしてから腕を解いてくれた。

ぽわーっとした夢見心地のお顔が、ちょっと危険な感じで色っぽい。

部室に戻られる前にお顔を洗った方がいいと思う。

身嗜みを整えてあげると、またぎゅーっと抱きついてくるので久留美先輩のお目々がアップリフト。

「ふんっ、すっかり杏もたらし込んだみたいね」

「正直、まだ状況が良く分からないのですが……」

ダンジョンオフ日に装備メンテナンスを兼ね、『匠工房《アデプトワーカーズ》』に遊びに来ただけである。

何やら静香と凛子先輩がアイコンタクトしていたような気はする。

蜜柑先輩にやほーと挨拶した後は、即行で凛子先輩に拉致されて逆レイプヘビーローテーション。

凛子先輩から桃花《ももか》先輩、杏先輩へと繋がって久留美先輩の登場だ。

背後の高窓からは、沙姫と蜜柑先輩のキャッキャウフフな刀談義が聞こえてたりする。

俺も蜜柑先輩と和やかにキャッキャしたい。

「先輩たちは可愛いのですから、こうした誰かに見られる危険がある場所での艶姿は控えられた方が」

「ば、馬っ鹿じゃないの……でも、うん、場所はちゃんと考えてるから。今日は、えと」

スカートの前を押さえ、顔を逸らしてモジモジされる久留美先輩の手を取る。

「俺で宜しいのですか？」

「……しょうがないじゃない。堕とされちゃったんだから、だからしょうがないの」

そこの所をもうちょっと詳しく教えて欲しいのだが、誰も教えてくれない。

「だから、ちゃんと私たちも面倒見てくれないと駄目なんだから」

ＤＡＫＡＲＡがインフレして身体バランス飲料な気分。

態度はツンな久留美先輩だが、抱っこした身体はぽっかぽかだ。

そういえば桃花先輩も杏先輩も、最初から準備オーケーな感じであった。

逆レイプ風味の連続セックスではあるが、流れ作業的なエッチは如何なものかと思う。

「ふ、ふん。男なんていつでもどこでも簡単に発情して、適当にチ〇ポ突っ込んだら満足しちゃうんでしょ」

「ある意味正しいです」

多くの場合、男性のリビドーは衝動的だと思う。

刹那で発情し、フィニッシュで終了する。

ただ、最近は賢者モードに入るより先に回復してしまう、ハイパーモード状態なのが困りもの。

「だったら、それでイイじゃないっ。どうせ私たちは適当に突っ込まれても、中に射精されたらイクように されちゃってるんだから……」

なんだろう、その謎スイッチ。

久留美先輩が焦れたのか、男らしく自分からパンツを下ろしてスカートを捲り上げる。

「ほ、ほらっ。さっさと突っ込んでおマ○コでチ○ポ扱けばいいでしょ。好きに使ってイイから、だか らっ」

切羽詰まって焦っておられるように見える久留美先輩を背中からぎゅっとした。

桃花先輩たちもそうだったが、いきなり合体を求めるプレイスタイル。

曰わく、元カレからは性奴隷として扱われ、別れる頃には性処理のためだけに抱かれるような関係になっ ていたらしい。

久留美先輩も同じなのだろうか。

「やっ、無理にチューとかしなくても……んッ」

あんまり熱心にチューしていると、杏先輩のようにぽわぽわになってしまいそうなので、同時に後ろから 挿入する。

爪先立ちになる久留美先輩の腰を抱え、案の定触れる前から潤み準備の整っていた中をずるりと貫く。

途端、大人しくなってしまう久留美先輩だ。

そっと伸ばされた手で顔を押さえられ、ダメ、とか言いつつ繰り返しチューされた。

四名もの先輩たちと身体を重ねた放課後。

その日に俺が泊まったのは、女子寮である麻鷺荘だった。

古人曰く、荒淫《こういん》矢のごとし、だ。

少し違うような気もするが、意味は通じる気がする。

俺も男なので、言い訳はしない。

だが、ちょっと聞いて欲しい。

俺が押しかけているのではなく、静香たちから招かれているのだと主張したい。

そして、お誘いを拒絶するような偽善者でもないのだ。

セックスには興味が尽きないし、気持ちが良いことは好きだ。

何故なら、俺も男だからである。

「よし」

鏡の中の自分に向かって、自己催眠《マインドセット》を済ませた。

いや、分かっている。

アイデンティティーを守るための自己正当化だ。

いまだ他人から向けられる好意を信じ切れず、正直どのように受け止めて良いのか戸惑いがあった。

負の感情であれば、まだ理解はできるし対処もできる。

慣れている、というか、ぶちのめせば終わりだ。

俺は無意識に、握った右手へ左手を重ねていた。

きっと人間不信である俺が、曲がりなりにも彼女たちを受け入れられたのは、静香のお陰だろう。

さて、静香たちは寝ているだろうし、俺も部屋に戻って休もうか。

トイレのドアを開けると、廊下に立っていた女子寮生と鉢合わせしてしまった。

悲鳴が響く前に口を塞いでしまったのは、とても犯罪者ちっくな条件反射だ。

「あむむ」

「大人しくしろ、声を出すな……。むっ、杏先輩？」

背後に回り込まれ、口を手で覆われた杏先輩が、ぱたぱたともがいておられる。

何故、匠工房《アデプトワーカーズ》の先輩がここにいるのか。

いや、普通に考えれば、麻鷺荘の寮生さんだったのだろう。

少なくとも俺が女子寮にいるよりは自然だ。

「あわわ……ら、乱暴なのは、あ、でも、叶馬くんがしたいなら……」

「落ち着いて下さい」

「でも、約束、約束だから……叶馬くん。えっと、あの」

テンパっている杏先輩は、目を瞑ってタックルしてきた。

そのままトイレの中へと逆戻りである。

狭いトイレの中で暴れられると危ないので、ベアハッグの姿勢でホールドした。

ビクッとした杏先輩が、あうあうともがき続けた。

押し付けられているお胸や、密着しているお腹が、健全な青少年を刺激する。

着ているのは杏色の可愛らしいパジャマだけなので、発育の良い身体の感触がダイレクト。

反応は、当然します。

昼に夜に情事を熟して、まだこの有様なのには呆れるしかない。

ダンジョンとレベルアップの影響がある学園で、性風紀が乱れているのは已むを得ないのだろう。

お腹に当たっている硬いやつに気づいたっぽい先輩は、小刻みに身体を揺する動きになっていた。

「杏先輩」

「……ぅん、約束。ちゃんと、やり直し」

お昼の件だろうか。

確かに杏先輩だけフィニッシュまで至らなかったが、種を求めて強襲してくるとは予想外だ。

「……はぁ……んぅ」

腕の中にある身体の温度と、湿度が高い。

俺の片足を太股で挟み、堪えきれないように腰も揺すっている。

いろいろと我慢できなくなっているようだ。

杏先輩が構わないのなら、この場で次の段階へゴーだ。

「ひゃう、はぁう」

パジャマの下とショーツを一気に脱がせた。

段取りをすっ飛ばして、杏先輩の欲しい物を挿し入れよう。

こちらもワンアクションで露出させたペニスは反り返っている。

抱きついて離れようとしない杏先輩の股間は、俺が触れる前からねっとりとした蜜を湛えていた。

「ぁ、あ……ひにゅ…ぅ」

割れ目に食い込んだ亀頭が、ヌルッと滑って穴の中へと吸い込まれていった。

腕の中から顔を上げた先輩が、弛んだ顔で口を開いた。

身長差があるのでお尻を両手で支え、グイッと抱え上げる。

入口にお邪魔していた肉棒が、トロリと熱い襞肉の奥まで貫通した。

先輩のお尻をしっかりと抱え込んで、恰度いいハメ具合に調整していく。

空中に抱き上げられている杏先輩は為すがままだが、股を開いたり閉じたりして一緒に調整してくれた。

しっくりとくる角度と高さを探っていたら、パンパンという音が接合部から止まらなくなっていた。

杏先輩に拒絶する素振りはない。

パンパンと音が響くタイミングに合わせて、股を開いたり閉じたりし続けている。

ダンジョンアタック時の装備に比べれば、先輩の体重など軽いものだ。

抱え込んだお尻をパンパンさせながら、フィニッシュまで下ろさなかった。

「はぁ〜ぅ……」

しがみついている杏先輩は、ヒクヒクとオルガズムに身悶えていた。

可愛らしい反応をする先輩さんだ。

こちらも約束を果たせたようでなにより。

「杏先輩？」

「……」

手と足を絡ませた状態で動かないのですが。

無言のまま、俺の胸板に顔を押し付けています。

これは、お代わりが欲しいのだろうか。

応えるのは構わないのだが、ぼちぼち休まないと明日が辛い時間だ。

「ひゃぁう」

先輩に恥をかかせるわけにはいかないので続行します。

股間の前に据えつけさせているお尻を持ち上げると、杏先輩の絡みついている足に力が入った。

そのせいで勢いよく股間が打ち合わされ、また可愛らしい声が漏れる。

射精しようと萎える気配がないのは最近のデフォルトだ。

抱っこポーズの先輩を抱え込みながら、筋トレのような単純運動に没頭する。

それから多分、二発くらい追加した後にお尻を持ち上げた。

半開きの唇から舌を覗かせている先輩は、良い感じに蕩けてなすがままだ。

一度床に下ろしてから、腰が抜けた状態の杏先輩をお姫様抱っこした。

「先輩。そろそろ出ましょう」

「……ふぁ……はぁい」

ぽや〜んとされている杏先輩は、十分に満足されたご様子。

どうやら一人では歩けないようだし、抱っこ状態でお部屋まで連れて行こう。

脱力している杏先輩は、幸せそうな表情で目を瞑っていた。


疲れた時に甘い物が食べたくなるように、人間とは今の自分に必要な食べ物を自然と求めるのだと思われる。


「トロロご飯食べたい」

麻鷺荘の朝ご飯は和食が多く、今日のおかずセットは鯵《あじ》の干物に蕪のぬか漬け、里芋の煮っ転がしとあっさり系だった。

苦笑いした食堂のおばちゃんが特別に焼いてくれた、だし巻き卵美味しい。

「お代わり持ってきますね」

「あ。私も大盛りでー」

「おひつごと、持ってきます」

「ます」

みんな健啖である。

夏海が炊き立てご飯が入ったおひつを、海春がほうじ茶のポットを持ってくる。

皆のわいわいニコニコ艶々の笑顔が眩しい。

最初は一歩引いた感じで避けられていた麻鷺荘の食堂だが、もはや俺に向けられる視線に同情が混じっている気がする。

なにしろ木造の建物だ。

防音についても、かなりスカスカだろう。

俺たちのプレイ内容についても、ほぼ筒抜けになっていると思われた。

俺が沙姫たちを脅迫して良いように扱っているわけではなく、少なくとも対等の関係だと分かってもらえたはず。

まあ、ハーレム状態だというのは否定しないが。

それに基本、俺たちの配置ローテーションは静香さんがお決めになられている。

ここ麻鷺荘と、静香と麻衣の女子寮である白鶴荘を往復する日々。

本来所属している男子寮、黒鵜荘にはしばらく泊まってすらいない。

端から見れば、完全に肉欲に溺れた状態である。

実際に否定もできなかったりする。

ただ、全員一緒のワンダーイベント、ドキドキ☆鎮魂祭はなるべく勘弁していただきたい。

俺も年頃の健全な性少年なのでエロイベントを拒む気はないが、できれば週一くらいの頻度でお願いします。

二日に一度はあきらかに設定ミスだと思うのです。

「まだまだ余裕があるようですが……」

静香が山盛りの丼飯をよそってくれた。

ウナギとかのせて食べたいレベル。

「昨日お見かけしたのですが、杏先輩もこの寮にお住まいだったのですね」

「事情があったのです」

「とても満足されていたようで」

『匠工房《アデプトワーカーズ》』のぽわぽわ杏先輩と遭遇したのは、偽りなく偶然である。

いや、向こうは俺が麻鷺荘に出没するのを知ってらっしゃったようだが。

ちなみに麻鷺荘は女子寮なので、当然男子用のトイレはない。

だが、寮務員さん用の男女兼用になった小さなトイレが裏口にひっそりと設置されており、それを利用させてもらっていた次第だ。

流石に俺も、女子トイレを使用する蛮勇はない。

「偶然、ですか。ええ、そういうこともあるのでしょうね」

「うむ」

お部屋にお連れする途中で、トイレにやって来た静香と鉢合わせしました。

そういう偶然も、まあ、あるのだろう。

「叶馬さんは脇が甘いので……」

「私たちが、固めます」

「渡しません」

珍しく海春と夏海が気合いを入れている。

茶碗を手に、フンと鼻息の荒いシスターズが可愛い。

二人とも成長期はまだまだだろうから、いっぱい食べた方がいい。

「お代わりですー」

俺と同じくらい大食漢な沙姫さんは、栄養も同じく筋肉に変換される模様。

ぱふぱふは諦めてシックスパックを目指すのも一興ではなかろうか。

＊　＊　＊

一年丙組の教室は、普段からあまり騒がしくなることがなかった。

それは別に、大人しいクラスメートが揃っているからではない。

現に、こうして呪われた重石のような存在が席を外していれば、空気も軽くなり雑談も捗っている。

「ん、じゃあ、静香と海ちゃんたちは加入反対なのね？」

「できるなら、蜜柑先輩たちとは距離を置いたお付き合いが良いと思います。余計なトラブルに巻き込まれそうですから」

授業の合間の休み時間。

教室の片隅で、二人の女子生徒が雑談をしていた。

「姫ちゃんは刀を作ってもらってヒャッハーだったし、賛成派になりそうかなぁ。叶馬くんは蜜柑ちゃん先輩ラブっぽいけど、どうなんだろ？」

机に肘をついた麻衣は、どこか他人事のように小首をかしげた。

「叶馬さんはアレで結構、ドラスティックな現実主義者ですからね」

溜息を吐いた静香は肩をすくめた。

叶馬の思考についても、他のクラスメートより理解できている。

それでも、常に斜め上の結果に行き着くので油断はできなかった。

「まあ、今回に限っては、蜜柑先輩たちを見捨てることはないと思いますが」

恋愛ではなく愛玩対象な感じのようだが、とにかく気に入っているようだ。

少なくとも、静香にはそう見えていた。

「ていうか、叶馬くんってマジでハーレム作ろうとしてるの？」

「そのつもりはない、と言っているのですが……」

静香の視線が窓の外に向けられる。

穏やかな日射しの中で小鳥が飛んでいた。

「叶馬さんは基本的に、来るもの拒まずなので」

「あー、良く分からないけど、無駄に包容力あるよね。無駄に無敵だし」

「本当にハーレムができても、王様みたいに振る舞えるんだと思います」

「究極の自己中みたいな感じよね。大抵の無茶は押し通せちゃうから、なおさら厄介なんだけど」

得てしてカリスマというものは、強烈なエゴと同義である。

空気が読めない、同調できないという欠点は、空気を作る側のエゴイスティックな資質でもある。

「蜜柑ちゃん先輩たちを全員はべらせて、さあ並んでケツ向けろとか言い出しそう」

「多分このまま放置すると、じきにそうなると思います」

「……マジで？　ん～、無駄にオス度も高いからなぁ。フラフラしてる子とか惹き付けちゃうのか」

「ですが、叶馬さんがそうしたいと言うのなら、私は別にそれで良いかと」

机の上に組んだ腕に、顔を乗せた麻衣が呆れた声を出す。

「マジで？　『匠工房《アデプトワーカーズ》』の部員って二年の女子オンリーでしょ。一〇人以上いる筈なんだけど？　ホントにハーレムになっちゃうよ」

「ええ。変なトラブルメーカーの子を引っ掛ける前に、叶馬さんが手一杯になるくらいのお相手を確保してしまうのもアリかな、と」

「蜜柑ちゃん先輩たちは生贄役？」

ニコッと頬笑む静香に、麻衣は背中に冷や汗が流れるのを感じていた。

「……『職人《クラフター》』クラスがお荷物だって負い目もあるから、出しゃばらないってコト？　んで、あたしたちのサポートさせて、叶馬くんにみんな隷属させちゃって、ついでに獣欲発散要員にしちゃうと」

「先輩たちも、今よりは幸せになれると思うんです」

「黒い……静香が黒くなっちゃった……」

顔を伏せて嘆く麻衣だが、すぐに復活して口元を歪める。

「でも、アリかナシかで言えば、アリだよね。あたしたちが入るんじゃなくて、あっちを取り込んじゃえばいいのよ。取りあえず叶馬くんに全員堕としてもらって、文句言ってきたら黙ってケツ出せ、で」

「杏先輩の様子からして、ほとんどの先輩たちは一度堕ちてから逃げたか、捨てられたんだと思います。毎晩仕込まれて、軛《くびき》を打ち直されている子ならともかく、今の叶馬さんなら簡単にモノにしてしまえるかと」

「……そんなに凄いの？　今の叶馬くん」

「もう圧倒的です。麻衣さんも、好奇心で試したりしない方が良いと思います」

「わはー、絶対近づかない。興味は無くもないけど、あたしは誠一と温いエッチしてるほうがイイわ」

生々しい女子トークも、この学園ではありふれた雑談だ。

今はそれぞれのパートナーが席を外しているとはいえ、静香と麻衣にちょっかいを掛けるような命知らずもいない。

「んじゃあ、誠一にもそういう方向で調整するように言っておくわ。静香は叶馬くんに片っ端から襲わせちゃってね。半数以上堕とした段階で、蜜柑ちゃん先輩をゆっくり説得する感じで」

「そうですね。まずは杏先輩を味方にして、一人ずつ引き込む形でいきましょう」

＊　＊　＊

早いもので週末になればゴールデンウィークに突入する。

とはいえ、全寮制で学園からの移動がほぼ不可な俺たちには、安心して寝坊できるウィークでしかない。

おっと、授業中に休日の過ごし方を考えるのは不真面目だな。

「それでは、移動しましょう。他のクラスは授業中ですから決して騒がないように」

翠先生の号令で、教室の中に椅子の擦れる音が響く。

「おーい、セーイチ、おきろー」

「んあ？」

不心得にも授業開始直後から居眠りしていた誠一を、麻衣が揺すり起こす。

翠先生の担当授業は『迷宮概論』だ。

広く浅い分野で、ダンジョン攻略に必要な講義を受け持っておられる。

本日の講義内容は、学園の施設説明になっていた。

なにしろ豊葦原学園には、一般的な学校にはない特殊施設が多すぎる。

利用目的から使い方まで、まるでファンタジーなゲーム感覚だ。

今回見学する施設などは、その最たる物だろう。

ダンジョン攻略に必須とされる、クラスチェンジを行う『聖堂《カテドラル》』だった。

連休に向けたこの時期、ボチボチ一年生の中からもクラスチェンジに到達する生徒が出てくるそうだ。

まあ、俺たち壱年丙組では、既に済ませているクラスメートがいっぱいいたりする。

優秀なクラスメートが揃っている模様。

「ふあー……飯の時間か？」

「お爺ちゃん、さっき食べたばっかりでしょ。てゆーか目ぇ覚ませ」

還暦カップルのような二人はさておき、実は『聖堂《カテドラル》』に行くのは初めてになる。

クラスチェンジをするためだけの場所らしいので、情報閲覧《インターフェース》の恩恵にあずかれる俺たちには縁がなかったのだ。

他の教室で授業が行われてる廊下を歩くという、奇妙な背徳感を感じながら中庭まで来た。

広いスペースが割り振られた庭園は、来る度に感心してしまうほど見事なガーデニングだった。

学生たちの憩いの場として、またムーディーな青姦スポットとしても人気がある。

静香と目が合うと、ぽっと頬を染めて手を繋いでくるが、今は授業中なので。

接触による情動のシンクロについては、大分コントロールできるようになったみたいでなにより。

いきなり腰砕けになってしまったら、ちょっと気まずい。

「ダンジョンの中と違って蚊に刺されるのよね」

流石にフリーダムカップルの麻衣たちは、既にお試し済みらしい。

俺も止むにやまれぬ事情により使用致したことがあるが、凛子先輩あたりが虫除けアイテムでも使っていたのかもで抓られると痛い。

ジト目の静香さんから、思い出を上書きしましょうという強いパッションを感じた。

「ここが『聖堂《カテドラル》』になります」

目的地に到着した翠先生が振り返る。

学園施設の多くは、大正ロマン風味の和洋折衷な建築物が多い。

だが、『聖堂《カテドラル》』の建物は、こぢんまりとした白亜の、さながら礼拝堂のようだった。

「この建物の中に、クラスチェンジを行う施設があります。皆さんの中には既に利用されている――」

なんというか羅城門と同様に、肌がチリチリするような違和感を感じる。

道理に対する異物感というか、無いモノが存在しているような既知外感。

「コイツは最初からココに在ったらしいぜ。外側《がわ》は作ったんだろうけどな」

ポケットに手を突っ込んだ誠一が、歪んだ笑みを浮かべていた。

「コレとダンジョンの入口だけは最初から在ったらしい。誰かに発見される、その前からずっとな」

「なんて言うんだっけ、そういうの……オーパーツ？」

確か、発見された場所や時代では作り出せないようなアイテム、『場違いな工芸品』という意味だったか。

まん丸い石ころとか、水晶髑髏が思い浮かぶ。

「仕組みや原理は分かんねえけど、取りあえず使えるから使ってるって感じだな」

「んー。でも、そういうのって、スマホとかテレビでも同じじゃない？　あたしからすれば、あんなのマジックアイテムと同じだし」

「違いねえ」

堂内は天井付近のステンドグラスから差し込む光に照らされていた。

半地下になった空間の中央にあるのは、ストーンサークルっぽい遺跡だった。

床一面に描かれている多重円や幾何学模様は、細かい石か何かを填め込んだモザイクでできているようだ。

等間隔に一〇本の石柱が立っており、しめ縄とかされてるのが凄くミスマッチ。

和洋折衷な神殿っぽい感じ。

床の模様と石柱の位置をぱっと見すると、酒船石遺跡や、なにかの系統樹っぽく見えなくもない。

翠先生の説明によれば、手前に突っ立っている岩が『王冠の祭壇《ケテルオルター》』と呼ばれており、これで第一段階のクラスチェンジができるらしい。

上位のクラスチェンジに従って、奥の『祭壇《オルター》』を使用するそうだ。

『祭壇《オルター》』の岩にはそれぞれ名称が付けられており、『知恵の祭壇《コクマーオルター》』や『慈悲の祭壇《ケセドオルター》』とか言うらしいが瞬間で忘れた。

でも、テストには出そう。

ちなみに、クラス系統によって担当する『祭壇』が異なるそうだ。

「あれ、なんか床が光ってるっぽくない？」

麻衣が背伸びして『聖堂《カテドラル》』の中を覗き込んでいる。

あまり大きな施設ではないのでクラスメート全員が入ることはできないのだ。

利用頻度の高い施設ではないし、普段はそれほど混み合うことはないのだろう。

興味がない俺たちは集団の後ろにくっついてるポジションなので、外から覗き込んでいる感じになっている。

「これは……どうやら皆さんの中で、クラスチェンジが可能になっている人がいるようです」

翠先生がちょっと驚いたような顔になっていた。

入口から『王冠の祭壇《ケテルオルター》』に向かって、床のモザイク模様が道筋のように光ってナビゲートしている。

本来クラスチェンジは、一人ずつ入堂して行う儀式だそうだ。

資格を得ていれば、こういう感じで利用可能な『祭壇』までの道筋が反応すると。

クラスチェンジの結果はランダムだと聞いている。

ただ、望まない結果の場合は、一つ手前の『祭壇』に戻ってやり直し《ダウングレード》も可能らしい。

例えば、第一段階の『戦士《ファイター》』から第二段階の『騎士《ナイト》』になったとする。

そこからクラスチェンジが可能になった場合の選択は、騎士の上位派生『祭壇』でチェンジするか、再び戦士の『祭壇』を利用するかを選べる。

騎士クラスのレベルと能力を放棄する代わりに、ランダムクラスガチャを引き直すわけだ。

運が良ければ、他の戦士系第二段階クラスである『闘士《ウォーリア》』や『侍《サムライ》』に変わる可能性もある。

レベリングを苦にしないのであれば、クラスを吟味することもできなくはない。

ああ、ここを利用すれば、俺も第一段階クラスチェンジ選択をやり直せるかもしらん。

「手帳のレベル表示には誤差が発生する場合もありますので、心当たりがある人は後程試してみて下さい」

誰に反応しているのかまでは分からないようだ。

全員が石碑にタッチするには時間が掛かりすぎる。

ちなみにクラスチェンジが可能になっている人の中で、一番レベルが高い相手に反応するシステムらしい。

「翠ちゃん、質問ですー」

もしかしたら自分が、という期待でもあるのか、クラスメートたちもテンションが上がっているようだ。

その中の一人が手を上げている。

「一番奥に扉みたいな石門があるんだけど、アレってなんでしょーか。もしかしてSSR《すごいスーパーレア》クラス用とか？」

「翠ちゃんなら知ってそう～」

「ねーねー、教えて下さーい」

「……いえ、あれは『秘匿の祭壇《ダアトオルター》』と呼ばれている封印された扉です。実際に扉が開いたという記録はありません。今まで誰も到達したことのない段階のクラスチェンジで使用されるのだろうと推測されています」

翠先生は『聖堂《カテドラル》』の中から、入口の前で固まっている俺たちに向かって分かりやすく説明をしてくれる。

面白半分に茶化していたクラスメートも、変な感じで黙ってしまった。

恐らく、テストに出そうだと思い至ったのだろう。

真面目なのは良いことだ。

「……ねぇ。開いてるよね、扉」

「……気のせいだ。アレは開かずの扉って言われてんだからよ」

大体見学は終わったので静香に場所を譲る。

奥の方からカコンと音がしたので、一歩前に出て覗き込むと、またカコンと音が響く。

何故か誠一と麻衣の視線が涼やかにウェット。

「どうした？」

「……うん。叶馬くん、ちょっとアッチ行ってようか」

麻衣が眉間を押さえて溜息を吐く。

まったく、幸せが逃げてしまうというものである。


——穿界迷宮『ＹＧＧＤＲＡＳＩＬＬ』、接続枝界『黄泉比良坂』——

——第『伍』階層、『既知外』領域——


何故か『聖堂《カテドラル》』への立入禁止を申し渡されてしまった。

ダウングレードクラスチェンジが可能なのか、一度試してみたいのだが。

「いや無理だから。光ってなかったし、最初の祭壇」

「ぐぬぅ」

「もう、いい加減諦めたら？　絶対チートクラスでしょ、雷神（笑）ｗ」

語尾に（笑）や草が生えているような気がする。

その麻衣が振り下ろした杖の先から、レーザー光線のような軌跡が迸って、椰子の木が薙ぎ倒された。

エント系は、もうウケを狙ってるんじゃないかと思うくらい、擬態する努力の方向が間違っている。

西部劇に出てきそうなサボテンと、南国に海辺に生えていそうな椰子が並んでいたりするのだ。

完全に麻衣の餌として、新しく覚えたスキルの試し撃ち状態である。

「ん～、『収束《コンデンサー》』は使い勝手イイかも」

今の麻衣は第二段階クラス『魔術士』のレベル２２である。

一応、俺たちのパーティでは最もレベルが高い。

やはり遠距離＋広範囲の攻撃が可能なクラスは、ＥＸＰが稼ぎやすいということだろう。

調子に乗ってモンスターを根こそぎ全滅させたりして、誠一から性的なお仕置きを受けたりしている。

それでもレベル２０からは上がりづらくなってきてるようだ。

第三段階のクラスチェンジが可能になる、レベル３０の大台まではしばらく掛かるだろう。

「そいや、ドローンみたいなファンネルは使わねえのか？」

誠一が拾って放り投げてきた椰子の実をキャッチし、そのまま空間収納《アイテムボックス》にボッシュートする。

雪ちゃんが色んな種を欲しがっていたので、多分植えちゃうと思われる。

空間収納《アイテムボックス》にちょっと南国要素が追加されそう。

中がどうなっているのか、一度入ったことのある双子シスターズに様子見をお願いしたら、神域とか畏れ多いとかで断られてしまった。

たまに俺の斜め後ろを拝んでいたり、夜中にこっそりお供えしてたりするので、この子たちも俺の空間収納《アイテムボックス》を使えるんじゃなかろうか。

何故か静香よりも巫女っぽい子たちである。

「んー、『砲台《バッテリー》』は手数が増えるから便利なんだけどね」

目を閉じた麻衣が差し伸べた掌から、ぽぅ、と淡く光った球体が成形される。

光球はそのまま麻衣の周囲に浮かんで追尾している。

情報閲覧《インターフェース》で見ると麻衣のＳＰバーがごそっと減少し、その分が『砲台《バッテリー》1』に分離した感じ。

ある程度ラジコンのように自由に操作でき、作製時に込めたＳＰを使い切るまで魔法を射出することもできる。

それぞれを意識下に置き続ける必要があり、三つくらいまでが限界らしい。

ヒャッハー状態で魔法弾幕を張っていた姿は、シューティングゲームみたいで中々格好良かった。

「コレ、集中が途切れると消えちゃうのよね。ポンッて。具体的にはエッチでイっちゃうと消えちゃう」

「あーあー」

首の後ろを掻いた誠一が視線を逸らした。

「お口で抜いてあげるくらいなら、消えないと思うけど？」

「いや、そこは麻衣の修行が足りねえんじゃね？　つうか、魔法使い過ぎた後はスンゲー敏感になるし、なあ？」

ニヤニヤ笑いを浮かべながら麻衣の胸を揉んでいる。

確かに誠一からSPチャージを受けている時の麻衣は、発情したワンコみたいになる。

「んじゃま、練習しようぜ。その玉っころ消しちまったら、お仕置き追加な」

「やんっ。だからぁ、無理だってばー」

謎の修行モードになった誠一たちは置いておくとして、やはり使えるスキルがいろいろあるのは羨ましい。

スキルを取得しても、具体的にこのスキルを覚えた、という実感は無いそうだ。

ある程度レベルアップしていくと、ランダムにそのクラスのスキルを取得していく。

直感的に、何かできないことができるようになっているというメタ感覚が覚醒しており、スキル辞典を調べて身につけたスキルを調べるという流れが一般的らしい。

経験則の蓄積と研究検証の成果である学園のスキル辞典は、スキルの発動に必要となる明確なイメージを与えてくれる。

個人が、ただなんとなく、で想像できるイメージには限界があった。

マイナーもしくはユニークな『規格外《イリーガル》』クラスは、そうした部分でかなりのハンディキャップがあると思う。

「ぷぁ……ん」

足下に跪き、咥えてくれていた物を吐き出した静香が、それに頬摺りしながら潤んだ瞳で見上げている。

脇の下に手を入れるようにして抱き上げ、スカートをたくし上げさせる。

もちろん既にノーパン、これは沙姫たちも同様だ。

理由は不明なのですが、何故か一戦一事の沙汰を申し渡されてしまっている。

進軍ペースが落ちるのでハグで済ませることもあるが、ダンジョンダイブ中に全員三巡くらいはエッチする感じ。

俺の体力的に問題ないのは、レベルアップで身体強化された恩恵だろう。

後半になってくるとみんな顔つきがエロくなってくるというか、スカートの前を押さえて一列に並んだりする。

そうなると戦闘中にも影響が出てくる。

集中力が切れるとか散漫になるというわけではなく、こう身振り仕草がエロっぽくなっていく。

スカートをヒラヒラさせて斬り舞う沙姫などは、逆に夜のベッドシーンよりもエッチっぽい感じが出ています。

誠一も視線を奪われ、嫉妬した麻衣にフレンドリーファイヤーを食らっていた。

「はっ、あっ、あっ……ああっ」

片足を俺の足に絡ませて、向かい合ったまま腰を揺すっていた静香が仰け反る。

ダンジョンの中はゆっくり愉しむシチュエーションではないので、即填め即出し推奨だ。

命をやり取りするバトルの昂奮と緊張感、なにより地上とは違う、どんより澱んだ濃密な瘴気がエレクトとオルガズムを助長する。

股間にへばり付いた静香のお尻を鷲掴み、ヒクヒクと余韻に震える女陰から陰茎を引き摺り出す。

を感じた。


静香の股間を潜り抜け、背後に突き抜けているペニスの先端に、他メンバーから見られている視線の圧力
背中に手を回してしがみついている静香の片足を抱え直し、中をマッサージされて弛んでいる入口へと挿れ直す。

鈴口から漏れ出す残り汁を搾るため、ずぼり、ずぼり、と抜き填めした。

出しても萎えないのは致し方ないので、しがみついたままの静香をあやすように抱き剥がした。

ハンカチを手にした静香がペニスを包んで扱き、俺は泡立った精液を零れさせる静香のソコを指先で開いてやる。

俺が出した物が、静香の足元にポタポタと零れていた。

「……暴走はしなくなったみたいだけど。変な方向に極っちゃってる感じが」

「……叶馬だけじゃなくて全員な」

パンツを穿き直した麻衣と、スッキリ顔の誠一からディスられている気がする。

案の定、ポンッをやらかした麻衣をお仕置きして満足した模様。

「んもぅ、お尻はダメだって言ったのにぃ」

「充分、慣らしてやったろ。なんならダンジョンの中はケツオンリーでヤッてやろうか？」

「だから、いつまでも挿ってる感じが残っちゃうんだってばー」

「それがイイんだろ」

そっちは慣れが要るので、開発中の静香以外は無理をしないようにしましょう。

対抗意識を燃やさなくても良いです。

静香さんも勝ち誇った感じで頬笑まないように。

第33章　魯山人風の謎鍋

「そういえば、連休中の予定はどうしましょうか？」

学生食堂の片隅で、男女のグループがテーブルを囲んでいる。

彼らには恒例となっている、ダンジョンアタック後のお疲れ様会だった。

備え付けのコンロには火が点り、大きなサイズの土鍋がくつくつと茹だっている。

鍋を旬とする時節は過ぎていたが、遅すぎるほどではない。

「ま。どうせ学園からは出られねえし、あんま連休って気はしねえけどな」

水菜に椎茸、焼き豆腐に白葱、飾り切りされた人参に高原白菜。

鍋の底には昆布が敷かれ、刻まれた生姜が肉の臭みを消している。

メニューの名称は水炊きセット（関西風）となっていた。

「はいはーい。部屋に引き籠もってゴロゴロしてるのが、正しい連休の過ごし方だと思いますー」

ポン酢に紅葉おろしを浸した椀を手に、ごっそりと肉を掻っさらった麻衣が駄目人間発言をする。

「却下だ。だが、まあ骨休めは必要か」

「ん～、ベッドでゴロゴロ漫画とか読みながらお菓子食べて、テキトーに暇と性欲を持て余したセーイチがやってきてにゃんにゃんしてくみたいな、お代わりー」

「……お前、吟醸を水みたいに飲むなよ」

学生食堂の裏メニューになっているアルコール飲料は、贅沢嗜好品にカテゴライズされており非常に高額だった。

これは通常の料理においても、低価格帯と高価格帯の落差が大きく設定されている。

蕎麦、うどん、カレー、ラーメンや、日替わり定食などは文句なしに安い。

ダンジョンを苦手としている生徒でも、日々のジャンクフードに困ることはない。

代わりに、和牛のステーキなどは桁が二つばかり跳ね上がり、スイーツなども贅沢品になる。

ダンジョン攻略に向かわせるため、徹底した差別化が行なわれていた。

実際、順調にダンジョンを攻略してる層にとって、学内通貨である『銭』は持て余し気味になっていく。

「もうちょっと辛口の方が好みですー」

「姫っちはザルだから、少し遠慮しような」

「ふむ。各自の自己修練期間とするのも有意義だろう。どうかしたか？」

「あ、いや。叶馬のことだからダンジョン三昧を推してくんのかと思ってたぜ」

伸ばしかけた箸を置いた叶馬が、テーブルの上に両肘を突いて顎を乗せる。

鍋の中にある鶏肉は真っ先に消えていた。

ニコニコと骨付き腿肉を頬張っている双子姉妹を含め、基本的に肉食系女子が揃っている。

「俺たちは一気にレベルアップしてきた」

「まあな。クラスの奴らより一段階先に進んでる。はずだ」

実は一年丙組クラスメートのクラスチェンジ率、平均レベル値は、一年全体から見ても飛び抜けて高かった。

背後から何か怖いモノに追われているような切迫感が、良い感じに高効率循環を生み出している。

ただし、カウンセリングでもすれば、代償として不眠症やストレス過多の診断を下されそうであった。

「誠一も感じていると思うが、身体能力が上がりすぎて感覚にズレがある。慣らしが必要だ」

「ああ、成る程な。自分の身体に振り回されてる感じはするな……」

皿から具材を鍋に投入していく叶馬が頷いた。

「修行パートですね、分かります！」

「姫ちゃんがすんごい嬉しそうなのが謎なんだけど、そんなに違う？」

修行や努力という単語にアレルギーがある麻衣が小首を傾げる。

「後衛クラスはあんま変わんねえかもな」

だが、前衛の戦闘系クラスにとっては、搭載しているエンジンが原付から限定解除になったようなものだ。

振りかぶった得物《ウェポン》が勢い良すぎてすっぽ抜け、とっさの後退りが天井にヘッドバットする大ジャンプになる。

ポテンシャルアップした身体能力を最初から十全に扱えるのは、沙姫のように極まった天賦を持つ天才だけだった。

「できれば、実戦形式で仕合たいのだが」

「だが断る。死ねるだろ、俺になんの恨みがあんだよ」

沙姫がニコニコと自分を指差しアピールしているが、叶馬の視線は動かない。

相性と言うべきか、訓練するには微妙に噛み合わない三人だった。

無駄に殺傷力が高かったり、無駄に理不尽の権化だったりする。

「……致し方なし。適当な強者を探して辻斬りでもするか」

「止めろ。ていうか発想がおかしい。江戸時代の浪人か、お前は」

「限界を知りたいので格上とやりたい」

「音速の鉄塊パンチをぶち込む叶馬くんより格上、ねぇ……。ちょっと想像できないけど、上級生の先輩ってあたしたちより強いんだよね」

「そりゃそうだろ。……いや、その筈だ」

こめかみを押さえてブツブツと呟く誠一を尻目に、グラスをくぃっと呷った麻衣が鍋に箸を伸ばした。

「まあ、スキルの訓練も必要かもね。んー、美味し。コラーゲンたっぷりって感じ」

「旨味たっぷり、です」

「いくらでも食べられますー」

煮える側から消えていく具材は、叶馬が次々に追加して鍋へと投入されていく。

「うむ。まだまだあるので沢山食べると良い」

椀を手にした静香が動きを止め、虚空から皿を取り出す叶馬を見ていた。

誰も追加注文をしていないのにもかかわらず、スープが白濁するほど次々に肉が補充されていた。

肉からたっぷりと旨味出汁が出た白湯《パイタン》スープは、濃厚な甘い香りに、微かに爽やかな山椒の香りがブレンドされている。

メンバーの食レポのような発言も絶讃だった。

「ん～、プリプリのもちもちウマー。最初のお肉よりコッチのが好きかも」

「山椒の香りが上品、です」

「この黒皮、まさか烏骨鶏《うこっけい》か？　とろとろで美味え。冷やとヤベエくらい合う」

「うむ、下茹でには時間をかけている。〆は無論、雑炊だ」

俯いた静香の額に一筋の汗が流れ落ちる。

少しばかり逡巡してから、そっと椀が差し出された。

「……叶馬さん。お代わり、お願いします」

美味しいは――正義である。


俺はその日の夜、白鶴荘に来ていた。

静香と麻衣が所属している女子寮になる。

沙姫や双子たちの麻鷺荘と大きな違いはない。

学園の敷地に点在しているエントリークラスの学生寮は、収容人数が少ない代わりに数が多かった。

全寮制のマンモス校である豊葦原学園なので、その数は把握できないほどだ。

中には入寮資格が必要となる上級学生寮もあるらしい。

興味はあったが、俺たちにはまだまだ縁のない話だ。

「はふぅ……」

「はあぅ……」

海春と夏海が、同時に吐息を漏らした。

心なし艶々モチモチのお肌になっている双子を撫でて、磁石のようにくっついている二人の上から身体を起こした。

二人同時とはいえ、感覚などが同調《シンクロ》している子たちだ。

ほとんど一人を相手にしているのと変わらない。

そしてタフネスも然程ないので簡単にノックダウンしてしまう、素直な良い子たちである。

いや、静香が悪い子というわけではないのだが。

「静香に言ってやろ〜っと」

静香は今頃、麻鷺荘で沙姫と一緒に寝ていると思われる。

ベッドにうつ伏せになり、ポッキーを咥えた麻衣がチェシャ猫のようにニマニマ笑っていた。

他寮の相部屋と同じように、ベッドは通路を挟んで並んでいる。

プレイ中も余すところなく丸見えであった。

まあ、今更なのだが。

「女の子からエッチを求めるのがダメなんて、ホント男の子って自分勝手よねぇ」

主導権がどちらにあるかという問題なのです。

静香に余計な告げ口はしないで欲しい。

というか、寝ながらお菓子をバクバク食うと太ると思われる。

「ん～、体重増えてないし。お腹周りの脂肪も減ったくらいだし。最近バンバン運動しているし～。やんっ、激し」

「最中にあっけらかんとされてると、ちっとばかし自信喪失すんだけど？」

麻衣の尻に跨がっていた誠一が溜息を吐く。

「んぅ？　そんなの、全然蕩けちゃってるケド。なんか馴染み過ぎちゃって誠一が入ってきた瞬間にアへってなるし。もぉ腰が抜けちゃってるからセーイチファイトーって感じ」

「男は恥じらいがあった方が萌えるんだがなあ」

「ん、もぉ……そんなの、色んなトコで一日中エッチ、されてる女の子に求められても、んっ……困るぅ」

楽しそうなイチャイチャバカップルに触発されたのか、海春と夏海もぴったりくっついてきた。

誠一にも大分慣れてきたようで、同じ部屋にいても警戒しなくなっている。

基本的にスキンシップが大好きな姉妹だ。

ぎゅーっとしがみついて、おデコを押し付けてグリグリするのがお好みらしい。

昔から気になっていた、猫がなんでヘッドバットしてくるのかという疑問に答えてくれそう。

首元にグリグリしてくる海春の方を抱き上げ、オッパイの谷間に顔を挟んでグリグリ仕返す。

サイズ的には可愛らしいボリュームですが、背丈がちんまいので丁度良く感じるファンタジスタ。

胸板にグリグリしていた夏海は拗ねたのか、布団の中に潜り込んでしまった。

もぞもぞと動くサブマリン兵から急所をふにゅっと掴まれ、ぱくっとされる。

ドキドキ☆鎮魂祭の時に静香からいろいろ習っていたので、ガリっとされるドキドキ感は緩和されていた。

「はふへぇ……頭チカチカするぅ。連続エッチ注入絶対ヤバイぃ」

「スンゲー痙攣してビビッたぜ。あれか、填めっぱで連発がヤベエのか？」

「ん〜…たぶん、かも。こう、お股から奥にズキューンってバズーカ砲撃ち込まれた感じぃ」

たまに静香さんも、セルフ処刑してる感じでそうなっている。

「んじゃ、三発目がどんなモンか試してみっか」

「やっあっ、マジダメ、洒落になんないっ……。もぉ、試さなくても全部セーイチのモノになってるってばぁ！」

「イチャついている所を済まないが」

「おう？」

いじめっ子の笑みで振り返る誠一の下では、本気で身の危険を感じているらしい麻衣がハァハァと身悶えていた。

尻を振って逃げようとしているようだが、射し込まれているモノは抜けない模様。

静香さんも変な感じで合体ロックされている時があるので、同じような状況っぽい。

曰わく、アソコが吸引するみたいになって、どうやっても抜くことができなくなるそうだ。

誠一は独占欲の鬼というか、猜疑心が強いのだろう。

なので、麻衣を苛めるような真似をして、常に試さなければ安心できないのだと思われる。

そういう、いじめっ子の顔が苦手らしい海春はドン引きだ。

「言い忘れていた。この子たちがレベル上限に達したので、第二段階へチェンジするべきだろう」

どうやらクラスの各段階には上限値《レベルキャップ》があるらしかった。

モンスターを倒してＥＸＰを得ても、レベルが上がらなくなるのだ。

そして余剰のＥＸＰは、身体に良くない影響が出るらしい。

「おっ。マジか？」

「やっ、大っきくなったっ……セーイチ、出したら怒るからねっ。マジでギャン泣きしてやるからぁ」

麻衣がいろいろと必死。

意地悪モードの誠一は、これ見よがしに腰を擦りつけて黙らせている。

「第二段階へのチェンジリストは、海春は『癒し手《ヒーラー》』上位の『司祭《プリースト》』、夏海は『文官《オフィサー》』上位の『司書《ライブラリアン》』、『案内人《パスフェンダー》』、『蒐集家《コレクター》』の三つだ」

「イイね。漲ってきた」

ペロリと唇を舐める誠一に、海春も布団の中に避難してしまう。

「海春ちゃんは、悪いが『司祭《プリースト》』っきゃねえ」

本人たち曰わく、俺にお任せ、とのことなので問題はない。

ただ、良く分からないのは海春も夏海も、同じクラスチェンジ可能リストが出ていたりする。

『聖堂《カテドラル》』でランダムクラスチェンジしたら、お互いのクラスが入れ替わってしまったとかありそう。

「夏海ちゃんは、ダンジョン攻略を考えりゃあ『案内人《パスフェンダー》』か……。まあ、『文官《オフィサー》』系は自由度高いから、あんま悩まなくても良いんだが――」

『文官《オフィサー》』と『職人《クラフター》』系列のクラスは、第二段階までのクラスしかないらしい。

上位へのクラスチェンジがない代わりに、『サブクラス』という枠が開放される。

そして、第二段階のクラスを複数取得していく感じ。

前提のクラスを取得していないとチェンジできない特殊クラスなどもあるそうで、実質的には上位クラスチェンジと同じだろう。

ビルドの方向性としては、特化ではなく器用貧乏系か。

そうしたパーティ構成についてはクラスの段階が進んでからの話で、俺たちのようなダンジョンビギナーにはあまり関係はないような気がしないでもないような。

ペロペロがダブルペロペロになってしまったので、難しいことを考えるのが辛い。


一応みんなにも確認してから、双子シスターズのクラスチェンジを済ませた。

海春が『司祭《プリースト》』で、夏海が『案内人《パスフェンダー》』のレベル1だ。

これで俺たちのパーティは全員が第二段階クラスとなった。

『司祭《プリースト》』のクラスは今までと同じように、攻性のスキルは一切なかった。

SP譲渡や肉体損傷の回復魔法の他に、『加護《プロテクション》』などの防御系スキルが使える模様。

恐らく、ぶっちぎりでレベル上げが辛いクラス系統だと思われる。

完全にパーティ前提のサポート特化クラスだ。

『案内人《パスフェンダー》』になった夏海には、ちょっと特殊な『文官《オフィサー》』系クラスの戦闘手段があったらしい。

まだ授業でも習っていないクラス特性で、夏海たちがクラス情報を調べている時に発覚した。

それを試すのも今回の目的だったが、今はちょっと気絶してしまっている。

原因はダンジョンダイブ直後に使用した新スキル、『検索案内《ナビゲート》』だ。

これは特定の対象、例えば界門《ゲート》や宝箱《ジャックポット》、ボスモンスターなどを指定して位置検索するスキルになる。

マッピングされていない既知外領域を探索する俺たちには、とても有用なスキルだ。

このスキルが目当てで、『案内人《パスフェンダー》』へのチェンジを決めたくらいだ。

最初に宝箱の検索をお願いしたら、そのまま気絶してしまった。

夏海に引き摺られて海春も失神してしまったのは、例のユニゾン現象だろう。

流石に慌てたが、大体の理由は見当がついた。

素直な良い子の夏海なので、全力でダンジョン内を検索しようとしたに違いない。

スキルにより収集された情報を脳が処理できずに、意識がシャットダウンしてしまったのだろう。

俺も最初のダンジョンダイブで黄泉衣を装備した時、同じような感じになった。

やはり、スキルを使い熟す訓練は必要だ。

二人に無理はさせられないので、空間収納《アイテムボックス》の中で休んでもらうことにした。

誠一たちは何か言いたそうな顔をしていたが、双子シスターズは雪ちゃんのお気に入りらしいので多分問題はない。

だが、雪ちゃんは人見知りのボッチ体質なので、誠一あたりを収納したら即行でポイされそう。

静香とも馬が合わないっぽい。

シャイな気難しがり屋さんなのである。

それからの俺たちは無理をせず、主にスキルの慣熟訓練を目的にした。

強敵とのバトルで、海春のようにスキルが暴走して気絶してしまうのは洒落にならない。

問題なのは双子たちがダンジョン外でスキルを使えないことだ。

連休中も休日と同じように、午前と午後に区切って羅城門が起動される。

なので、俺たちも一緒にダンジョンに出向いて、スキル訓練を行なうべきだろう。

学園監修スキル辞典によれば、『司祭《プリースト》』スキルの中に『降臨《アドヴェント》』と呼ばれるスキルがあった。

天使でも呼び出すスキルなのかと思ったら、ダンジョンの中から外に出てこられるスキルらしい。

『遊び人《ニート》』にも『脱出《エクソダス》』という同種の自分用スキルがあるようだったが、こちらはパーティメンバー全員に効果がある模様。

これが使えるようになれば、購買部で販売している高価な使い捨てアイテムに頼らず、気軽にダンジョンへと挑むことが可能になる。

閉門のタイミングで強制的に羅城門へ戻されると、大混雑状態になっているのだ。

上級生の多くが、ダンジョン脱出アイテムの『帰還珠』を利用しているのも分かる。

任意のタイミングでダンジョンから出られるのは、緊急回避の意味でも有用だ。

流石スーパーなレアクラス。

ただ、なり手が少ない分、蓄積データも少なく、スキル記述も曖昧で解析も進んでいないようだ。

海春は目標ができて奮起していた。

まあ、空間収納《アイテムボックス》から出てきた直後はぐったりしていました。

一応、雪ちゃんがお茶も淹れてくれたりして、歓迎してくれたらしい。

『外』ができていたと言われてもちょっと意味が分からない。

畑は良いとしても、森やら空が広がっていたとかわけが分からない。

とにかく二人も俺たちも、無事に帰還して麻鷺荘へと帰ってきた。

女子寮へ帰ってくるのに慣れ始めた自分が、少し怖い今日この頃。

「…ふぁ…あぅ」

蕩けるような溜息を漏らしたのは、俺の背中に手を回している桃花先輩だ。

現実逃避で回想に耽ってしまった。

そんな状態でセックスを致すのは、桃花先輩に失礼である。

「はぁう……」

場所は麻鷺荘の一階にある裏口。

寮務員さん用トイレの中だ。

つい先日も、杏先輩と致してしまった秘密のトイレだ。

シチュエーションも大体同じ。

小便器の前に立っている桃花先輩には、向かい合わせに立った俺からペニスを挿入されている。

何分狭いし、衛生的でもないので、基本立ったままのポーズで交尾を続けていた。

膝折れしそうになった桃花先輩を抱き寄せ、お尻を掴むように回した手で支える。

小便の受け皿にべちゃっと跨がってしまうのは、衛生上良くないと思われる。

安産型のぽっちゃりお尻や、むっちむちのオッパイあたりが重いのだろうか。

桃花先輩の格好は膝丈まであるワンピースパジャマだ。

それをずるっと腰の高さまでたくし上げ、俺が抱え込む形で腰を振り合っていた。

「あ…あ…あ……」

お尻を抱えられて姿勢が安定したのか、桃花先輩の腰使いがよりエッチになる。

まるで受け入れてくれると気づいた子猫が、甘え始めたみたいだ。

先輩のお腹の肉は柔らかく締めつけ、たっぷりと粘っこいお汁を分泌していた。

「ああぅ」

切なげに鳴いた桃花先輩が、押し付けた股間をビクビクッと痙攣させる。

ジャージの背中を掴んだ手も握り締められ、胸元に顔を埋めてオルガズムの反応を見せてくれた。

無論、イッた後も俺にしがみついたまま離れようとしない。

とても可愛らしい仕草だし、俺もちょっとでイケそうな所まで到達していた。

髪を撫でたり、パジャマの上からオッパイを揉んでも一切抵抗しない。

杏先輩と同様に、随分と好感度が高いらしい。

「先輩。良いですか？」

桃花先輩は顔を上げずに小さく頷いた。

お尻を揉んでいた手で、先輩の下半身を抱え上げる。

手と足で俺にしがみついた桃花先輩は、自然と力んで締め付けも強くなった。

足場のない空中に抱えられる駅弁ポーズは、女の子にとって逃れようのない体位だろう。

抱え込んだお尻を身体ごと揺すり続けて、射精まで堪えてもらった。

「ん、んんぅ～……んぁ」

お尻をビクビクッと痙攣させる桃花先輩は、喘ぎ声を押し殺して悶えていた。

少し時間がかかったのは、二発目ということでご容赦願いたい。

抜かずの二連戦した肉棒を抜くと、先輩が甘い声を漏らした。

お口を開けたまま、ぽやぁんと蓬けている桃花先輩をお姫様抱っこする。

可愛いアへ顔であるが、ちょっと事情の説明をお願いしたい。

もしかしたら、また杏先輩がいらっしゃるかもと用心してトイレに行ったら、桃花先輩が中で立ちオナニーをしておられたのだ。

リアクションを起こす前に抱きつかれ、なし崩しにセックスが開始されてしまった。

正直、ビックリしたという以前に軽いホラーだった。

ちょっと悲鳴を漏らしたかもしらん。

杏先輩から聞いた限り、他に『匠工房《アデプトワーカーズ》』の部員は麻鷺荘にいなかったはずだ。

いや、杏先輩の部屋へお泊りに来ていたのか。

そして夜中にムラムラして目が覚め、こっそりとトイレで発散していたとか。

「……桃花先輩」

「……はぃ」

抱っこされている桃花先輩が、自分でパジャマの裾を捲り上げる。

「そうではなく」

トイレから廊下に出ているので、あまり扇情的な恰好になってはいけません。

ちなみに、揉んだ感触から分かっていたのですがノーブラでした。

「理由を」

ノーブラノーパンで甘えてくる桃花先輩に、俺も紳士的な対応は難しい。

常夜灯が照らしている薄暗い廊下の片隅で、バックからペニスを再挿入してしまった。

壁に手をついた桃花先輩は、突きやすいように腰を掲げてくれる。

桃花先輩も年頃の女の子だ。

モヤモヤで眠れないのなら、すっきりするまでお付き合いするのもやぶさかではない。

背後からお膣に挿入したまま、あまり音が響かないように腰を打ちつけていく。

もう夜も更けた時間なので、廊下に寮生の姿はなかった。

調理室やボイラー室しかない奥の方ではなおさらだ。

食堂の前にある談話スペースを覗いても、誰もいなかった。

スペースには自販機が置いてあり、その前にあるベンチへ桃花先輩を寝かせる。

たくし上げているワンピースパジャマを胸元まで捲ると、中で弾んでいた乳房が露わになった。

とても巨乳というか、爆乳な感じ。

桃花先輩は小柄なので、とても大きく見えてしまう。

太股を抱え込んでいる俺の腰突きで、前後と左右にブルンブルンと揺れまくる。

谷間に顔を埋めてから、頂きの突起を吸ってみた。

甘えん坊モードな桃花先輩が、俺の頭を抱え込んで頬ずりをしてくる。

さらに自分のオッパイを下から支え上げ、咥えやすいように差し出してくれてた。

チャームポイントであるオッパイ戦闘力を自覚しておられる。

「ぁ……叶馬くんが望むなら、いくらでも挟みます」

「そうじゃない」

「ぁ、っ……ごめんなさぃ。ご主人様の命令には従います、から」

なんか変なスイッチを押してしまったのか、うりゅっと瞳を潤ませてしまう。

どうもトラウマスイッチを踏んだっぽい。

だが半泣きお顔も可愛らしい。

「あっんっ……しゅきにお使い下さぃ、ご主人様ぁ」

「ご主人様は、誰だ？」

「んっんっ…叶馬さまぁ、でしゅ」

従順なかみかみオッパイ子先輩になってしまった。


桃花先輩をしばらく廊下で愛でた後、杏先輩のお部屋へ連れ戻しました。

腰が抜けて歩けない状態だったので。

麻鷺荘二階にある杏先輩のお部屋は、沙姫たちと同じレイアウトの二人部屋になっている。

幸い部屋にいたのは杏先輩だけで、相方な寮生さんの姿はなかった。

恐らく、桃花先輩が泊まりにきたので、気を利かせてベッドを空けてくれたのだろう。

ただ、ノックに反応がなかったのでこっそり侵入したら、杏先輩がベッドの上で一人遊びをなさっていた。

侵入者に気づいた杏先輩は、悲鳴の代わりに切なそうな声で俺を招き入れた。

そこからはもう、ダブルご主人様呼ばわりでワンモアタイム。

というか、朝まで二人と同じベッドで過ごしました。

静香石のシンクロ機能により、同じ建物の中いた静香さんには知られたはず。

遠回しにチクチクと揶揄されると消化に悪いので、翌朝には静香へ自分から釈明を行ないました。

不可抗力だった、と胸を張って主張しました。

「問題ありません。話はついていますので」

「然様で」

食後のティーカップを手にした静香さんに、謎の貫禄が育ってきている感じ。

「プランは順調ね」

「まあ、構わないんだがな。目立つ真似は避けろよ」

みたらし団子を手にした麻衣が頷き、コーヒーを傾ける誠一は呆れ顔になっていた。

「普段はガード、です」

「線引き、です」

「お団子美味しいですー」

グッとちっちゃな拳を握っている双子は静香側で、幸せそうにお団子を食べている沙姫は俺側だと思う。

今日はダンジョンオフ日なので、のんびりとランチ後のティーブレイクを楽しんでいる。

明日からゴールデンウィークということもあって、学生食堂にいる他の学生たちも気が緩んでいるようだ。

まあ、なんだかんだで連休中にも予定が入っており、暇を持て余すことはなさそうだった。

第34章　マッシブコミュニケーション

寝て起きれば連休の初日だ。

休みというだけで目覚めも爽やかである。

白鶴荘の食堂で誠一と向かい合いながら、野郎同士のオッスオッスブレックファースト。

「……変な表現はヤメロ」

いい加減、顔見知りになっている寮生の方々の視線が微笑ましく、一部ハァハァと呼吸が荒い。

静香ほどではなくとも、腐っている女子がおられる模様。

麻衣は宣言通りに昼まで寝過ごすつもりらしく、ミッドナイトバトルロイヤルだった静香と沙姫も寝坊中である。

低血圧らしい静香は普段も起こすまで寝てるタイプなのだが、朝練上等の熱血圧である沙姫もダウンしているのは珍しい。

「俺も寝不足だけどな。お前ら何時までアンアンやってんのかと」

「メイビー」

「んで、今日の予定はどうすんだ。ハーレムメンバーとお楽しみか？」

夜だけでアップアップだというのに、なんで朝から干涸らびるような真似をせねばならぬのか。

沙姫をダウンさせた甲斐がないというものである。

「筋肉が鈍っているので鍛え直す予定だ」

「いや、もう腹筋割れてるだろ？」

割れてはいてもキレがない。

受験勉強で日課をサボっていたペナルティだ。

筋肉は正直者なのでトレーニングをサボれは簡単に劣化する。

「あと二キロほど筋肉を増量したい。学園には自由に使えるトレーニングルームがあると聞いたのだが」

「ジムか。結構マシン揃えてるらしいな」

筋肉をコーディネイトするにはウェイトトレーニングが一番である。

というか、必須だと思う。

「意外とムキムキマッチョな奴っていねえよな。それだけクラスの補正能力がデカイんだろうけど」

ベースになる肉体を疎かにしてはならぬ。

そもそも俺の場合、クラス特性が良く分からないので、鍛え上げておかなければ足手まといになる。

「……アノ鎧着て動ける時点で、鍛える意味があんのか、つう気もするんだが」

「無論バトルモードはオフだ」

SP開放状態でトレーニングしても、筋肉に負荷が発生しない。

筋肉に負荷をかけ、超回復させて肥大化させるのが筋トレの極意だ。

「まあ、良さそうだったら教えてくれ。静香たちも連れて行くのか？」

「沙姫はともかく、静香たちは五キロのダンベルも持てないと思われる」

開始五分でギブアップが目に見えている。

沙姫にトレーナー役をお願いして、静香たちにも軽いトレーニングを始めさせることにしよう。


さて、武道館の中に入ったのは初めてだ。

案内看板などを見ながら、少し探してしまった。

最初は独立したトレーニングジムがあると思っていたら、武道館の中に設置されていた。

武道館自体は、用途に合わせた複数の屋内ホールになっている。

柔道の試合ができそうな畳敷き会場があったり、サバゲーができそうなジオラマ市街地があったり、ボルダリング用のアトラクションがあったりと中々楽しそう。

「ふむ、ジムは二階か」

特に受付もなかったので、施設案内図を確認してトレーニングルームへと足を向けた。

休憩室やロッカールーム、シャワールームにメディカルルームと、一通りの設備が内包されているようだ。

覗くつもりはなかったのだが、割とアッチコッチでアハンウフンされている生徒がいる模様。

まあ、寮部屋オンリーでは飽きが来るだろうし、フィールドシチュエーションプレイを追求されているのだろう。

無粋は控え、階段を上っていった。

壁一面がガラス張りになっており、外と変わらない程度に明るい。

様々な種類の最新トレーニング器具。

広いスペースにさり気なく配置された観葉植物。

天井にはデカイ扇風機みたいなのがクルクル回っている。

想像していた汗臭いオッスオッス空間とは違い、スタイリッシュ感あふれるお洒落空間だった。

筋トレはダンベルとベンチプレスさえあればいいや派なので、最新マシンにあまり興味はない。

だが、プロテインの無料バーカウンターがあるのは嬉しい。

プロテインとは即ちタンパク質であり、筋肉の構成物質だ。

プロテインを摂取しない筋トレとか、ぶっちゃけ無駄が多すぎる。

逆に筋肉を削り落とす行為でしかない。

筋肥大化を目的としたウェイトトレーニングでは必須と言わざるを得ない。

一般的には運動後四五分以内にプロテインを摂取するのが効率的だとされている。

これはトレーニング後に飢餓状態となった肉体は栄養素の吸収率が高く、ダメージを負った筋肉細胞の超回復を促すタンパク同化作用が働くからだ。

筋肉細胞のダメージを回復させる時に栄養素が不足していれば、逆に筋肉が痩せ細っていく。

根性論で闇雲に肉体を痛めつけるトレーニングは、全てが無駄ではないが非効率に過ぎる。

筋肉その物が目的のボディービルダーではなくとも、肉体のコーディネイトには最低限の知識が必要だ。

まあ、超回復の休息期間やオートファジーにもいろいろと議論があったりするのだが、結局は自分に合ったトレーニングスタイルを構築していくのが大切だ。

その手のアドバイザーとして、トレーニングインストラクター教員も常駐しているようだ。

なのだが姿が見えない。

控え室のドアが半分開いていたので中を覗いてみると、マッシブな汚《お》ケツが上下にスクワット。

細いあんよが両脇から伸びてブラブラしている。

どうも個人的なインストラクションで忙しいようだ。

調整が必要なマシンを使う予定はないので放置しよう。

ダンベルコーナーへ足を向け、取りあえず三〇キロのウェイトを手にした。

自重トレーニングでは鍛えづらい、上半身をメインにした筋トレを開始する。

ちなみに、自重トレーニングとは器具を使用しない自分の体重を負荷とするカテゴリーで、腕立てや腹筋やスクワットなどが該当する。

筋トレの基本ではあるのだが、やはり負荷が軽い。

特定の筋肉部位に、適度な負荷を与えるには器具が必須だ。

学園指定のジャージを脱ぎ、軽くストレッチを済ませる。

上半身裸となったのは露出狂だからではなく、鍛える筋肉を意識するためだ。

鍛える筋肉を意識しながら負荷をかける、これが筋トレのコツである。

手始めに軽くダンベルカールを三セット。

上腕二頭筋のサイズアップは基本だ。

上腕三頭筋から背筋へと負荷をかけていく。

背中の筋肉は重要だ。

背骨という人体の急所をカバーしてくれる。

武器を扱う以上、肩の筋肉である三角筋も手は抜けないだろう。

大体ダンベルがあれば上半身のトレーニングには困らない。

特に意識せずとも、ＳＰやＧＰを開放したバトルモードが発動することはなかった。

途中でウェイトを増やして調整し、三セットを目処にオールアウト状態まで筋肉を酷使する。

オールアウトとは、筋肉を限界まで疲労させた状態だ。

ああもう駄目だ、と意識が弱音を吐いたその先、本当の筋肉の限界までイッた状態を指す。

頭で限界になってから、プラス二、三回が筋肉増強の基本である。

最近、筋肉を甘やかしていたのが悪かったのか、全身が一回り膨れたようにパンプアップしてしまった。

やはり三日に一度はウェイトトレーニングを行なうべき。

休憩と水分補給を兼ねて、プロテインバーカウンターでクールダウンする。

奥の控え室では、汚いマッシブヒップがジェファーソンスタイルでデッドリフト中。

日本風に表現するのなら、四八手でいうところの『立ち松葉』とかいう体位だと思われる。

アダルトビデオですら見たことのない立体機動を熟すとは、中々の淫ストラクターっぷりである。

女子生徒の方が後ろ手に縛られているように見えるのは、本人の趣味か、暴れると危ないからか。

いや、十中八九レイプだとは思うのだが、ウチの静香さんのように縛ってくれと申し出る女性が多いのやもしらん。

味も素っ気もないプロテインシェイクを飲みながら、改めて閑散としたルーム内を見回した。

スペースも広くて立派でお洒落だというのに、利用者は両手の指で足りるほどだ。

ヘッドフォンをしてランニングマシンやエアロバイクを使用している生徒ばかりである。

アレならまだ立体機動セックスの方が筋トレになるだろう。

休日を優雅に筋肉コーディネイトして過ごすというのは流行らないのかもしれない。

呑み干した紙コップをゴミ箱にシュートし、最後の仕上げにベンチプレスエリアへと向かった。

メインターゲットはそう、大胸筋である。

腕立て伏せ《プッシュアップ》でも鍛えられる箇所だが、部屋でやっていると静香たちを変な風に刺激してしまうらしく集中できないのだ。

ちょっと下に潜り込んでみようかな、みたいな好奇心は抑えて欲しい。

このベンチプレスというトレーニングは、仰向けに寝た状態からバーベルを押し上げるという単純な代物であるが、故にストレートにパワーを計ることができる。

自分の体重と同じウェイトを上げられるなら一人前と言えるだろう。

一〇〇キロの大台を上げられるなら筋肉エリートを名乗っていい。

俺もバトルモード状態でなければ無理かもしれない。

今回は鈍った筋肉のオーバーホールなので、八〇キロのセッティングからチャレンジ。

「…っ、…っ」

一人黙々とベンチプレスに励んでいる先客がおられた。

身体にぴっちりとしたセパレートのトレーニングウェアは、タンクトップと短いスパッツ。

水着よりも身体のラインが出ている。

無駄な脂肪が見当たらないシックスパックの腹筋が素晴らしい。

四〇キロのバーベルをフックに戻し、冷たく警戒した視線が俺に向けられた。

「……なにか？」

「失礼しました。見事にコーディネイトされた身体でしたので」

無意識にだろう、両手で胸を隠すようにクロスさせた女子の視線が冷たい。

だが、本当に素晴らしい絞り具合だ。

これは胸を張って人目に晒して良いレベルのコーディネイトボディである。

凄く、体脂肪率を聞いてみたい。

「――どうかしたのかね？」

「あ、副会長」

随分と不躾に見入っていたようで、後ろからかけられた声で我に返った。

振り返ると、高級感あふれるジャージ姿の眼鏡男子が立っていた。

「君は……見覚えがないな。普通科の生徒か。フッ、珍しいこともあるものだ」

怪訝な表情から関心が失せ、ゴミを見るような乾いた目になっていた。

どうやら特級科の先輩らしいが、科生全員の顔を覚えているのなら凄いものだ。

ふむ、勘違いされては困る。

他の場所でならともかく、ここは筋肉の社交場。

己のコーディネイトしたマッスルボディこそが価値を示すジェントリーゾーンだ。

さり気ないリラックスポーズから、さり気ないサイドチェスト。

「むっ」

表情筋に乏しい俺だが、さり気ないスマイリーは必須だ。

眼鏡先輩は小さく唸った後、ジャージのジッパーをさり気なく下ろした。

さり気なくタンクトップに手を掛けられる前に、俺は既に敗北を悟っていた。

さり気なく脱ぎ捨てられたタンクトップの下から出てきた上半身は、完璧にコーディネイトされたマッシブボディに他ならない。

なんというキレ、なんというインナーマッスル。

筋肉量の問題ではない。

全身くまなくコーディネイトされた高品質の作品であった。

駄目だ、恥ずかしい。

この鈍ったボディで隣に立っているだけで、赤面するほどの羞恥心を感じてしまう。

さり気ないモストマスキュラーと共に眼鏡と白い歯が光っていた。

「ビューティフォー……。俺には恥という言葉しかありません」

「フッ……どうやら少しは道理が分かるようだな。話す価値があると認めよう」

「体脂肪率をお聞きしても良いですか？」

「最近は少し忙しかったのでな。八％まで落ちてしまったようだ」

頭を振る先輩のボディコーディネイトなら、一％単位で自己管理していたとしても驚かない。

確かに体脂肪率を落としすぎるとスタミナの面でペナルティが発生する。

「ダンジョンを考えれば一〇％は確保するべき数字だろう」

「やはり」

一二％を目指していたが、もう少し絞り込んでも大丈夫そうだ。

「あ、あの……」

既にガン無視されていた女子さんが、戸惑ったようにベンチの上でモジモジされていた。

中々完成されたコーディネイトだと感じていたが、先輩を見た後では多少の弛さが目についた。

「一八％」

「いや、一七％だろう」

「あ、あの、そのっ、あまり見ないで頂けると」

女性の場合は、男子と身体構造が異なるので、絞りすぎても体調に悪影響が出る。

静香たちのマッスルコーディネイトの参考にお話を伺いたいところだ。

「ああ、済まなかったね。麗華《れいか》くん」

「い、いいえ、気になさらないで下さい。礼治《れいじ》様」

頬を染めて慌てる様子からして、パーフェクトコーディネイトが眩しいのだろう。

その気持ちは良く分かる。

筋肉談義を交えながら軽く雑談したら、特級科の先輩で、更に生徒会の副会長さんと庶務さんだった模様。

中々話の分かる先輩方であった。

＊＊＊

『麗華』というのが私の名前だ。

名字については、この学園の中で名乗ることはない。

人の名前には力が宿り、自らフルネームを名乗ることは呪術的に危険である。

例え生徒名簿にフルネームが記載されていたとしても、自ら『名前を教える』という行為がトリガーになるのだ。

本当かどうかは分からないが、そんな風習が学園には根付いている。

だが、そのお陰で、あの方の名前をお呼びすることができるのだから、悪いことではない。

礼治様。

最初のきっかけは、そう、不純なものだった。

あの方に近づきたい。

その強さに、その有り様に憧れた。

決してその地位に媚びたのではない。

それは私の名前と、魂に賭けて断言できる。

考えを知りたい、同じ世界を見てみたい、そして自分を見て欲しい。

あの方は孤高な存在、学園のトップに立つ存在、だった。

今年からは不条理にも、ナンバーツーの立場に甘んじられている。

一時期は少し荒れていらしたが、その心情を慮れば当然であろうと思う。

本来なら私などが気安く話しかけられる立場ではない。

それでも、少しでも側に近づけるようにと、身体を鍛え始めたのはそうした不純な動機だった。

あの方は万人に厳しい態度を取られるけれど、それ以上に自分にも厳しい。

荒淫に溺れるような品性下劣な男性とは違い、ストイックに己を律している。

行動のみならず、勉学やライフスタイル、勿論ダンジョンでの戦いにおいてもだ。

特級科の生徒がダンジョンダイブを行う場合、生徒同士のみならず学園教員のサポート要員が同行する。

サポート要員は学園の卒業生であり、ダンジョン戦闘に特化したハイレベルのプロフェッショナルだ。

内情を知るものは余りいないが、彼らは普通科のトップランクだった者達だ。

卒業という名目で学園から放逐される普通科の中で生き残るためには、学園の要員として雇われるしかない。

男性なら上位クラスチェンジを遂げた戦闘要員、女性なら性的魅力を維持した〝壊れ〟ていない人たち。

四年生、五年生の教室棟が隔離施設のように人目から隠されているのは、〝廃人〟や〝人形〟となった生徒たちが溢れているからだ。

そうしたすり切れたモノたちは、『死徒』と学園の裏で呼ばれている。

特級科の中でも表だって認識されている話ではない。

多少なりとも私が事情に詳しいのは、血縁上の父方が学園の運営に携わっている一族だからだ。

不妊と成り果てる普通科の卒業生の中でも、極稀に生殖能力を取り戻す者もいる。

時として一部の学園ＯＢや、関係者の慰安施設ともなる学園だ。

無論、普通科からの雇用男性や、在学生からも当たり前のように日々精を受け続けている。

ダンジョンから遠ざかり、運良く孕んだ女性はそのまま一生学園から雇用される飼い殺しにされる。

回復しなかった場合は、三十路を待たずに早世してしまう。

原因は分からない。

だが、普通科の生徒には極秘事項にされている。

特級科の『ロスト』生であり、卒業後は学園の教員となった母は、父からとても執着されていたらしい。

一度も顔を見たことはなく、認知もされていないが、養育にはいろいろと面倒を見てくれていた。

母に対する父の感情が、愛情なのか独占欲なのか、私には知る術がない。

恐らく、在学中から母は父に保護されていたのだろう。

少なくとも生まれた娘の種が、自分だと確信できる程度には。

学園は外から隔離された別世界ではあったが、特級科における人間関係は外界の縮図でもある。

最初から学園のサポートを受けられないような『ロスト』前提の慰安要員もおり、その大半が女子生徒だ。

私もその一人になる。

男子生徒の場合でも、辛うじて特級科へと席を置くような生徒は手厚いサポートを受けられない。

基準は明確にされていないが、つまりは『家格』と『献金』だ。

特級科のランクでは最下層だった私が、こうして『死《ロスト》』を免れているのはあの方のお陰だ。

勿論あの方には、最上級の学園からのサポートが約束されていた。

だがそれは明分されていない『ルール違反』であり『ズル』だ。

与えられた特権を、あの方は不要と切り捨てられた。

与えられた環境に甘んじず、自分の力でダンジョンを攻略し、自分にへりくだる取り巻きではなく、ただのクラスメートである私を含めた『派閥《フラクション》』を築き上げた。

あの方の力になりたい、あの方を手助けして差し上げたい。

尊敬せずに、敬愛を抱かずにいられるはずもない。

落ち目、と理不尽に揶揄する有象無象など、みな『死《ロスト》』してしまえばいい。

そう思う者は私だけではない。

いや、下衆な取り巻きが淘汰され、真物が淘汰されただけだ。

だが露骨な掌返しに、やはりあの方も心労を募らせていたのだろう。

心労を和らげるためならば、この身を捧げて構わない。

あの方のモノになれるのならば、『死《ロスト》』してもいい。

まあ、ストイックすぎて甘い雰囲気になったことすらないのだが。

しばらくはあの方の日課である、トレーニングルームへの足も遠のいていた。

なので、久し振りにお姿を見かけた時には、もしかしたら一緒にベンチリフトができると期待もした。

バーベルスクワットやルーマニアンデッドリフトで共に汗を流せたら最高だ。

だが、初見の普通科男子生徒とポージング合戦をしたと思ったら、何故か意気投合されてしまっていた。

今まで恥ずかしくてまともにできなかった会話にも混ざれて、内心感激していたりもしたのだが、アレは一体なんだったのだろう。

＊　＊　＊

トレーニング施設は武道館の中に設置されていた。

他にも様々な学園施設が武道館に併設されている。

それらは生徒が利用できない、知られていない施設も含まれていた。

外側からは見えなかったが、それら施設の地下には遺跡が埋まっていた。

『タルタロスの闘技場《コロッセウム》』

地下に根を伸ばされた遺跡、それはかつて地上に臨界した超級レイドクエストだ。

攻略され『死んだ』とされている今も、遺跡にはダンジョンの残滓が残されていた。

未だ地上にまで影響を及ぼしている力を利用し、活用している施設群だった。

例えば『工作室《ファクトリー》』にも利用されている、疑似ダンジョン空間の展開装置。

あるいは、ポーションやマジックアイテムを劣化させずに保管する場所として。

モンスタークリスタルから抽出できる万能元素《プリママテリア》と同様に、魔力や瘴気と呼ばれる奇跡の源泉に利用されていた。

学園で研究され発見、あるいは復活させた遺失術法《ロストマギアロジー》を起動させるには万能元素《プリママテリア》が必要だった。

それらは無尽蔵にダンジョンから汲み上げられる、新世代《エンシェント》のエネルギーとも考えられていた。

結果、世界にどのような影響を及ぼすのかなど、誰も考えてはいない。

武道館のある一帯には、疑似ダンジョン空間が展開されている。

独立空間を作る結界システムの実験場も兼ねていた。

ダンジョン内での戦闘訓練を行なうには、確かに有用な施設にもなっている。

もっとも訓練ではなく、他の卑俗的な目的で利用されることが多い。

「しっかり咥えろ」

「んっく」

武道館内のメディカルルームの中で、くぐもった声が響いた。

ベンチというにはいささか立派なソファーに男子が座っていた。

その正面に跪き、股間に顔を寄せているのは一人の女子生徒だった。

学ランにセーラー服は、普通科ではない特級科のシンボルだ。

編み込みカチューシャにした頭を押さえられ、ぐっと舌の上に乗せていたペニスを喉まで挿れられた女子が震える。

黒いセーラー服のスカートが乱れ、フリルで飾られたシルクのショーツもずり下げられている。

つたない舌使いのみではとても達するテンションには届かなかったが、頭を押さえ込んだ男子は心地よさそうに天井を仰いでいた。

もう片方の手には、絵柄の消えたモンスターカードが握られていた。

カードの縁には『ゴブリン』の表記が刻まれている。

ゴブリンのイラストが消えている代わりに、女子の背後には一匹のゴブリンが出現していた。

人間よりも一回りほど小柄で、節くれた緑色の体皮をしたモンスターは、ダンジョンの表層で出現するノーマルなゴブリンと同じだ。

ダンジョンでモンスターからレアドロップするカードは、ただのコレクションアイテムではない。

下僕としてモンスターを召喚するトリガーアイテムにもなる。

男子の支配下にあるゴブリンは、女子の尻に両手を乗せてカクカクと腰を振り続けていた。

さながら発情した犬のような勢いだ。

女子生徒の桃尻に、ゴブリンの涎がポタポタと垂れ落ちていく。

異種姦されている女子の尻は、パンパンと小気味よい音を響かせていた。

「あぁ、イキそうだ……」

手を乗せた頭を押し下げ、より深くまで咥えさせる。

『文官《オフィサー》』系上位クラス、『蒐集家《コレクター》』のスキル『同調《レゾナンス》』の影響下にあるゴブリンは、天井を仰いだまま生殖器の快感にギィギィと呻いている。

その表情はペニスを咥えさせている男子と酷く似ていた。

モンスターの中では最弱にカテゴリーされるゴブリンも、戦闘以外では使い勝手のいい召使いになる。

本能や叛意といったモンスターからのフィードバックによる負担も少なく、人体構造が人間と似通っているのでコントロールも容易だ。

特に『同調《レゾナンス》』などのスキルによる感覚同期支配は、人型以外では酷く困難となる。

グヒッ、とゴブリンが鳴く声と、オゥ、と男子が呻く声が重なる。

人間の物よりも黄みがかり、ドロリと濃厚なゴブリンの精液が、女子の股間から床へ垂れていく。

射精の快感とは、つまり射精管から放出される精液の量と勢いに比例する。

発情期の猿のように何度も勃起し、放出した傍から新しい精子を大量に生成するゴブリンは、弱小種族に対する種の保存機能だ。

女子の口の中に垂れ流されるのは薄れた性汁でも、『同調《レゾナンス》』しているゴブリンからもたらされる射精の快感は衰えることがなかった。

ましてや、女性器に挿入しつつ舐められるという、二重の快楽は癖になる気持ち良さだ。

ゴブリンという生体バイブを媒介して、口と生殖器を同時に犯される女子は、教え込まれた通りに歯を立てないようペニスに吸いついている。

歪に先端の膨れた生体バイブは、彼女の胎内に食い込んだままヌチヌチと蠕動を再開させた。

既にゴブリンに挿入されてから、何発連続で精液を注入されたのか分からなくなっている。

ゴブリンを使用した交尾は、毎回このような状態になる。

今の境遇に堕ちて以来、人間のペニスを、彼女の主人である彼を受け入れたのは破瓜の一度のみ。

それからはコボルトやオーク、そして一番多く使用されているのはゴブリンだった。

毎日のように番《つが》わされている尻の具合は、既に人外の生殖器に順応して快感を示す反応しか返さなくなっている。

「はッ、ふー……」

隣のソファーに座っている同じクラスメートの男子は、同じようにペニスを咥えさせた女子の髪を掴んだまま虚脱の吐息を吐く。

ポニーテールに結った髪を握り締め、苦しそうに目を瞑る女子の頭を上下させた。

その媚びた上目遣いに、ニヤリと口元を歪ませた男子はペットを躾けた飼い主のように自慢げだ。

蛸口のように尖らせた女子の唇は、折檻を恐れて強く吸引を続けている。

陰嚢を添えるように掌へ乗せ、半萎えした陰茎を咥えたまま舌を蠢かして奉仕が続けられた。

特級科の伝統的なスタイルとして、口腔性処理は奉仕行為と認識されている。

性器を結合させるセックスは、下品な行為という風潮すらある。

生殖行為ではなく、あくまで性処理。

それは特級科が処女性を重要視する、ハイソサエティな人種で構成されていることに由来していた。

もっとも、下位者である女子の処女性など、誰も考慮はしていない。

「んぅ…んくっ、ひっ」

口の中で硬度を回復させていくペニスを咥えた女子の尻には、毛深い犬顔のコボルトが張り付いて腰を振っていた。

『文官《オフィサー》』系上位クラスの『書記《レコーダー》』である彼女の主人には、『同調《レゾナンス》』のスキルはない。

下等生物に尻を犯されて悶える姿を、眺めて愉しむためだけに召喚されてる。

女子の下半身にへばり付いたコボルトは本能の赴くままに腰を振り、何度も繰り返し精液を注入していた。

ゴブリンよりも更に弱者であるコボルトの足下には、尻穴から垂れ落ちたヌルヌルの粘液が溜まっている。

普通科の学生には人気のない『文官《オフィサー》』系クラスだが、特級科の学生にとっては最優先で獲得されるクラスだ。

『文官』の名が示す通り、そのスキルは卒業後のコミュニティに有用だ。

何よりモンスターカードから召喚した下僕を使役する戦闘スタイルは、彼らにとって最も避けるべき『死《ロスト》』を遠ざける。

特級科とはつまり『生徒』であり、普通科の生徒は『死徒』に分類される。

特級科において『生徒』から『死徒』へと堕ちることは、社会的身分も含めて一切の将来性が閉ざされることを意味した。

魂魄の喪失による生殖機能の極大劣化。

学園側から最大限のサポートをされているとはいえ『事故』はある。

だが、危険を含めての試練であり、将来への箔付けと、得られるスキルの恩恵は大きい。

特級科の中でも上位者であれば『事故』が起きないよう手厚いサポートが約束されており、下位者にとっても成り上がりのまたとないチャンスだ。

一応、入学時に交わされる誓約書には『死《ロスト》』について学園は責任を負わないという一文もある。

特級科の生徒が『死《ロスト》』したとしても、普通科へ編入されることはない。

席は特級科に置いたまま扱いは最下層に、『死徒』として扱われるだけだ。

学園内での扱いが変わるということは、即ち社会的身分の喪失を意味している。

それはエリートコースからの脱落であり、所属していたコミュニティから見放される『死《ロスト》』でもあった。

『死徒』となった特級科生徒からすれば、かつてのクラスメートに気に入られて『ペット』として飼われる方が余程マシとなる。

むしろソレと目的としてコネクションを繋ぐために、眉目麗しい子女養女が特級科へと入学させられていた。

それもまた『贄』といえるだろう。

「いっ、イヤッ！　止めて……触らないでっ」

白いシーツの上で、必死に抵抗する女子が声を上げていた。

診察台に仰向けで押さえつけられた彼女は、まだ異性に触れられたことのない肢体を露わにされていた。

無造作に弄られる愛撫に、涙目で抵抗を続けていた。

「いい加減、静かにさせてくれないか？　気が散る」

並んだソファーに座った三人目の男子が、こめかみに指を当てて溜息を吐いた。

その足下には胸元を開けさせた女子が跪き、乳房を使ってペニスに奉仕を続けていた。

彼らにとってはいつも通り、ただの放課後の日課にすぎない。

「ああ、済まない。彼女はまだ自分の立場が分かっていないようなんだ」

冷めた目で彼女を見下ろしていた男子が振り返る。

「仕方ないさ。自分だけは特別、人間はそう思いたがる生き物だからね」

ゴブリンが尻に張り付いた女子の主人が呟く。

「だから教育と教訓が必要なんだ。そうだろう？」

コボルトに尻を抱えられた女子が、ペニスを咥えたまま頭を撫でられて嬉しそうに目を細める。

診察台の上で拘束された女子はスカートを脱がされ、上着は裾からずり上げられて乳房が露出されている。

涙目で抵抗する彼女の四肢は、四人の男子がそれぞれ押さえ込んでいた。

彼らは女子をはべらせた男子の『派閥《フラクション》』に属しているメンバーたちだ。

普通科の『隊《パーティ》』と同じような集まりだったが、『派閥《フラクション》』は明確な上下関係と学園外でのコネクションが強く影響していた。

「イヤぁ、止めて…見ないで」

下位メンバーにとっては高嶺の花、上位者のお嬢様だった女子の裸体が視姦されている。

純白のブラジャーとショーツは床に投げ捨てられ、初々しいピンクの乳首、無理矢理に開脚された足の付け根にある秘所が、初めて異性の視線に晒されて震えていた。

「さて。いつまでも友達に迷惑はかけられないからね。さっさと済ませてしまおうか」

「ど、どうして、こんな……私たちは」

彼女と彼は、幼い頃から家同士の付き合いがある幼馴染みだった。

最初は同格の、中学生の時に彼女の家が事業に失敗するまではとても仲の良いカップルとして見られていた。

詰襟の首元を緩めた男子は、ジッパーを下ろしてペニスをまろび出す。

側に控えていた女子の一人が跪き、半萎えの陰茎に指を添えてしゃぶり始めた。

「君の父さんにも頼まれているんだよ。娘を宜しくお願いします、とね。ああ、気にしなくても大丈夫。土下座までされてお願いされた以上、僕が全部面倒をみてあげるから、会社も全部いろいろとね？」

「そっ…んな」

「処女も僕が貰ってあげる。昔の誼みもあるしね。ただ、立場はちゃんと考えないと、ね」

「イッ、アッ！」

フェラチオ奉仕を押し退け、まるで小便を済ませるようにあっさりと。

四人の男子の好色な視線に晒されながら、処女が散らされる。

「ああ、ちゃんと処女だったんだね。少し楽にしてあげる」

赤い筋が絡みついた陰茎を引き抜き、ポケットから取り出した試験管状のポーションを亀頭に垂らした。

外界では急速に劣化するポーションとはいえ、薬効が完全に消えるわけではない。

研究所で開発された劣化を抑える瓶や、添加物の研究は続けられている。

苦痛にわななく処女地の肉穴に、再び肉杭が打ち込まれる。

「ヒッ」

灼けるような異物感に精神的屈辱、四肢を押さえつける男子たちの好色な視線に失神寸前になっていた。

ぐっぐと未到達地を押し広げられる感触に目と口を閉じた彼女には、周囲の男たちよりも冷めた目をした幼馴染みの顔に気づかなかった。

初性の逆りを胎内に注がれる彼女は、最初の侵食に股間を震わせながら舌を突き出して放心していた。

「ふぅ……昔、お風呂で見たオッパイより随分大きく育ってたね」

ツンと隆起した乳首を抓み、ヒクヒクと痙攣している膣穴からペニスを抜き取った。

精液と破瓜の証が纏わり付いたペニスを、フェラチオをさせていた女子の前に突き出す。

ためらわずに咥え込んで掃除と奉仕を始める女子の頭を撫で、ヴァージンブレイクした幼馴染みの彼女へ振り返った。

「好きにしていいよ」

「はいっ」

「有難うございます」

既に順番を決めていた四人の男子は、右手を押さえる役から彼女の股間の前へと回り込んだ。

精神的にも肉体的に虚脱感に捕らわれている彼女に拘束は必要なかったが、左手役の担当がバンザイさせるようにしっかりと固定していた。

「お嬢様、失礼しまっす」

ベルトを外して露出させた股間が、診察台に乗った尻へと押し込まれる。

二本目のセカンドブレイクを受けた彼女は、天井に向いた顎をヒクンと仰け反らせるのみだ。

「あ、あっ……は、発射します」

早々に仰け反って腰を突きだした男子は、抱えた尻を引き寄せて渾身の射精を撃ち込んだ。

上位とは違い、下位に位置する特級科男子生徒にとって、女子とのセックス行為は普通科の男子より不自由を強いられている。

要領の良い男子は普通科の女子を囲って性処理を済ませるが、公には下品な行為と認識されていた。

「お、俺も失礼します…ッ」

「ああ、お嬢様の乳房柔らかいです」

一人が手を伸ばし始めると、もう止まらなかった。

決して乱暴な手付きではないが、両方の乳房に乳首、淡く生え揃った陰毛、尻や太腿にも遠慮なく手が這い回る。

「あ、う、出ますっ…出します。で、出てますっ」

「つ、次、俺だ」

「お嬢様、ちゃんと握って下さい。お嬢様を犯したてのチ○ポですよ」

「俺のも握って下さい。次に挿入されるペニスです」

「……どうにも、品がないね。少し餓えすぎているようだ。彼らにも奉仕生徒を与えないと駄目だね」

肘掛けとポニーテールに手を乗せ、呆れた眼差しが診察台に向けられる。

「確かに」

「あの子は駄目だよ。僕の物だ」

「ふぅん？　いいのかい、アレ」

早々に二巡目のペニスを挿入されている女子を見やった男子が怪訝な顔をする。

「勘違いされても困るからね。一度、しっかり身の程を教えてやれば扱いやすくなるでしょ？」

「趣味が悪いねぇ。君も」

「お互い様だよ。道具は従順じゃないと使い勝手が悪いよ、ねぇ？」

ソファーにドサリと腰掛けた男子は、また別の女子を手招いて足下に跪かせていた。

これは特級科において、特に珍しくもない日常の一幕にすぎなかった。

＊＊＊

――穿界迷宮『ＹＧＧＤＲＡＳＩＬＬ』、接続枝界『黄泉比良坂』――

――第『伍』階層、『既知外』領域――


連休中も平日と同じスパンでダンジョンに潜っている。

ＥＸＰを稼いでおくに越したことはないし、銭も欲しい。

ぶーぶー言っているメンバーもいるが、休みボケ対策にも恰度いい。

「クォオオン！」

馬鹿のひとつ覚えのように、鎧犀《アーマーライノセラス》が突進してくる。

だが重くてデカイ物体が突進してくるというのは、それだけで脅威として充分だ。

膝をたわませて高く飛び上がれば衝突コースから外れる。

だが、頭頂の衝角《ラム》がこちらの位置をターゲットしており、攻撃回避の意味ならば失策だったに違いない。

格ゲーなどでも基本なのだが、無闇矢鱈にジャンプをするものではない。

地面から足が離れた状態になる空中では、目的地に向かって落ちていくだけ、方向転換はできない。

だが空中にも足場があるのならば別だ。

上空から下に向かって足場を蹴る。

落下とは異なる加速。

衝角《ラム》を突き上げる頭部を越え、無防備な背中のど真ん中に『重圧《ストレッサー》』パンチをぶち込んだ。

「前と後ろに千切れるとか、あんましゴア表現な倒し方は止めた方がイイと思うの」

うんざりしたような顔をする麻衣も、ビームで真っ二つにするのは似たような物だろう。

「内臓が飛び散った死骸とか、蜜柑ちゃん先輩もまた腰抜かしちゃうんじゃない？」

「一理ある」

素材の確保の面からも、原形を留めたやつが良さそうだ。

それに還元する前に空間収納《アイテムボックス》に格納してしまうとＥＸＰが稼げない模様。

「……なー、さっきからアメコミヒーローみてえに空飛んでるが、それ新しいスキルなんか？」

「ああ、立体機動にインスパイアを受けてな。リスペクトしてみた」

ちなみに静香のウケは悪かった。

身体の硬い子なのである。

逆に海春と夏海はふにゃーってなっていた。

「二段ジャンプですね……。ゲームで見たことがあります」

「凄いです！　私もやってみたいですっ」

静香のジトッとしたお目々と、沙姫のキラキラしたお目々が対照的だ。

「右足が地面につく前に」

「左足を踏み出す、です」

「水面を走る忍者理論かよ。水でも無理なのに、空気抵抗でソレやんのにドンだけのエアキック力が要んだよ」

いや、実際に水面を走る男の動画はツベにあったりする。

空気抵抗で空を飛ぶ理論も謎の熱意で誰かが真面目に計算しており、マッハ５でエアキックすれば二段ジャンプが可能になったはず。

あ、もしかしたら雷神式高速機動中なら空を駆けられるやもしれぬ。

「マジでか！？　イヤイヤ人間止めすぎだろ」

「確かにコレは別のやり方だが」

モヤッとしたやつを掌の上に移動させる。

フワフワというかモコモコというか、低反発素材みたいな謎物体だ。

サイズ的にはティッシュ箱くらい。

「……これって、あん時の雲か？」

「ピカピカドーンの元ね。自称サンダー魔法の」

「然り」

燃費の悪さには定評のある雷神スキルだが、雷雲を出すだけならそれ以上ＧＰは消費しない模様。

そして地味に効果時間が永続。

というか消し方が分からなかったりする。

ただ俺の意図通りに動くし、空中の足場にもなってくれる。

「実は飛べたりもする」

ふたつに分裂させて、タクティカルブーツにモヤッと纏わせる。

そして、そのままスケートで滑るようにインザスカイ。

ただ、この方式だとあまり速度が出ない。

やはり雲さんには足場となってもらい、己の肉体を使った機動戦術を行うべき。

空中で雲さんを分離。

足場にした分離雲さんを蹴って、三角飛びの要領で玄室空間を三次元ダッシュで駆け回る。

「……ぅ、わぁ……」

「と、このように」

床に着地し、スザザザーッと慣性で滑るに任せる。

「新たな力はスキルではなく、イマジネーションの翼を広げた結果だ」

「格好イイです！」

沙姫のテンションがマックスだが、残りメンバーは謎のドン引きテンションのようだ。

「いや、例えばさ。まだ『格闘士《グラップラー》』とかだったら分かんだよ。……お前それが重装甲の全身甲冑マンがビョンビョン空飛んでたら、違和感なんてもんじゃねえ」

「マッハの鉄塊パンチが、マッハの３Ｄ鉄塊パンチになったのね……」

「いえ、どちらかといえば自立型のホーミングレールガンかと」

「どんな悪夢の化身だよ」

今一評判が良くないな。

ちょうど玄室の中に、回廊からのワンダリングモンスターがゴロゴロと入ってきた。

この階層の動物系モンスターはラージサイズが多く、やってきた硬いソリッドアルマジロも体高一メートルくらいある。

今は防御形態というか移動形態というか、球形に丸くなっている。

ディフェンシブに特化したモンスターであり、玉ころ状になってしまうと誠一がナイフで刺しても刃が通らない。

この形態だと大して移動速度も出ないので、押さえ込んで火で炙ったりすると簡単に倒せたりもする。

時間が掛かって面倒なので、普通は無視されるっぽいが。

今は元気なソリッドアルマジロが防御形態を解いて襲ってくる前に、クロスアームブロックスタイルで飛翔。

『重圧の甲冑《ストレッサーアーマー》』に高加重を付与してダイビングボディスプラッシュ。

「このようにタンクとしても問題のない立ち回りが可能に」

「お前、タンクの定義、勘違いしてねえ？」

「……モンスターがスプラッシュしてスプラッター状態なんだけど、ゴア表現はダメって言ったよね」

押さえ込むつもりが、パアン、と水風船のように破裂したのは計算外だ。


その後も叶馬たち一行は順調に、少なくとも本人たちにとってはいつも通りにダンジョンを攻略していった。

途中で宝箱を発見しても、最初の頃のような驚きはない。

既知外領域という未踏破エリアにおいては、宝箱もボス級まで育ったワンダリングモンスターも珍しくはなかった。

ただ宝箱の開封を押し付けられる誠一が、毎回精神をゴリゴリと削られていた。

「おっ。一応、剣か？　これは」

今回はなんのアクシデントもなく開いた宝箱の中から、長物の武器が取り出された。

幅一メートル奥行きは半分もない箱から、二メートル弱もある歪な大剣が出てくるのはファンタジックな光景だ。

背後から覗き込んでいた麻衣が早々に興味を失う。

「ん〜、ハズレね」

「おいおい、武器で剣ったら普通に当たりだろ」

自分に関係のないレアに執着しないエゴイストっぷりに誠一が苦笑する。

ダンジョンの宝箱から出現するアイテムのカテゴリー比率は、学園でも統計が取られていた。

時代によって変化が見られているが、現在では武具五〇％、防具二〇％、その他三〇％となっている。

武具の内訳では、約五〇％の確率で『剣』となっており、片手用、両手用、短剣や刀も含んだ数字だ。

槍、斧、鈍器、その他の特殊形状の武具は出にくいと言われていた。

防具は鎧や盾となるが、鎧の場合は全身分ワンセットの他にも、手甲や脚甲、ヘルメットのみといったパーツのみ出てくる場合もあった。

銘が刻まれたシリーズ系装備も存在し、セットパーツ全てを揃えれば特殊能力を発揮する。

その他に分類されるのは、護符や様々な道具に魔法が宿ったマジックアイテム、ポーションなどの消耗品系統だ。

繰り返し使用できるスキルが付与されたアミュレットや、永続的に能力値がアップする『種』シリーズなどは人気がある。

「強そう、です」

「見栄えは格好良いのですが、使いづらそうな感じが」

鞘もなく、剥き出しの刃が直刀になっている段平《だんびら》だ。

いわゆる『両手持ちの剣《ツーハンデッドソード》』であり、ライオンの顔が彫られた鍔、意味深な文字が浮かび上がった刀身。

銀ピカで肉厚なブレードだったが、軽量化の属性が付与されており見た目よりも軽い。

まるでゲームに登場するような、見栄えの良いマジックソードであった。

「最近はこういう大剣が増えてきたらしいぜ。このデザインはまだ大人しい方だな」

「あー、うん。たまにスンゴイ厨二ビジュアル系のでっかい武器担いでる人いるよね」

普通はなんでも格納できる空間格納庫など無いので、ダンジョンで使用する装備は登下校でも持ち歩くのが当り前だ。

装備の管理は自己責任になるので、中級寮以下のセキュリティレベルなら盗難の危険もある。

「どこまで本当なのかは知らんが、時代の流行り廃りがダンジョン中のアイテムにも反映されるって話だ」

「なにその胡散臭い設定」

特に枝界の表層部分では、接続世界の集合的無意識からの投影が強く現われる。

それはダンジョンへの挑戦者に対する配慮であり、千変万化な三千世界に対応するためのアーキテクトだ。

影響は深層から真界へ向かうにつれて薄れ、より原質的な雛形になる。

武具に『剣』が多いのは、この世界の普遍的な武器のシンボルと認識されている故だ。

「取りあえず『匠工房《アデプトワーカーズ》』に持ってって鑑定してもらうとして、コレどうするの？　誰か使う？」

ノーマルなパーティであれば奪い合いになってもおかしくない魔剣であったが、生憎とアブノーマルなパーティである。

「俺はスタイルが合わんし、姫っちも駄目だろうな」

「叶馬さんはなんでも使えてしまえそうですが」

クラス的な武器の縛りが存在するのかも謎だった。

一行の視線が玄室の隅へと向けられた。

少し屈んで両足の膝頭に手を乗せ、尻をペロンと剥かれた沙姫が叶馬から交尾されている。

一行には見慣れて、特に感慨のない合体光景である。

「いや、叶馬に武器を使わせるのもアリかもしれん」

「叶馬くんも姫ちゃんと同じで、別に強い剣とか要らなくない？」

悪気がまったく無い麻衣の発言に、誰も反論できなかった。

現状、装備を剥いて裸でボス戦に放り込んでも、ねじ伏せてしまいそうな理不尽の権化である。

「だから、な。剣を持たせたら少しは文明的に戦うかもしれない」

「……あー」

「吾主様。嫌がりそう、です」

「これは聖剣のような見た目ですが、叶馬さんが持つと闇堕ちした聖騎士みたいなビジュアルにしかならないかと」

「現状は闇堕ちした孫悟空みたいな感じだけどな」

変身する逆毛異星人ではなく、西遊記の斉天大聖バージョンである。

「水墨画みたいな雲にも乗ってるしね……」

「ま。使うにしろ売るにしろ、鑑定してからだな。ボチボチ休憩終わらせんと、姫っちが使い物にならんくなる」

ポニーテールを振り乱し、ワンコのように可愛らしい喘ぎ声を上げる沙姫は、センシティブに優れた肉体の素質がネックになって快感への耐久力が低かった。

早い話が、感じすぎてしまうのだ。

「ほいじゃ夏っちゃん。頼むわ。近くに宝箱があんならそっちで、無きゃ界門へ向かっちまおう」

「はい。『検索案内《ナビゲート》』、です」

目を閉じた夏海が目を閉じて祈るように手を合わせる。

キン、と夏海を中心に波紋のような同心円が放出され、ダンジョンの壁をすり抜けていった。

第35章　メンズーア

俺を見つけた蜜柑先輩が、パタパタと可愛らしく手を振っていた。

本日は月一のフリーマーケット開催日なのである。

学園側は関与しない、生徒による自主イベントというやつだ。

ダンジョンで手に入れたアイテムや、自作のアイテムを売買できる貴重な機会になるそうだ。

レアな高額品はオークションというシステムもあるらしいが、そんなのを利用するのは上級生のハイレベル組だけだろう。

「叶馬くん、やほー。本当に手伝いに来てくれたんだね！」

「やほーです。蜜柑先輩。お早うございます」

授業でほとんど使われることのないグラウンドには、仮設のテントやブルーシートが設置されていた。

寮で朝食を食べた後に直行したのだが、既に敷設準備は終わっているようだった。

ちなみに、同行する予定だった静香たちは二日酔いでグロッキーになっている。

連休中とはいえ節度は守るべき。

介抱は鋼の肝臓を持つ沙姫にお任せしてきた。

「出遅れてしまいました。申し訳なく」

「ううん、そんなことないよー。シートを敷いて、貸し出しの屋台を引っ張ってきただけだから。お店の準備をするのはこれからっ」

「力仕事ならお任せあれ」

『匠工房《アデプトワーカーズ》』のお手伝いを買って出たのは、お世話になっている恩返しというやつだ。

色仕掛けに迷ったわけではない。

「ふんっ。ほら、さっさと部室から荷物を運んできなさい。い、一緒についてってあげるから」

「叶馬くん、よろしくお願いしますね」

「では、行きましょう～」

久留美、桃花、杏先輩の三人から手を引かれて部室棟へと連行された。

お三方とも麻鷺荘の食堂ぶりである。

凛子副部長が向けてくる視線の湿度が高ぃ。

フリマへの出品アイテムは、俺たちパーティがごっそりと持ち込んだゴブリンシリーズの武器がメインのようだ。

部費を稼ぐという目的ではなく、一年生に向けてダンジョン攻略を手助けしたいという心遣いだろう。

まっこと蜜柑先輩は慈悲深いお方だ。

購買部で販売している初心者用武器よりも安価に設定され、性能はワンランク上というサービスっぷりである。

雑魚モンスタードロップアイテムと侮るなかれ。

ダンジョン内で直接ドロップしたゴブリン武器は錆びていたり鈍だったりするのだが、品質自体は悪い物ではないらしい。

ゲーム的な見方をすれば、耐久度が劣化したボロ状態なのだろう。

『匠工房《アデプトワーカーズ》』の先輩たちが再生カスタマイズしたゴブリンシリーズの武器は、宝箱から出る『無銘《ノーネーム》』マジックウェポン＋1と同程度の性能を発揮するそうだ。

空間収納《アイテムボックス》は人前で使うなと誠一から耳タコで言われているので、箱詰めされたコンテナボックスをまとめて担ぐ。

「……ってアンタ、それ何キロあると思ってんのよ」

「男子なら誰でも、これくらいは持てます」

久留美先輩が頬っぺたを引き攣らせていたが、女子には少し重たいだろうと思う。

「……ちょっと、そのまま下ろされると動かせなくなるから、指示した場所に置いてちょうだい」

「うわぁ、叶馬くん力持ちだねー。さっすが男の子」

男心をくすぐるのも上手な蜜柑先輩である。

「筋力強化系のマジックアイテムでも装備してるのかな？」

凛子先輩の視線がじとーっとしたままだが、そんな便利アイテムはない。

この程度、男の子なら楽勝である。

「……そんなわけないかな。グラウンドに足跡が沈み込んでるんだけど」

表土の転圧がちゃちすぎる。

手抜き工事ではなかろうか。

というか、今日は凛子先輩の絡みが素っ気ない。

「なに？　何か私に言いたいことでもあるのかな？」

「特には」

ご機嫌斜め確定である。

お腹でも空いているのだろうか。

下手につつくと藪蛇になってしまいそうなので、後で差し入れでも持っていってあげるべき。

種類毎にブルーシートの上に並べられたゴブリン武器は、お祭りの縁日屋台のようだった。

まだグラウンドには同じような出店側の生徒しかいないが、みんな楽しそうにワクワクした顔をしている。

時計塔の鐘がイベントの始まりを告げるように鳴り響いた。

正午を知らせる鐘が鳴る頃には、グラウンドの様子もまさに縁日やお祭りの如しであった。

一年生のみで千人近く在学しているのだし、みんな暇を持て余しているのだろう。

実質的に一年生からすれば、入学してから初めてのフリーマーケットになる。

欲しい物を買えるだけの銭を持った一年生徒は少ないだろうが、見て回るだけでも物珍しくて面白い。

やはり多いのは、ダンジョンから産出したマジックアイテムだろう。

実用品から少し外れた、いわゆるネタアイテムも多数出品されている。

七色に変化する盾『虹彩盾《レインボーシールド》』、甘い匂いを漂わせるだけの魔剣『蜜臭剣《フレーバーソード》』、猫の足跡がぺたぺたと残るブーツ『猫長靴《キャットホッパー》』、剣限定でダメージを受けると一度だけダメージを無効化して装着者を真上に射出する鎧『吃驚海賊鎧《ポップアップブリガンダイン》』、などいろいろだ。

装着するとタップダンスを踊れる仮面『髭眼鏡《ヒゲメガネ》』とか、衝動買いしてしまった。

多分、詳細鑑定すると、スキル付与技能ダンス《タップダンス》とかなっているに違いない。

良い買い物だったと自負する。

セット装備らしきハゲヅラも欲しかったのだが、銭が足りなかった。

銭がないのは首がないのと同じ、選択肢が選べないというやつだ。

まあ、アメリカンドッグを先輩たちに差し入れするくらいの残高はある。

食べ物を扱っている屋台も、勿論生徒による出し物だ。

焼きそば、焼き鳥、お好み焼きにタコ焼き、暑くなってくるとかき氷などが人気らしい。

元手の原価は微々たる物らしいので、ダンジョンでの稼ぎが少ないエンジョイ組にとっては良い小遣い稼ぎになるそうだ。

紙皿の上に山積みしたアメリカンドッグを抱えて、匠工房《アデプトワーカーズ》の出店ブースへと向かう。

店の場所が悪いわけではないと思うのだが、午前中にはお客さんがほとんど来なかった。

ゴブリンシリーズの武具は人気がないらしい。

一年生にとっても、ゴブリン武器は自力ドロップを狙える装備だ。

確かにボロボロと落ちるのも事実。

実際にはカスタマイズされて、全然別物のように性能アップしているのだが。

どうも『職人《クラフター》』系クラスの能力が過小評価され過ぎのような気がする。

これはプロパガンダが足りないのか。

サクラ役にでもなって、少しデモンストレーションしてみるべき。

などと無い知恵を絞っていたら、なにやら匠工房《アデプトワーカーズ》の出店ブース辺りがワイワイと騒がしい。

気を回すまでもなかったかと思ったら、少しばかり険呑な雰囲気になっていた。

遠巻きにして囲んでいる生徒たちも、怖いもの見たさというか、関わり合いたくなさそうな感じ。

俺は空気を読めない奴なので押し通るが。

人の生垣を抜けると、予想のとおりにトラブルが発生していた。

「止めて！　倶楽部のみんなには関係ないでしょう！」

「オイオイ、デカイ声出すなよ。凛子よぉ」

お顔の色を真っ青にした凛子先輩が、ガラの悪そうな男子たちの前に立ち塞がっていた。

多分上級生の男子なのだと思うが、粋がっているチンピラ雑魚臭が凄い。

ポケットに手を入れて首を傾げ、耳やら唇やらに装着したピアスを触っている。

ピアッシングしたばかりで違和感でもあるのか。

「……なんで私たちの邪魔をするの？」

「言葉には気をつけろつってんだろ。別になんも邪魔してねぇし、なあ？」

狐顔の男子がニヤニヤ笑いながら仲間に同意を求める。

同じように下品な笑いを浮かべた奴らが、そうだそうだコールをする。

「俺らはただ道理も知らねぇ一年坊が騙されて、ガラクタを売りつけられたらカワイソウっつーだけよ」

「ガラクタじゃないもん！」

「うっせーな、引っ込んでろよ。ガリチビが」

凛子先輩を庇うように前へ出た蜜柑先輩が、狐メンの野郎に突き飛ばされる。

よし、もう駄目だ。

処刑決定である。

「止めなさいっ。みんなには手を出さないで！」

「お前に命令する権利はねぇんだよ。さんざん逃げ回りやがって。お前が俺のモンだって忘れてんじゃねぇのか？　アア？」

「そ、それは……アナタが無理矢理っ」

「無理矢理だろうがなんだろうが、お前の扱いは今でも俺のパートナーなんだよ」

ベロッと狐メンの野郎が垂らした舌先に、パートナー証明でもあるピンバッチがピアッシングされていた。

舌ピアスとは、また随分パンクを気取っている。

確かに男女のパートナー制度は、学園公認の契約関係である。

パートナー制度がどういうシステムなのか要約すれば、つまり『男女交際証明』だ。

まあ、ぶっちゃけてしまえば学園公認のカップルになるという感じ。

一種の婚姻契約みたいな感じがしなくもない。

惚れた腫れたセックスだの男女関係トラブルが起きた時にも、『パートナー』という要素が重要視される。

強引なスカウトやナンパがあっても、パートナーを設定していれば余計なトラブルが起きづらい。

トラブルが大事になれば学園裁判などもあるらしいが、その際にもパートナー関係が重要になる、らしい。

ただし、これ男性と女性側では全然制約的な条件が違っている。

男尊女卑というか、女性は男性の所有物な感じの前時代的な制度になっていた。

例えば、女性はパートナー以外の男性との同衾を禁ずるとあるが、男性に禁則はない。

パートナー契約の締結には男女の同意が必要だったが、破棄については男性側にしか権利がなかったりもする。

現代の倫理観からすれば、女性側から希望するような契約ではない。

静香たちは、まあ、アレだったが。

それにはっきり言って、パートナーの認定審査はガバガバだ。

四枚ほどパートナー登録申請書を出された経験からすれば、本人の意思がどうであれ、拇印さえ取られてしまえば申請は一方的に認可までされてしまう。

寝起きに親指が朱肉で赤くなってたりすると何事かと思うので注意した方がいい、と思います。

「つーわけで、さっさと来いや。迷惑かけたくねぇんだろ？　それとも、今ココで躾け直されてぇのかぁ？」

「止めてっ、リンゴちゃんを放してっ」

「……みんなにはなにもしないのね？」

「駄目ぇ！　リンゴちゃんっ」

「ああ、約束するぜ。今日のところは、だけどなぁ。後はお前の態度と体力次第だろうぜ。クックック」

「差し入れです」

ぎゅっと固まって震えている先輩たちにアメリカンドッグのお皿を渡し、たっぷりマスタードとケチャップを塗した一本を取った。

どうでも良いが、アメリカンドッグにはたっぷりとソースを塗す派だ。

突き飛ばされたままへちゃってしまわれている蜜柑先輩を抱き起こし、柔らかクッションの桃花先輩へとパスである。

震えながら自分の身体を抱き締めている凛子先輩の前へと出た。

「アアッ？　なんだテメェは……、いや、マジでなんだ。お前」

顔を引き攣らせた面白顔でガンを飛ばしてきた狐メンが、急に素に戻って二度聞きしてくる。

客観的に自分を見れば、アメリカンドッグを齧る普通のヒゲメガネ男子生徒である。

「お前を処刑する」

「……はぁ？」

分かりやすくシンプルに告げたはずなのだが、少しばかり耳が遠いらしい。

「お前を、この場で、処刑する」

子供に言い聞かせるように、ゆっくりと大きな声で宣言した。

力を込めた声に後退った狐メンの後ろで、一際体格のいい角刈りマンが笑い声を上げた。

「カハハッ。どこの誰だか知らねぇが、一年坊主が『餓狼戦団《ヴォルフリッター》』に喧嘩売ってやがるぜ！」

休日とはいえ構内では制服着用が義務だ。

ジャージでも良いらしいが、ブレザーの場合はネクタイの色で学年が分かる。

どうやら俺の発言を、冗談かなにかだと思っている模様。

レベルアップという非常識な強化手段のある学園において、上級生と下級生では話にならない実力差があった。

それは自分もレベルアップし、クラスを得た今なら実感できる。

クラスチェンジも怪しい一年生がイキられても冗談か、なにか勘違いしているのだろうと思うのも分かる。

これは失礼した。

蜜柑先輩を突き飛ばされた時にぶち切れたまま、どうも頭が回っていない模様。

一応先輩なので、丁寧に分かりやすく言葉を続ぐ。

「お前らを、この場で、処刑する。理解できるか？　糞虫ども」

「……吐いた唾は呑めねぇぜ、餓鬼が」

「だ、だめ、叶馬くんっ」

お顔の青い凛子先輩が止めに入る前に、誰かが足を踏み鳴らして声を張り上げていた。

「学生決闘《メンズーア》だ!!」

「久し振りの『学生決闘《メンズーア》』ですね。最近はすっかりご無沙汰で、我々『決闘委員会』も暇でした」

「然様で」

どこからともなく、わらわらと現われた方々があっと言う間に場を仕切る。

というか、フリマに来ていた生徒の中に混じっていたという感じか。

『決闘委員会』の腕章を填めた委員さんは、学園内でそれなりに大きな権限があるようだった。

個人の特定を避けるためなのか、腕章の他にも白い袋型の頭巾を被っておられる。

秘密結社みたいな胡散臭さ。

だが、無知な俺を慮ってくれたのか、決闘場を設営している間に『学生決闘《メンズーア》』の説明をしてくれた。

曰わく、『学生決闘《メンズーア》』は学園生徒全てが等しく有した自力救済《フェーデ》の権利である。

学園生徒は自分の権利を主張するために、何時いかなる場合でも決闘を行なう権利がある。

決闘においては、いかなる身分や立場も、これに影響されることはない。

決闘権は学園生徒全てが等しく有した権利であり、同時に決闘を拒否する権利も有している。

決闘のルールは挑戦を受けた側が決定し、挑戦者はルールに異議を挟むことはできず、またルールにより決闘を拒否すれば敗北となる。

言い回しが古典的すぎて、俺の頭で理解できたのはこれくらいだった。

決闘の場所は現地設営が基本らしく、『匠工房《アデプトワーカーズ》』のブース前に直径5メートルほどの円が描かれていた。

なにやらもにゃもにゃと呪文らしき詠唱と道具を使っていたので、結界のような効果でもあるのかもしれない。

ちなみに両者が承諾すれば場所と時間を改めることができるらしいが、間を置くと凛子先輩が拉致されて酷い目に合いそうなので却下である。

「ねえっ、ねえ、叶馬くんっ。決闘なんてダメだよ」

お優しい蜜柑先輩は必死で止めてくれている。

突き飛ばされた時に擦り剥いてしまった膝が痛々しかった。

「馬鹿な真似は止めなさい。これは君に関係の無い話なんだから」

凛子先輩が俺の胸倉を掴んで辞退を迫ってくるも、決闘委員会の方々に確保されてしまった。

曰わく、決闘の対象者なので干渉は認められないらしい。

「挑戦者は『第弐学年生丙組所属の凛子』に対するパートナー権利を主張している。受諾者の要求は如何に？」

何か間違っているような気もするが、結果的には問題なさそう。

「あー、餓鬼の分際で色気づきやがってよ。四人もパートナーがいるんじゃねぇか。こいつら全員、賭けさせろよ」

狐メンの男子が、決闘委員さんの手にしているタブレットを覗き込んでいた。

多分、全校生徒の情報が入っている端末だと思う。

「要求が妥当ではないと判断する。受諾者のパートナー一名に付き、挑戦者は二名のパートナーを賭けるのが妥当とする」

タブレットを手にした決闘委員会のリーダーっぽい方が条件調整をしていた。

過去の決闘判例集らしい。

パートナーを賭けての決闘は良くある理由だそうだ。

負けるつもりはないが、静香たちを賭け金《ベット》テーブルに乗せるつもりもない。

凛子先輩と同じ価値がある宝物など持っていないが、なにかアイツ等が欲しがりそうなアイテムは無いだろうか。

一応ポケットから出す振りをして、空間収納《アイテムボックス》からいろいろ出してみる。

まずは誠一たちから、有効利用しろ、と押し付けられたマジックソードが出てきた。

ポケットから2メートル以上ある大剣が出てきて、周りの野次馬もギョッとした顔をしている。

やはり微妙なのだろう。

雪ちゃんにお願いして、以前の千両箱とか借りるのはどうだろうか。

「……良いマジックアイテム持ってんじゃねぇか。一年坊主には勿体ねぇ。イイゼ？　お前はソイツを賭けな」

「……」

決闘委員のリーダーがなにも言わないので、条件として妥当だと判断されたのだろう。

まだ鑑定もしていないマジックソードなのだが、本当に良いのだろうか。

「承諾する」

「駄目っ、それは」

「おっと、余計な口出しすんじゃねぇよ。景品」

「双方の条件が合意したと見做す！　よって、ここに『学生決闘《メンズーア》』が成立した！」

わっと野次馬さんたちの歓声が上がり、足を踏み鳴らす音が怒濤のように響く。

フリマに来ている生徒たちの大半が集まってしまったのではなかろうか。

「っ馬鹿！　剣を賭けたりしたら、決闘には」

泣き顔の凜子先輩の元へと未鑑定魔剣が持って行かれた。

ああ、獲物が使えなくなると心配されていたのだろう。

個人的に凄くどうでも良い武器です。

「それでは、受諾者により決闘のレベルを決定すべし！」

仰け反ってシャウトする決闘委員のリーダーさんがノリノリである。

「決まってんだろうがよ。なんでもあり《バーリトゥード》、だ！」

また地響きのような唸り声が野次馬から上がった。

手加減をしないで良いのなら気楽である。

気を使ってもらったようだ。

蜜柑先輩を突き飛ばした罪は許されないが、せめて無用な痛みを与えずに処刑しよう。

野次馬の盛り上がりは完全にお祭り騒ぎになっている。

なにやらダフ屋らしきチケット売りもいる模様。

決闘場では既に狐メンが抜き身の剣を手にしていた。

決闘場の中は簡易結界により、インスタントな疑似ダンジョン空間になっているそうだ。

決闘委員会の秘密技術だそうで、濃度は低いがスキルも一応発動するらしい。

「クックッ、この間抜け野郎がぁ。まんまと魔剣を手放しやがって、精々死なねぇ程度にいたぶってやるぜぇ」

狐メンは手にした剣の刀身を、ベロリと舐め上げている。

とても楽しそうだ。

決闘での殺害は事故死として処理されるらしいが、故意の殺害には重大なペナルティが科せられる。

死刑でなく、処刑に留めなければならない。

というか、折角注目されているのだから、『匠工房《アデプトワーカーズ》』の宣伝をするべき。

「叶馬くん……」

「蜜柑先輩、売り物の武器を貸してください」

涙目になっている蜜柑先輩の頭を撫でる。

部長見守り隊メンバーから牽制がくるかと身構えたが、みんな一様に涙目お顔になっていた。

「お願い、リンゴちゃんを……ううん、絶対、絶対に怪我をしないでねっ」

「お任せあれ」

オーソドックスなゴブリンダガーを手にし、決闘場の中へと足を踏み入れる。

地面に描かれた境界線を越える時に、僅かな抵抗感があった。

そして空気に、うっすらとダンジョンの臭いが混じっている。

これが決闘結界か。

「ふむ」

対戦ルールは一対一に制限されたようだ。

一対多でも問題はないが、その場合もう少し広い決闘場が欲しい。

これなら雷神式高速機動を使わなくてもいけそうである。

決闘委員リーダーの合図により決闘が開始された。

なんでもあり《バーリトゥード》ルールの決闘では、どちらかのギブアップ、若しくは戦闘不能が勝敗条件だった。

時間制限は無し、使用装備の制限も無し、使用スキルやポーションなど消耗品の制限も無し。

まさに、なんでもありである。

空間収納《アイテムボックス》から『餓鬼王棍棒《バーリトゥード》』や『重圧の甲冑《ストレッサーアーマー》』を装備しても良いのだが、オーバーキルになりそうな予感。

それに、これだけ人目のある状態で空間収納《アイテムボックス》を使うのは宜しくない。

この蜜柑先輩たちがカスタマイズした、特製ゴブリンダガーがあれば充分である。

「クッカカッ。オイ、色男さんよぉ……。オメェ色仕掛けに引っ掛かって、トンだ貧乏クジ引かされたなぁ？」

狐メンがゆらゆらと手にしたロングソードを弄びながら、無造作に近づいてくる。

「そんなに塩梅が良かったかぁ？　凛子のケツ穴は。俺がじっくりと開発してやったお下がりだけどよぉ。クハハッ、ガバマンの癖に感度は一人前だったろ？　マグロ気取ってやがるがチ○ポ挿れてやりゃあ、アヘ顔でケツ振りやが」

右手でダガーを握り、左手で様子見の正拳突きが顔面にヒット。

糸が切れた操り人形のように地面へ突っ伏して失禁。

正面から顎先を打ち貫いてしまった。

ちょっと油断しすぎではなかろうか。

野次馬さん方の歓声も途絶え、変な真空地帯になってしまった。

決闘委員のリーダーさんも変な風にフリーズしていらっしゃるが、これトドメを刺さないと駄目なのだろうか。

「これは……なんという切れ味、なんという素敵な武器。この絶妙な握り心地なグリップの安心感、繊細にしてお洒落なワンポイント細工、打撃にも使えるグリップエンド。この『匠工房《アデプトワーカーズ》』が特製カスタマイズしてマジックウェポン＋1と同等の性能になったゴブリンシリーズ武器がなければ負けていたのは疑いもない事実」

「……え、ええーっ？」

唖然としていた蜜柑先輩が再起動なされていた。

「こんな素敵で素晴らしい武器が購買部で売っている初心者用装備より安くゲットできるなんて信じられない。とっても素晴らしい」

こんなに長く喋ったのは初めてなので舌を噛みそうだ。

中学時代ならば「失せろ」「黙れ」「死ね」で大体完結していたのだが。

さり気ない俺のステマアピールに我に返ったのか、決闘委員のリーダーさんが勝利宣言を叫んでいた。

野次馬の歓声が復活するのと同時に、ゴミとなった賭け札が空を舞っていた。


「HI・GE・ME・GA・NE！　HI・GE・ME・GA・NE！」

謎のシュプレヒコールが木霊する中、良い感じでテンションが上がってきた俺も既に半裸である。

グラウンドの土の上だというのに、不思議なマジックパワーでカカカカッと壮快なタップステップが極まる。

タップダンサー感が昂ぶってきた。

「馬鹿が、油断しやがっ」

失禁。

「調子に乗んなよ、このが」

失禁。

「……て、てめぇ、なんかマジックアイテ」

失禁。

アンモニア臭が決闘場の中に充満してきたので、本気で勘弁して頂きたい。

全員、正拳突き一発で沈んでいく。

せめて回避行動を取るべき。

取りあえず無拍子打ちをぶち込んでいるのだが、最近では誠一や沙姫も回避してみせるというのに。

賭け札は何人抜きどころか、開始何秒保つかだったらしく、全員スッてしまった模様。

だが、元々嫌われていた倶楽部だったらしく、失神から失禁の醜態に野次馬さん方は大盛り上がり。

最後の一人にもなれば、最初から腰が引けて逃げ出そうとしている有様。

だが、決闘委員会の方々が壁になって逃走を阻止していた。

もはや消化試合アトラクションのような空気になっており、俺のさり気ない宣伝が功を奏したのか『匠工房《アデプトワーカーズ》』の出店にもポツポツとお客さんが現われている。

宣伝した甲斐があったというものだ。

「お、おまえ、そのヒゲメガネ面忘れねぇからな。覚えてろよ、後悔さ」

ラストもお約束のように失禁。

先にトイレを済ませてほしかったと切に思う。

まあ、失禁はともかく、押し並べて失神してしまったのは決闘結界の効果であるらしい。

肉体への致命傷ダメージを、精神的ダメージに置換するセーフティ機能ということだ。

「『学生決闘《メンズーア》』の結果に遺恨を残すことは固く禁止されている。破った場合は制裁が行われるので覚悟するように」

決闘委員のリーダーさんが宣言する。

全員、失神&失禁しているので聞こえていないと思います。

取りあえず、俺の勝利宣言が行われた。

決闘委員会の方々はささっと決闘場を解体し、失禁倶楽部のメンバーを引き摺って連行していった。

保健療養棟での治療も、決闘委員会のアフターサービスになっているらしい。

手厚いサポートである。

「——では、パートナー登録の書き換え更新もこちらで処理しておきます。ナイス、メンズーア」

最後まで残っていたリーダーさんが、サムズアップして人混みの中に消えていった。

まっこと見事なプロフェッショナルである。

「叶馬くん、凄い！」

目をキラキラさせた蜜柑先輩からダイビングアタックを受ける。

「凄いっ、強いっ、格好良かったよっ！」

「全て匠工房《アデプトワーカーズ》特製武器と、ヒゲメガネの恩恵です」

素敵にカールしたチョビ髭をビョインビョインと扱く。

見かけ倒しのなんちゃって不良相手だったので、あまり不安にさせずに済ませられたようである。

泣きそうになっておられた他の先輩方も、笑顔の売り子さんになって頑張っていた。

中々の盛況っぷり。

モニターとして良い仕事ができたのではなかろうか。

「リンゴちゃんを助けてくれて、ホントにありがと……」

抱きついてぴょんぴょん跳ねていた蜜柑先輩が、恥ずかしそうに身を離した。

戦意高揚『制衣開放《クロスアウト》』状態だったとは、お恥ずかしい限りである。

「疲れただろうから、先に部室で休んでいてね。リンゴちゃんを、お願いします」

ぺこり、と頭を下げた蜜柑先輩がお母さんみたいな微笑みを浮かべ、俯いて一言も喋らない凛子先輩の背中を押した。

ある意味、賭けの景品扱いにされていた凛子先輩だ。

部室で休憩させようという部長の心遣いにホッコリする。

失禁戦団の残党がいる可能性もあるので、エスコート役は必要だろう。

フリーマーケットはこれからが本番とばかりに元の賑わいへと戻っていた。

みんな逞しいというか、『学生決闘《メンズーア》』などというのは日常のちょっとしたイベント扱いなのだろう。

俯いたまま大人しく付き従う凛子先輩は、無言のまま元気がないように見えた。

到着した『匠工房《アデプトワーカーズ》』の部室はシャッターが下りており、久留美先輩から預かっている鍵で通用口をオープンした。

電灯を点けずとも窓からの明かりがあり、グラウンドからは喧騒が聞こえている。

何度もお邪魔させてもらった部室なので、冷蔵庫の場所くらい把握していた。

少し空気が乾いていたので、水分補給は必要だろう。

「凛子先輩。なにか飲みますか？」

振り向くと、カウンターの内側に立ち尽くしている凛子先輩が、ボタンを外したブラウスをするりと脱いでいた。

シックなピンク色のブラジャーが、谷間を作っている大きな乳房を包んでいる。

一般的には巨乳さんと呼べるサイズ。

学園の女子生徒にはスタイルの良い子が多い気がする。

「……どうかな。学園に来る前はもっとちっちゃかったんだけどね。一年間馬鹿みたいにセックスされながら弄くり回されて、こんなになっちゃった」

「先輩？」

「叶馬くんが最初に殴った奴が、私の最初の飼い主だった男。サドっ気の強いＤＶ野郎でね。逃げ出す前……じゃないか。飽きて捨てられるまで、考えられる限りのプレイはヤリ尽くされたかな。反吐が出そうな変態セックスも経験済みだし、なにされても平気だから」

俯いたままスカートを脱ぎ捨てた凛子先輩が顔を上げる。

そのお顔には、取り繕ったような微笑みが張り付いていた。

「ア○ルも使えるし、二本挿しも平気。もちろんパイズリもフェラも、手コキだって仕込まれてるから」

「凛子先輩」

「ゴメンね。可愛らしく媚びるのはちょっと苦手……。だけど、いっぱい奉仕する、しますから」

お色気ランジェリー姿でフラフラと近づき、足下に跪いて俺の股間へと手を伸ばす。

その手を押さえた。

「待って下さい。凛子先輩をそのように扱うつもりはありません」

「どうして？　ちゃんと名も実も叶馬様の奴隷になったんだよ。大丈夫、誰も軽蔑なんてしないから。この学園に一年も閉じ込められてるとね、凄く原始的なルールで支配されてるってことが分からされるんだよ。欲望を我慢することの方がルール違反なの」

熱にうなされているような凛子先輩が、隠しようもなくバキバキなバイオレンス坊やに触れる。

美人顔の凛子先輩にセクシースタイルで上目遣いされると、大体の男はそうなると思われる。

「ほら、見て？　叶馬様の匂いを嗅ぐだけで、こんな簡単に身体が発情しちゃうの。クルミちゃんたちもそうだったでしょう？　女の子はこんなの絶対抵抗できないの。身体の仕組み的に無理なの。私たちとセックスしたいでしょう？」

「はい」

「いいよ。ご主人様の好きなように飼って下さい。なんでもします。だけど……だけど、蜜柑ちゃんだけは裏切れないの！」

お顔を歪ませて涙を決壊させる凛子先輩が足下にしがみつく。

「なんでもする、なんでもするから……蜜柑ちゃんだけは裏切らせないでぇ」

「大丈夫。大丈夫です」

ほとんど号泣する勢いで心折れてしまっている凛子先輩を抱きかかえ、背中をポンポンする。

誤解というか、変な風に気を回しすぎておられる模様。

心の傷、トラウマのフラッシュバックだろうか。

さっきの狐メンからいろいろ悪さをされてきたのだろう。

今度見かけたら顔の形が変わるまでボコボコに成形してやるべき。

今はそんなことより、凛子先輩を慰める方が重要だ。

トラウマを解きほぐす繊細なケアなど、俺にできるはずもない。

俺に可能なのは、トラウマを上書きするショック療法くらいだ。

とはいえ、ドメスティックなバイオレンスプレイは俺の趣味ではない。

許容できる範囲で、荒々しい野獣ムーブを発揮しよう。

ブラジャーは脱がせず、ずり上げて乳房を剥き出しにした。

ピンク色のショーツも剥ぎ取るように没収。

裸に剥かれた凛子先輩は、空虚な微笑みを浮かべたまま抵抗もしない。

だが、可愛らしくて色っぽい凛子先輩は、普段の気怠いダメお姉さんっぽい方が魅力的だ。

「あ……」

凛子先輩の両足を掴み、グイッと左右に開かせる。

しっかりと生え揃った陰毛の下には、既に濡れている淫唇が左右に開いていた。

閉じていないのは、これから男根を受け入れると、凛子先輩の女性器が覚え込まされたせいだろう。

「あっ、ああっ！」

「しっかりと覚えろ」

両手で腰を抱えて肉棒を叩き込んだ。

トラウマなど思い出すことがないくらい、肉体に俺という存在を刻み込み上書きする。

何とも身勝手で、暴力的な解決手段だと思う。

凛子先輩がそれで俺を恨むのなら、受け入れよう。

そして奇麗事だけを言うつもりはない。

俺はこの可愛らしくて色っぽい先輩に欲情しているし、パートナーとして奪い取ったことに喜びも感じていた。

学園の制度として俺の物となり、本人も俺に服従して、俺も凛子先輩が欲しい。

どこからも文句がつけられない関係だが、なにかが少し違うと思った。

「あっ、いっ、すっ……ごい。ご主人、様っ」

部員のみんなと雑談していた部室の中で、開いた両足を掲げている凛子先輩が喘いでいた。

あっという間に泡立つほど濡れている肉壺を、俺の肉棒が激しく出入りしていた。

茹だるように熱くて締めつけてくる。

こうして犯されている凛子先輩は、どこか安堵しているように見えた。

「成る程」

「ぁ……はぁ、はぁ……えっ？」

これでは駄目だな。

凛子先輩が想定している、『学園の典型的な男子生徒』としか見られていなかった。

俺だけは違うと言うつもりはないが、凛子先輩が大事にしている物を壊すつもりはない。

「凛子先輩。……俺は杏先輩、桃花先輩、久留美先輩の三人と性交渉をしています」

「あ、あぁ……それは、許して、下さい。わ、私がご主人様の肉便器になるから、私が代わりになんでもするからぁ」

虚ろな笑顔が泣き顔に変わった。

「お願い、壊さないで……。私たちから奪わないで」

「約束します。俺は凛子先輩たちを引き裂くような真似はしません」

蜜柑先輩の笑顔に誓ってもいい。

抱き縋ってくる凛子先輩に腕を回し、膝に乗せたまま背中を撫でる。

凛子先輩の望みと、怖がっていることが分かった。

ならば問題はないと断言しよう。

「あ、やぁ……叶馬、くん、出てる……ヤダ、イクッ」

「俺も健全な青少年なので」

「はにゅ、お尻……ソコ違う、ダメぇ」


「……エッチに扱うつもりはない、とか言ってたよね」

「聞き間違いではないでしょうか」

腕枕に横顔を乗せた凛子先輩が、じっとりウェットなお目々でお睨みになられる。

ある意味、普段どおりのだるだる子さん先輩に戻ってしまった。

とても可愛らしいと思います。

やはりスッキリされると精神が安定するのだろう。

俺もダンジョンの中で強制的に実感させられている。

「いきなりア○ルセックスとか、ちょっとは馴染ませてくれないと変な声が出る」

「最後まで致せたのは凛子先輩が初めてでした」

頬っぺを抓られると痛い。

「お尻の方で受けても引っ張られる感じ凄いし、ホントどれだけ規格外なのかな。ご主人様は」

「今までのように名前でお願いします」

「叶馬様？　それとも、呼び捨ての方がお好みかな？」

ぐにぃぐにぃと頬っぺたを引っ張られると伸びる。

あと静香たちからもたまに聞くが、引っ張られる感じという謎ワードが不明。

曰わく、三日くらい完徹した状態で、眠気に意識がぐわぁ～っと持って行かれそうな遊離感らしい。

「叶馬くんって表情は動かないけど、変なコトばっかり考えてるでしょ」

大体正解だが、頬っぺたをぐにゅぐにゅするのは止めて欲しい。

「はぁー……自己嫌悪。変な意地を張っても、やっぱり私もただの牝かな。アナタに抱かれた身体が満足しちゃってる」

俺たちは寛ぎスペースの畳の上で横になっていた。

乱雑に脱ぎ捨てられた制服がエッチっぽい。

ネイキッドモードで凛子先輩と致したのは初めてのような気がする。

初めて致したのは、中庭青姦での着衣セックスだったか。

こうして見ると、全体的にメリハリのある着やせ体質。

ただインドア派で筋肉鍛錬が不足しているのか、ちょっとだらしない重力に負けたオッパイが余計にエッチ。

元カレから仕込まれた変なM癖もあり、正直俺もアブノーマルな扉を開きかけました。

「これじゃあ、クルミちゃんたちを裏切り者だなんて、責められないかな……」

「それなのですが、なにか勘違いされておられるのでは？」

またダウナーに傾いてしまいそうな凜子先輩にクエスチョン。

「ヘッドハンティングなんでしょ。使えそうな子を叶馬くんが犯して隷属。ううん、倶楽部を内部から分裂させて解散、めぼしい子を奴隷扱いで吸収するつもりだった？」

「蜜柑先輩が泣いてしまいそうですが」

「ああ、そっか……だから『匠工房《アデプトワーカーズ》』を解散させるつもりだったんだ。確かに、蜜柑ちゃんは部員のみんなを絶対見捨てられないから。最後に泣いてる蜜柑ちゃんを慰めて抱き込むシナリオかな」

虚ろな感じのお顔になってしまう凜子先輩だ。

「どうしてそういう発想になるのか、謎なのですが」

「だって、必要なんでしょう？　『本気』でダンジョンを攻略するために、絶対に裏切れないバックアップ要員が。蜜柑ちゃんやクルミちゃんたちに目をつけたのも分かるよ。私たちのクラスはレベルよりも、個人が持つセンスが大事だから」

「ええ。みんなの腕前に疑いはありません」

「……みんな、って、え、ちょっと待って。えと、ホンキ？　私たちって一二人いるんだよ？」

ぎょっとしたお顔になる凜子先輩が上体を起こした。

「ええっと。叶馬くんの仲間って、男の子がいっぱいいるの？」

「この間にお邪魔した七人がフルメンバーですが」

メンバー集めに進展はなかった。

ああ、幽霊部員の雪ちゃんを忘れてはいけない。

「……もしかして、女の子を隷属させるコトに特化した……その分だけ強くなれる、未知のユニーク……？」

なにやら口元に鉤状の指を当て、半眼でブツブツと独白なされていた。

少し元気が戻ったようだが、どうやら情緒不安定な感じ。

「だから内緒に……でも、それならいっそ……不安定な子たちも……」

さり気なく膝に頭を乗せ、真下からオッパイをたゆんたゆんしても気づかない眼福感。

大胸筋を鍛えればウェイクアップすると思われるが、この適度にだらしない垂れ具合がエッチ臭いフレーバー。

カタカナ横文字を連発するほど馬鹿に見えてきますが、オッパイを前にした男の子は大体こんな感じで知能が低下すると思います。

「……そんなにオッパイ好きかな？　おチ○チンカッチカチになってるよ」

「どちらかと言えば大好きです」

悪戯する手を払い除けず、代わりに頬っぺたをぐにぃっとなされる。

「うん、まあ、いいよ。思惑に乗ってあげようかな。今はまだ聞かないわ。だから証明してみせて。段取りと調整は私がつけてあげる」

「然様で」

「……正直、蜜柑ちゃんを矢面に立たせてるって自覚はあったかな。だから、トップには君がなって。それが条件。あと、ある程度はみんなを公平に構って。静香ちゃんとは私が話をするから」

成る程。

適当に相槌を打つのはヤメロ、という誠一の忠告が頭をよぎった。

だが、急所を両手で握られて上下に扱かれていると、どうにも血の巡りが下半身に集中して思考が鈍る。

「んっ、ホントに大っきい。アイツなんかとは比べ物にならない……。私のことは好きにしてイイよ。したくなったらいつでも私を使って。名義も身体も、叶馬くんの物になった私に相応しい役目だと思う。君が女の子をどう扱うのか、もっと確かめさせて……？」

第36章　私の屍を越えてゆけ

チリンチリン、と扉に提げられたベルが鳴る。

日の暮れ始めた時刻。

セピア色調のこぢんまりとした店内では、天井から提げられたランプに火が灯されている。

学園敷地内にある旧建築物は、朽ちるに任せて放棄された物も多い。

それでも学生寮として扱えない小規模な建築物のいくつかは、リフォームで再利用されることもあった。

カフェ『勿忘庵』は比較的新しい、そうした旧厩舎がリフォームされた喫茶施設だ。

そうした施設の多くは、卒業後の残留要員に対する雇用の場を確保する意味合いがあった。

静香は総木造のレトロな店内を見回し、閑散とした客席の中で手を振っている待ち合わせ相手を見留めた。

「や。呼び出しちゃって悪いね」

「いえ」

シナモンの香り漂う小さなカップを前に、文庫本を開いていた凛子がメガネを外した。

学園でメガネやコンタクトレンズを利用している者は少ない。

これはダンジョンダイブによる羅城門システムの恩恵だ。

魂《たましい》と魄《にく》は本来あるべき状態へとバイアスされ、特に身体的機能は次第に健全な状態へと調整されていく。

重度の近視だった凛子でも裸眼で生活できるほどだ。

「夕飯は済ませちゃったかな？　あんまりフードメニューはないんだけど」

「お気になさらず。……私もチャイをお願いします」

おしぼりとお冷やを運んできたマスターへ注文する。

『勿忘庵』はアルコールを取り扱っていないので、わざわざ夜に繰り出すような店ではない。

店舗も小さく目立たない場所にあるので、静香も施設案内図で確認しなければ分からなかった。

学園の隅にひっそり隠れた避難所のような店となっている。

静香の前にも、小さなカップにシナモンスティックが差された乳煮出し茶が運ばれた。

「さて。来てくれてありがとう。スルーされるかもしれないと思ってたかな」

栞を挟んだ本を畳み、テーブルに手を乗せた凛子がニコリと頬笑む。

「いえ、杏先輩からの伝言を蔑ろにはできませんので」

言外に杏は既にこちら側だという含みがあった。

学園周囲ではモバイルなどによる携帯電話やメールは使用できない。

各寮には有線の電話やイントラネットが引かれているが、コミュニケーションツールとしては利用されていなかった。

つまり、情報の伝達に時差が生じた。

リアルタイムで確認ができない以上、駆け引きの材料になる。

「そうね。叶馬くんのことだから、あの子もちゃんと面倒を見てくれていると信じているわ。桃ちゃんとクルミちゃんもね？」

「叶馬さんは優しいですから、心配は無用です」

「凄く懐が広いわよね。私の面倒も見てくれるって言ってくれたし」

カップに手を伸ばした静香がピクリと反応を示した。

「いやね、我ながら小っ恥ずかしい醜態をさらしちゃったんだけど、全部俺に任せとけって感じ？　あんな真似されたら嫌でも惚れるかな」

もある。


「決闘、させたそうで」

「そうね。お陰で名実ともに叶馬くんの女にされました」

自分を賭けた『学生決闘《メンズーア》』が行われるというのは、女子にとって一種のステータスだ。

内実は性処理道具や、良い女を侍らせているという装飾品扱いがほとんどだが、女としての価値の証明でもある。

凛子は交付されたばかりの、真新しいパートナーバッチに触れる。

それは静香が身につけているバッチと同じデザイン、同じ叶馬の刻印が刻まれた物だ。

「――で。静香ちゃんがハーレムのトップなのかな？」

「はい」

「んで、叶馬くんに内緒で、裏で勝手に悪巧みしてるのも静香ちゃんなのかな？」

「はい」

カップに口をつけた静香が、戸惑うことなく肯定した。

「叶馬さんがなさりたいように手を尽くすのが私の役目です」

カップをソーサーに戻し、右手を胸の中心に当てた。

「うん。叶馬くんもぶっ飛んでるけど、静香ちゃんも大分ぶっ飛んでるかな……」

「はい。私とあの方は一心同体ですから」

迷わず自己利益を放棄した忠誠は、狂信者の信仰心の如きであった。

「まあ、それはさておき。こっちの条件は伝わっているのかな？」

「叶馬さんは、些事に拘りませんので……」

「伝わってないのね……。ホント、あの子は大雑把というか」

遠くを見る目になる静香に、凛子はテーブルに肘をついて額に手を当てた。

意見交換、もしくは条件交渉という名の雑談が交わされる。

「ローテーションについては追々調整しましょう」

「えと、うん。けど、叶馬くん本当に大丈夫なのかな？」

「先輩方には頑張って頂かないと困ります」

「心配の方向が逆だった……。『絶倫王《ドンファン》』でも枯れちゃいそう」

『絶倫王《ドンファン》』のクラスになるような男子は元より絶倫気味だったが、本当の意味で出玉無制限なのはあくまでダンジョンの中においてだ。

ＳＳＲクラスだけにクラス獲得者は数えるほどだが、ほとんどはハーレムの主人というより女子部員が多い大倶楽部での女子用慰撫要員にされている。

「杏ちゃんとか、もうメロメロだし、私も実感として隷属されちゃってるのは分かるんだけど」

身体に軛を打たれている感覚は表現しづらかったが、無視できるほど曖昧な感覚でもない。

「静香ちゃんに双子ちゃんに侍子ちゃんで四人。杏ちゃんに桃ちゃんにクルミちゃんと私で、計八人。有り得ないって叶馬くん分かってるの？」

男子による女子の隷属現象は魂に対するバイパスの構築と、魄に対する受胎機能の侵食変貌だと考察されている。

つまりオカルティックな分野の遺失術法《ロストマギアロジー》による影響とされ、実際に解明はされていない。

それでも経験則による解析は蓄積されていた。

一人の男子が隷属下に置ける女子の数は、クラスによる補正と彼我のレベル差が影響している、程度は知られていた。

「大丈夫です。問題なく、もう一人。追加されました」

「もしかしてイチゴちゃん？　どうして分かるの、なんて聞かないけど、静香ちゃんも大概なのかな」

右手を胸に当てた静香が頬笑んだ。

「さっきも言ったけれど、私たち一二人を全員受け入れてくれるなら叶馬くんだけに仕えてあげる。ただ問題は、私と同じようにパートナーに登録されてしまっている子が何人かいるわ」

登録申請は書類のみで考査され、取りあえず唾をつけておく感覚で一方的にパートナーにされる女子は多い。

セフレとして登録権を売買されることも珍しくない。

ただ時としてトラブルの元にもなるので、女子全員が誰かのパートナーとして登録されているわけでもなかった。

「銭を提示されれば全て買い取りますし、聞き分けのない相手には……叶馬さんが直接お話に出陣します」

辻斬りしたい、とか言い出していた叶馬を思い浮かべる静香である。

「うん、まあダンジョンから取ってくるアイテムのレベルから分かってはいたけど、もう二年生よりハイレベルなのね……」

「正直、強さの基準が良く分からないのですが」

静香や双子の姉妹は、ある意味で促成栽培ともいえるパワーレベリング気味の後衛役だ。

問題は叶馬たち戦闘クラスのメンバーも、自分たちがどの強者ランクにいるのか分かってない状態にある。

「あまり目立たないように活動しよう、が私たちの方針です」

「全然自重してないよね？」

はぁ、と溜息を吐いた凛子が冷めてしまったチャイを口に含んだ。

「取りあえず、五月になって倶楽部の勧誘とか、引き抜きが解禁されちゃったから、こっちも余計なちょっかいを掛けられる前にケリをつけたいんだよね。叶馬くんが大丈夫そうなら、杏ちゃんトコに二人ずつ送り出すから」

「……問題、ありません。イチゴ先輩はもうダウンしておられるみたいなので」

「一番手間取りそうだったイチゴちゃんもストレートに堕ちちゃったか。今のところ蜜柑ちゃん以外には話は通してるし、嫌だって子は他にいないのよね」

好意的に受け入れられている原因は、恐らく自分が賭けられた『学生決闘《メンズーア》』での立ち振る舞いだと凛子は思っていた。

強い男はそれだけで魅力的に見えるという、学園の気風が下地にもなっている。

雰囲気がちょっと怖いし、ヒゲメガネが謎だったが。

「叶馬くんに気を許しているみたいだし、蜜柑ちゃんだけには直接言ってあげて欲しいかな」

それは小さな彼女が積み上げた、小さな砂上のお城だ。

例え張りぼてであろうとも、今まで自分たちを守ってくれていたかけがえのない傘だったのだ。

＊＊＊

「じゃじゃーん！　私っ、参上。お話は聞かせてもらいました」

元気いっぱい参上なされた蜜柑先輩が、ちっちゃなお胸を張ってフンスと鼻息も雄々しい。

「ウチの子たちが欲しければ、私を倒してからにしなさーい！」

「蜜柑ちゃん先輩、チャッス」

「蜜柑ちゃん先輩見てると元気が出てくるっていうか、超和む」

「蜜柑先輩。今日はよろしくお願いします」

先輩の威厳を保つために頑張っている蜜柑先輩を、和やかに受け入れるパーティメンバーが惨い。

特に愛刀を作ってもらった沙姫とか蜜柑先輩が大好きなので、キャッキャとご機嫌だ。

「せんぱいせんぱいっ。いっぱいシュパってするので見てて下さいね！」

「よろしくお願い」

「します」

腕を組んで反り返るスタイルの蜜柑先輩がキャッキャパワーに押され、困ったお顔で俺を見上げる。

「話が通じてない感じがするんだケド……？」

「問題ありません」

蜜柑先輩のラブリーさの前には大抵のことが些事である。

「叶馬くんが抱っこしてるのが悪いんじゃないかなっ。いい加減下ろしなさいー」

昼休みが終わった羅城門フロアは混雑しているので、迷子になってしまっては大変である。

背後から抱っこしてしっかり確保だ。

『職人《クラフター》』系クラスっぽいベストやベルトを装備したダンジョンダイブスタイルなので、足ブラーンな格好でもとても抱っこしやすい。

というわけで、今日は蜜柑先輩と一緒にダンジョン攻略である。

蜜柑先輩からお誘いのお手紙を受けたのは俺だ。

なにやら「力を見せてちょうだい」やら「責任は取れるのかな？」やら「私の屍を越えてゆけー」とか蜜柑語が難解だったが、要はダンジョンダイブに付き合ってくれるらしい。

武具の作製やメンテナンスを請け負っている以上、使用者の腕前を確認しておきたいという心意気なのだろう。

是非もなしである。

「あ。そいや蜜柑ちゃん先輩って、普段潜ってる階層どこっすか？」

「えっと、第五層かな。みんなと一緒に素材集めにダイブしてるんだけど。今回は君たちに付き合うから気にしなくて良いよ」

「んじゃあ、物足りないかもしんないっすけど、三層で」

「わっ。凄い進んでるんだね」

あんよをブラブラさせる蜜柑先輩が感心したように頷く。

二年生への進級条件は、第七階層まで到達することらしい。

中間と期末テストごとに一層ずつ、クリア条件の階層が深くなっていく。

正直、到達階層を進めるだけなら、購買部で販売している地図を使えば楽勝らしい。

モンスターから逃げ回って界門を目指す感じか。

「ま、任せて！　ええっと、三層ならまだゴブリンだよね……うん、大丈夫。何かあっても、わ、私が守ってあげるからね」

俺たちにとっては攻略開始したばかりの階層でも、蜜柑先輩には物足りないに違いない。

「あー。いや、ちょっと変なモンスターが出てくるかもしんないっすけど」

言葉を濁す誠一なのだが、ゴブリンとか最近見たことがない。

代わりにオークとか出始めてるんだが、情報閲覧《インターフェース》の表記揺れだったりするんだろうか。

女子目がけて突っ込んでくるモンスターなので、蜜柑先輩はしっかりガードである。


――穿界迷宮『ＹＧＧＤＲＡＳＩＬＬ』、接続枝界『黄泉比良坂』――

――第『陸』階層、『既知外』領域――


ダンジョンダイブ直後にちょっとしたトラブルが発生し、蜜柑先輩のお着替えタイムが入ったのだが、本人が涙目でうーってなっているので無かったことになっている。

お世話係は静香で、替えのパンツを提供したのは海春である。

ちなみにご機嫌斜めの蜜柑先輩は、麻衣や沙姫たちが絶讃ケア中だ。

そういえば沙姫や双子シスターズも、合流してしばらくはダイブ酔いしていたなという思い出。

やはり蜜柑先輩は抱っこして保護していないと危ないのではなかろうか。

「過保護すぎます」

「……いや、俺もちょっと変だなとは思ってたんだよ。いくら既知外エリアとはいえ、下の階層に慣れてるはずの蜜柑ちゃん先輩が気絶するほどの瘴気圧《プレッシャー》はない筈だ」

「つまり蜜柑先輩は敏感肌だと？」

「ちげえ。まあ、アレだ。要するにココ、マジで三階層なのかってことだ」

もったいぶった誠一の陰謀論発言に、静香と顔を見合わせる。

最近チューバー臭い発言がなくなってきたと思ったら、新しい芸風を模索していたらしい。

俺たちはとんでもない考え違いをしていたんだ、人類は絶滅する！とか前後の脈絡がないことを言い出しそう。

「……そうか」

「ああ、俺たちは知らねえ内に深階層に足を踏み入れちまったんだ」

これ、どういう顔をして話を聞いていれば良いのか迷うな。

俺の場合は大体無表情になってると思うんだが、なんだってーみたいな顔をしてみせるべきだろうか。

あまり無理なことは求めないで欲しい。

「界門《ゲート》移動の時に、通常より深いフロアに繋がってしまったということでしょうか？」

静香は取りあえず話を合わせる系を選んだようだ。

「分からん。が、出てくるモンスターやら俺たちのクラスとレベルからして、最低でも二年生のトップグループ並みになっちまってる気がする」

やばいな。

誠一が俺ツエエ症候群を患ってしまった。

スキルにクラスやレベルでの身体補正があるので、スーパーマンシンドロームを発症してしまう勘違い君が毎年出ると聞く。

ゲームや漫画の超人キャラクターに自己投影してしまい、自我を肥大化させてしまうというやつだ。

ダンジョンに潜り始めてからまだ一ヶ月ちょっと、丸一年も先行している先輩とは比較するのもおこがましい差だろうに。

パーティの突っ込み役である誠一が暴走してしまったのなら、パーティの良心こと常識人である俺が止め役に回るしかあるまい。

「そうか。まあ、そういう気分の時もあるだろう」

「……その生温い視線ちょっと待てや」

「自分が特別だと思いたがる超人願望は、思春期の男子にとって麻疹のようなもの」

「違うわ！　つうか、お前は自分がチート臭い超人だっつうことを自覚しろっ」

「認識の擦り合わせは戻ってからで良いかと。今は蜜柑先輩を取り込むことが先です」

ガリガリと頭を掻いた誠一が溜息を吐く。

「放っとくと、またとんでもねえ突発炎上イベント発生させそうでおっかねえんだが」

「諦めて下さい。叶馬さんは基本、ブレーキのないドラッグレーサーです」

凄く炎上しやすそうなスーパーカーである。

実際は自動ブレーキシステムにエアバッグとＡＢＳ搭載のエコカー如き無害な俺だ。

「最近、二年相手に学生決闘《メンズーア》ふっかけてボコる一年が出没してるらしいんだが？」

「噂には聞いたことがあるが俺ではない。人違いだ」

「ええ。謎のヒゲメガネ紳士さんです」

さり気ない静香さんの援護射撃がナイス。

というか、無差別辻斬りはダメと静香から怒られ、適当な相手をマネジメントしてくれている。

決闘委員会への申請や手続きもマネージャーさんの如き静香さんに一任だ。

目立たないようにという方針だが、実行者は謎のヒゲメガネ紳士なので問題は無いだろう。

だが、チョイスされた相手が弱すぎて今一訓練にならない。

多分、非戦闘クラスの先輩たちだと思う。

静香さんの方がよほど過保護だ。

「その変態紳士に大人しくするよう言っといてくれ」

「聞き分けのない先輩は、後二、三名ですのでご安心下さい」

「……安心できる要素がねえ」

グルグルとシュマグを頭に巻き付けた誠一の方が変態紳士だと内心思う。

あまり油断しているのもなんなので、こちらも空間収納《アイテムボックス》から甲冑を装着だ。

左右に手を伸ばして『大』の字にポージングする。

後はそのまま空間収納《アイテムボックス》から『重圧の甲冑《ストレッサーアーマー》』を取り出せば装着完了である。

本来、全身甲冑ともなれば着脱にも手間がかかるのだが、雪ちゃんと相談して武装格納庫を作ってもらいスムーズな出し入れを可能にした。

良く分からないが、形代《かたしろ》とやらを使った謎の魔法スキルっぽい。

「蒸着!」などの格好いい変身キーワードと素敵なポーズを考えるべきか。

他のメンバーから預かっていた武具も空間収納《アイテムボックス》から出して配布すれば準備完了だ。

「さて、蜜柑先輩。落ち着かれましたか？」

「……なにかな、なんのことかな。私は最初から準備オーケーだもん」

麻衣たちの微笑ましい眼差しに囲まれた蜜柑先輩が、ぷくっと頬っぺたを膨らませて睨んでくる。

あまり突っ込むと泣いてしまいそうなので、スルーして差し上げるのが吉。

「そろそろ出発しようかと。蜜柑先輩には期待しています」

「う、うんっ。任せてっ」

今泣いた鴉がもう笑う、そんな言葉が思い浮かぶ。

「『職人《クラフター》』の戦い方を見せてあげる！」

蜜柑先輩が手を掲げて、んんぅ～と可愛らしく息む。

「召喚！『強化外装骨格《アームドゴーレム》』～、ゴライアス君！」

ガションッ、とダンジョンの床に足音を響かせたのは、体長三メートル程の鎧武者だった。

体型はずんぐりむっくりで、遮光器土偶のようなユーモラス感が宿っている。

蜜柑先輩のSPがごそっと減少し、その分がゴライアス君の生成に使われた模様。

ドヤ顔全開の蜜柑先輩がゴライアス君の前で仁王立ちなされている。

「これが『職人《クラフター》』基本スキルのひとつ。ゴーレムだよっ」

「格好イイです！」

「おお、これがゴーレムか。初めて見た」

「ん～、あたしの『砲台《バッテリー》』みたいな感じ？　かな」

冷静に眺める誠一&麻衣と、目をキラキラさせたテンションあげあげの沙姫が対照的だ。

「吾主様のお目々もキラキラ」

「です」

いやこんなロボットを召喚されたらワクワクするのが道理。

超格好いい。

再クラスチェンジで『職人《クラフター》』を目指すのも有りか。

「よーし、それじゃあイコー」

蜜柑先輩の音頭でガショーンガショーンとイカス足音を響かせるゴライアス君が発進した。


さて、玄室の隅っこで踞り、壁に向かって膝を抱えている蜜柑先輩が可愛すぎる件について。

格好いいゴライアス君も、蜜柑先輩の隣でしゃがんでいるのがラブリー。

静香からなんとかするように、と指示を受けているのだが、もうちょっと愛でていたい。

今回は蜜柑先輩がいるので、ご休憩タイムを自重している。

そのせいで静香たちはご不満な模様。

「蜜柑先輩」

ぴくり、と背中が震え、さらにちっちゃく丸くなられる。

最初に張り切りすぎて、気合いが空回りしてしまったのを気にしているのだろう。

『強化外装骨格《アームドゴーレム》』というスキルについては、どういう代物なのか教えてもらった。

戦闘用スキルというよりは、『職人《クラフター》』の作業補助要員という感じだった。

本人の分身《アバター》みたいな存在である。

俺のもやっと雲や麻衣の『砲台《バッテリー》』、『騎士《ナイト》』系が召喚できる騎獣、『精霊使い《シャーマン》』系が召喚するエレメンタル等と同じく、本人のSPが分離した存在だ。

だが、『強化外装骨格《アームドゴーレム》』はそうした使い捨て《インスタント》とは違い、より本人の分身《アバター》に近いらしい。

コンセプトとしては自律機動するロボットではなく、パイロットが操縦するパワードスーツ的な分身なのだろう。

実際にゴライアス君も中身が空っぽになっており、遠隔操作だけでなく搭乗する強化スーツとしての運用も可能になっている。

まあ、肉体への反動や加減速フィードバックの制限を無視できる、スタンドアローン運用の方が戦闘には向いていると思う。

ゴライアス君も巨体に見合ったパワーがあるようなのだが、なんというか凄く動きが鈍いのである。

『強化外装骨格《アームドゴーレム》』が本人の分身《アバター》であるということは、そのスペックが本人依存であるということだ。

つまりゴライアス君は、大きくなった力持ちの蜜柑先輩なのである。

そして蜜柑先輩はあまり身体を動かすことが得意ではない模様。

「蜜柑先輩。ファイトです」

取りあえず励ましてみる。

うりゅっと涙目になっておられる蜜柑先輩が振り返った。

「……ゴメンね。足手まといで。そうだよね。『職人《クラフター》』なんてやっぱりお荷物だよね」

ぐすっとお鼻を啜る蜜柑先輩ウザ可愛い。

軽く玄室を二つほど掃討したのだが、最初の戦闘では鎧犀《アーマーライノセラス》にゴライアス君が吹っ飛ばされてゴロゴロと転がされ、さっきの戦闘では雪狼《スノーウルフ》の動きについて行けずガン無視されて終了だった。

「叶馬くんたちは凄いね。私の出る幕なんて最初からなかった……。みんなをお願い。叶馬くんなら任せられるから」

フラフラとどっかに行こうとする蜜柑先輩を背中から抱っこし、ブラーン状態で確保する。

「叶馬くん、蜜柑ちゃん先輩泣きそうじゃん」

「旦那様。イジメダメです、絶対」

「叶馬にデリカシー求めんのは無理じゃねえかな」

俺だけがディスられている理不尽。

深い溜息を吐いた静香が、こっそりと後ろに張り付いて俺の右手と握手してくる。

というか、最近はすっかり馴染んで存在を忘れそうになる静香石とダイレクトコネクト。

巫女のスキルなのか不明なのだが、接触テレパスみたいなスキルを身につけたのだ。

「……悲しいことを言わないで下さい。俺には蜜柑先輩が必要なんです」

「ふぇ？」

「一緒に行きましょう。アナタの笑顔を俺が守ってあげます。蜜柑先輩がいなければ意味がないんです。蜜柑先輩がいなければダメなんです。蜜柑先輩の天使のような笑顔が俺を幸せにしてくれるんです。これ以上は俺のハートがオーバーヒート」

最後で弱音を吐いてしまったが、静香さんの腹話術が効いたのか蜜柑先輩のお顔が真っ赤だ。

あと、途中から蜜柑先輩の名前を自分に置き換えるのは混乱するから禁止で。

あっさりと復活された蜜柑先輩がモジモジすると、ゴライアス君もモジモジするのがビジュアル的にキツイ。

「……私なんかも欲しいの？」

「むしろ君が欲しい」

「…っッ!!」

静香さん効果は抜群だ。

蜜柑先輩はお顔を隠して足をバタバタさせ、的確に鎧の隙間から俺の膝をお蹴りになる。

地味に痛いです。

ちなみにゴライアス君は仰向けにゴロンとして短い足をバタバタさせていた。

沙姫と双子シスターズは羨ましそうな視線を向けている。

申し訳ないが、あんな台詞を静香腹話術なしで喋れる甲斐性はないです。

「も、もぉ、ホントに叶馬くんは女ったらしなんだから！　これじゃあ、とてもじゃないケドみんなを任せられないじゃない……」

ぐすっとお鼻を啜った蜜柑先輩は、困ったような微笑みを浮かべていた。


「それじゃ、お疲れさまでしたー。乾杯ー」

宴会部長が板に付いてきた麻衣がグラスを掲げた。

順当と言えば順当にダンジョンアタックを終え、学生食堂で恒例のお疲れ様パーティである。

今回はレベリングがメインで、のんびりペースだった。

「お疲れ様でした。うん、ダンジョンに潜った後にお疲れ会とか素敵だねっ」

ジュースを手にした蜜柑先輩がにぱっと笑う。

とてもプリティーな蜜柑先輩のレベルが一番上がっていた。

パーティを組んでダンジョンダイブしたら、情報閲覧《インターフェース》のメンバー欄に蜜柑先輩の情報が表示されていた。

当初は『鍛冶士《ブラックスミス》』のレベル2。

今はレベル6まで上がっているが、基礎クラスを換算した累積レベルでは双子シスターズよりも低かった。

「……無事に戻って来られたみたいだね。ん、おいし」

オードブルセットの大皿から、鳥唐揚げを摘まんだ凛子先輩が小首を傾げる。

そっと回りを確認しても、凛子先輩がおられることに違和感を感じているのは俺だけな模様。

恐らく蜜柑先輩の保護者的な感じなのだろう。

差し入れとしてテーブルの中央に飾られていたワインボトルは、既に半分以下になっていた。

「やっぱり、当り前みたいに死に戻りしないで戻ってくるんだね？」

「頂きます」

どこからともなく取り出された新しいボトルを向けられる。

カリカリに冷えた透明な葡萄ジュース美味しい。

「今回、先走っちゃった蜜柑ちゃんの面倒を見てくれたお礼。内緒にして欲しいかな」

ボトルにラベルが無いと思ったら、お手製の葡萄ジュースらしい。

どぶろくは自作したことがあるが葡萄で作ったやつは初めてだ。

ぶっちゃけ自家製のシュワシュワジュースは簡単に作れるので、俺も久し振りに仕込んでみようと思う。

もちろん、ただの葡萄ジュースだ。

「それで、叶馬くん」

凛子先輩の視線が、ダンジョンの中で仲良しさんになった蜜柑先輩と双子姉妹のキャッキャウフフに向けられる。

双子たちもかなり小柄な方だが、蜜柑先輩はさらにちんまいミステリー。

「どうして蜜柑ちゃんに手を出してないの？」

真顔で問い詰められても答えに困る。

「男子と女子の関係を、すぐセックスに結びつけるのは如何なものかと」

「そういうのは良いから」

一刀両断で切り捨てられた。

「初めましてこんにちは、さあセックスセックスっていうのが叶馬くんの持ち味でしょう？」

「誤解が遺憾です」

「もうウチの部員の子たち、蜜柑ちゃん以外全員とエッチしてるよね」

俺も男なので、ぐだぐだと言い訳するつもりはない。

だが少しだけ弁明するなら、麻鷺荘の杏先輩のお部屋が『匠工房《アデプトワーカーズ》』のお泊り会場になっていたようなのである。

ローテーションで皆さんが泊まりに来ていた。

「ダンジョンの中でもエッチしまくりだって聞いたけど」

自分のグラスにもとくとくと葡萄ジュースを注いだ凛子先輩は、絡み癖があると思われる。

ちなみに情報源は、こそっとサムズアップしてくる静香さんっぽい。

「ちゃんと蜜柑ちゃんも叶馬くんのモノにしなきゃダメでしょ。なにグズグズしてるのかな。今ココで蜜柑ちゃんを連れ出すくらいの男気を見せなさい。もしかして、蜜柑ちゃんには勃たないとか情けないこと言わないよね」

「水のようにゴクゴク行くのは如何なものかと」

「蜜柑ちゃんは私たちの大事なブチョーなんだから、大事にしてあげないと酷い目に合わせてやるからね。分かってるのかな、君は」

結構ジュースの度数が高い気がする。

もしかしたら発酵を促進させるスキルとかあるのかもしれない。

「ちゃんと聞いてるのかな？」

「大体は」

「それじゃあ早速蜜柑ちゃんを誘いなさい。今すぐ、ハリーハリーハリー」

酒造りというのは、昔から世界各地で行われてきた伝統だ。

簡単に言えば、糖分を酵母菌が分解するとアルコールになる。

ワインを例にすれば、葡萄の甘い果汁が『糖』、そして葡萄果実の皮には元々天然『酵母菌』が存在している。

故に潰した葡萄を放置しておけば勝手に葡萄酒ができてしまう。

ちなみに、ちょっとネットで調べれば分かるのだが、日本には酒税法というのがあって勝手にアルコールを醸造するとタイーホされるので注意だ。

「……もう無くなったかな。じゃあ寝かせてる途中のやつだけど」

トートバッグらしき魔法革鞄から追加のボトルが出現すると、みんなの歓声があがった。

最初のお洒落な硝子ボトルではなく、手作り感溢れるペットボトル入りだった。

それも焼酎とか入ってそうな五リットルのビッグサイズである。

ザルな沙姫以外は良い感じでベロンベロンになってしまいそう。

ジョッキにどぶどぶと発酵葡萄ジュースを注ぐ凛子先輩のお目々が据わっておられる。

「酔わせてそのままお持ち帰りとか考えてるんでしょう。ホントに性獣かな君は。蜜柑ちゃんもいっぱい飲んでるしね。私も一緒に持ち帰ってエロいことしようと思ってるのかな。ホントにお猿さんだね」

これは山籠もりしていた時に一度だけ見つけたことがあるのだが、『猿酒』という猿が作ると言われているお酒がある。

木の洞や岩の凹みなどに動物が果実などを溜め込み、それが運良く自然発酵してアルコールになったやつだ。

俺が見つけたやつは熊が集めた山葡萄っぽいのが発酵したやつだったので、正確には猿酒というより熊酒と言うべきだろう。

通報したら熊が逮捕されるのだろうか。

酒造りが免許制になって自家醸造が禁止されたのは、明治三十二年と近年である。

明治政府が税収目的で日本の伝統文化、所謂『どぶろく』を弾圧したのだ。

個人個人から醸造税を徴収するのは実質不可能なので、酒造業者のみに酒造免許を与えたという話だ。

ちなみに、政府に自家醸造の禁止を働きかけたのは当の酒造業者らしい。

いやらしい。

自家醸造という『文化』自体が抹消されたので知らない人が多いが、誰でも簡単に作れてしまうのがこの『自家製しゅわしゅわジュース』だ。

簡単に作れるが故に、ついうっかり発酵させてしまわないように注意が必要である。

「叶馬くん、ちゃんと聞いてるのかな？」

「ええ、しゅわしゅわは発酵時に発生した二酸化炭素が溶け込んだ物です」

耐圧容器で密閉することにより、二酸化炭素が水溶液中に溶け込んで炭酸水となるのである。

発酵の度合いによっては容器がボーンと破裂したりするので、発酵させてはいけないのだ。

「……もう、すっかりリンゴちゃんと仲良しだね？」

海春と夏海は潰れてしまったらしく、グラスに両手を添えた蜜柑先輩が小首を傾げて頬笑む。

仲良しというか、ボトルを抱え込んだ凛子先輩からべったりと寄り掛かられている状態。

ぽや〜んとしたお目々が、たまに閉じたり開いたり。

あまり強くは無い模様。

「蜜柑先輩は変わりませんね」

「うん。酔っちゃったコトってないかも」

見た目によらず強肝臓であらせられる。

沙姫と気が合うのも納得だ。

「しょうがないにゃあ……あたしが一肌脱ぐわ」

「よしよし。良い子だから座ってろ」

突然立ち上がって脱衣し始める麻衣を誠一が押さえ込んだ。

見抜きってやつなのだろうか。

というか、いつの間にかみんなベロンベロンだ。

「口当たり良いんで気づかなかったが、コレえらい強いっぽいな」

「補糖しすぎたんではあるまいか」

しゅわしゅわ発泡させるために大量の砂糖をぶち込んだのだろう。

「……妙に詳しいな」

「気のせいだ」

別に詳しくはない。

酵母菌の耐糖性の限界に挑戦するというのは、誰でもやらかしてしまう過ちだと思う。

「とりあえず、今日はお開きにするか」

学生食堂はフードコート形式なので、食器の返却はセルフサービスが基本だ。

今日は最初から凛子先輩の差し入れが活躍したので、オードブルの大皿もほとんど手付かず。

勿体ないのでタッパーに詰めて持ち帰りたい。

と思っていたら、にゅっと顔を出した雪ちゃんがささっとお重に詰めていた。

勿体ないお化けみたいな子である。


「あ、あのね……その、ね？」

エントリークラスに分類される女子寮、海燕荘の一室。

ベッドに腰掛けた蜜柑が、正面に立った叶馬へ伸ばした両手をゆっくりと動かした。

ねっとりと濡れてそそり立つ肉棒は熱く、指の動きにピクリと反応する。

気恥ずかしさを感じた蜜柑が視線を逸らす。

蜜柑のルームメイトである凛子は、全裸のまま自分のベッドでうつ伏せに寝ていた。

凛子は抱きかかえられるように寮まで連れ戻された後、なし崩し的にベッドへ引っ張り込んだ叶馬と一戦を済ませている。

その間プレイを見せつけられていた蜜柑は、顔を真っ赤にして硬直していた。

学園で一年を過ごした蜜柑たちにとって、性行為を見ることも、見られることにも慣れている。

だが、無理矢理とは違い、望んで受け入れている姿は初めてだった。

その姿に嫌悪感はなく、羨ましい、と思ってしまったのだ。

「あのね、イヤじゃないんだよ。ホントだよ……でも、私ってチビでしょ？」

抱き上げられた身体が、ぽふっとベッドの上に寝かせられる。

「だ、だからね。あの、その……男の子の、お、おチ○チンが入らないの」

仰向けで自分の顔を両手で覆った蜜柑が告白する。

小柄な体躯は発育が悪く、女性としての機能も未成熟だ。

蜜柑が入学した当初には、その手のペドフィリア趣味から群がるように悪戯されてきたが、本当の意味での性交までは至っていない。

もっとも、それは女性器へ男性器の挿入ができなかったという意味でしかない。

故に叶馬を前にカマトトぶるつもりはなかったが、失望されるのは怖かった。

「だからね、あのね……」

「大丈夫です。蜜柑先輩を傷つけたりしません」

「ううん、違うの。叶馬くんに最後までちゃんとして欲しいの……」

じっくりとゆっくりと、学園に入学してからようやく充分に与えられた栄養を糧に育ってきた蜜柑の身体が解されていく。

「…んっ…んぅ」

両手で挟み込むように支えた叶馬のモノを、小さな舌先がチロチロと舐め上げる。

シックスナインの体勢で叶馬に跨がった蜜柑の秘部は、叶馬の視線に余すところなく晒されていた。

ツルツルの恥丘に舌が這わせられ、指先で押し開かれた陰唇が左右に剥ける。

トロリと充分に発情している蜜柑の穴は小さなままだ。

先端にチュッチュと口づけしながら陰茎を扱く蜜柑の手管は、挿入不可の代償行為で仕込まれた巧みさがあった。

「叶馬くんになら、ずっとしてあげる……。んっんぅ」

「イキそうです」

「うん。このまま、いいよ……って、ふにゃ」

クルリと体勢が入れ替わり、叶馬の身体の下にすっぽりと収まった蜜柑が慌てる。

「あっあっ、あのね、そのね……」

「駄目です。蜜柑先輩を俺の女にします」

「あっ、あっ…入口に先っちょがカポってハマって……」

唾液と先走りの潤滑油に導かれ、亀頭の括れがにゅるりと膣孔に填まった。

両足をグッと押し開かれている蜜柑は、口元を押さえて小さく震えていた。

「あ」

今まで男性を拒み続けていた未開地に、叶馬の先端が潜り込んだ。

蜜柑の背筋が反って唇が開かれる。

十分に濡らされ、蜜柑も分泌している滑りが亀頭を受け入れていった。

焦らず前後に揺するように、扉をノックするように深さが増していく。

太股をヒクヒクと震わせる蜜柑に、これまで試された時のような肉を引き裂く苦痛はなかった。

なにより蜜柑が受け入れたいという気持ちが影響したのだろう。

「あっ、あっ……」

太股を押さえる叶馬の手が、更に大きく蜜柑の股間を開かせる。

出し入れが続いている部分は、もう完全にセックスとしかいえない状態になっていた。

「あっ、あっ、凄い…凄い…お腹、こんなに深くまで、叶馬くんの……ぁ」

「はい。セックスです。これは完全にセックスです」

キシキシとベッドの軋む音が聞こえていた。

蜜柑が下腹部に乗せた両掌には、内側から押し上げてくる叶馬の感触があった。

「叶馬くんと……ちゃんと、せっくす、できた……」

ぎこちなく涙目になっている蜜柑が頬笑んだ。

目一杯になっている股間は麻痺したように痛みがなかった。

一度筋道を刻まれてしまった肉窟は、まるで観念したように扉を開きつつあった。

叶馬くんから女にされちゃった、とお姉さんっぽい感慨に耽る蜜柑だが、年頃の男子が持つリビドーを忘れていた。

「はぁう……」

くるりっと身体を反転させられ、四つん這いの姿勢にされる。

叶馬が蜜柑の膣内に射精した回数も、体位が変えられるごとにカウントされていく。

少し慣れ始めた蜜柑も、最初は求められるままに受け入れようと身体を委ねていた。

だが、上に乗せられたり、向かい合った恰好で股間に跨がらされたり、横抱きにされた身体を上下に揺すられたりと、一向に終わる気配がなかった。

蜜柑もダンジョンでレベルアップしているクラスチェンジャーだ。

肉体が性行為という負荷に、急速に順応していった。

「あっあっ……だめ、叶馬くんっ……だめ、ソコ熱くなって」

出し入れし続けられている叶馬のペニスは、半ばほどの深さで蜜柑の奥にぴったりと埋まってしまう。

奥に到達する度に、掲げられた蜜柑の尻がピクピクと震えていた。

穴の中にたっぷりと充填され続ける潤滑液が、出し入れをスムーズにしている。

蜜柑の肉体が順応していくのと同時に、快感の開発も急速に進んでいった。

「はぅ、あっ、あっ」

ビクッと小振りな尻が痙攣し、叶馬の動きも止まる。

蜜柑は自分が小さくイッていることにも気づかず、シーツを握り締めていた。

肉棒を包み込んでいる粘膜の痙攣が治まると、また叶馬が腰を振り始める。

本人に気づかせず、たっぷりと精液を注ぎながらのセックスは調教と同じだった。

身体を小刻みに震わせてオルガズムの波に乗り、抱え込まれている蜜柑は頭が真っ白に蕩けていた。

叶馬の腕を抱え込み、咥えさせられた指の先をペロペロと舐めている。

その可愛らしい仕草に反応した叶馬が、填めっぱなしで幾度も発射したペニスを反り返らせる。

入口から白濁した粘液を垂らしている蜜柑の中に、どっぷりとした量の精液が放たれた。

オルガズムし続けている蜜柑が膣を締めつけて搾り取り、咥えている指もチュウチュウと吸っていた。

「……蜜柑先輩。抜きます」

「ちゅ……う、ん」

ぽーっと惚けている蜜柑は、なにも考えずに頷く。

叶馬の指を吸いながら、夢見心地のままセックスの快楽に浸りきっていた。

「んぅ……んっ、はぁ……やぁ」

下腹部の中に居座り続けていた肉棒が抜けていくのには、堪らない喪失感があった。

蜜柑は自分の中から姿を現していく、今まで入っていたのが信じられない大きさのペニスを見詰めていた。

恥丘の向こうからポンッと跳ねた肉棒には、ドロッとした液体が糸を引いている。

「蜜柑先輩。また、次の機会にも」

「ん、ぅ……はぁ。ぅん……叶馬くん」

安堵したように力を抜いた蜜柑のソコから、どぽっと精液があふれていた。

＊＊＊

「ひゃ」

朝礼前の二年丙組の教室で、自席の椅子に腰を降ろした蜜柑が悲鳴を上げた。

硬直し、まるで熱い湯にでも浸かったかのようにぷるぷると震えている。

「ん？　どしたの、蜜柑ちゃん」

「あぅ、リンゴちゃん」

何時もより眠そうな目をした凛子は、三角パックの牛乳を手に首を傾げる。

椅子の上で内股になって震える生まれたばかりの子山羊のような蜜柑に、あぁ、と頷いた。

「……どうしてお母さんみたいな笑顔になってるの？」

「ん。良かったね、って」

「なんのコトかなっ」

俯き加減になった蜜柑の膨らんだ頬っぺたが真っ赤だった。

「んー、実は叶馬くんのは無理じゃないかなって思ってたりしたかな。ちょっと大っきいし」

「……私も見た瞬間、コレ駄目だって考えちゃった」

「悲鳴が聞こえるようなら止めようと思ったんだけど。いやぁ、なんとかなるものだね。うん、びっくりかな」

「……リンゴちゃん、起きてたの？」

じっとりウェットな目で親友を睨む。

「そりゃあ蜜柑ちゃんの水揚げだもの。先に発散させたからちょっとは大人しくなるかと期待したけど、あの子は本当に性獣かな。最後にはほとんど気絶してた蜜柑ちゃんを、しっかり自分専用になるまで拡張し」

「わーわー」

「最初はビクンビクンしてた蜜柑ちゃんも、途中から良くなっちゃったっぽい可愛い声で」

「ひゃー」

「正直、あんたたち何時間まぐわってるのって途中から寝たふり止めて、胡座かいて眺めてたりしたかな」

ぱたぱた身悶えていた蜜柑が机に突っ伏して、頭から湯気を上げていた。

「半分くらいしか入らなかったみたいだけど、身体は大丈夫かなって」

「……うん。叶馬くんも無理はしないから、ゆっくり慣らしていこうって」

「あの子、特に蜜柑ちゃんには甘々だねぇ。気持ちは分かるけど」

「でも、まだ身体の中に穴が開いてるみたい」

「んー、あの子は本当に際限が無いかな。お預け覚えさせないと」

二日酔いと睡眠不足の凜子は、くぁっと欠伸をして空になったパックを潰した。

「いや、もしかして一晩で私たち全員ご馳走様とかしちゃうのかな」

「そ、それはいくら叶馬くんでも干からびちゃいそう……」

「余裕じゃないかな。幸い、ウチの子たちも受け入れられたみたいだし……。あの子どれだけ規格外なんだろ」

精力的な意味と、キャパシティの二重の意味で呆れてしまうレベルだ。

それでも、今まで彼女たちが付き合わされていた男子に比べれば遥かにマシ、月とすっぽんだと凛子は割り切っていた。

ゴミ箱へ潰したパックをシュートした凛子が、そのまま半眼になって振り返った。

まだ数えるほどしか登校していないクラスメート以外の生徒が、扉から真っ直ぐに近づいてきていた。

名前は知らないが見覚えはある。

部員の誰かのパートナー、他の部員にもちょっかいをかけていた同級生の男子だ。

蜜柑は子猫が毛を逆立てるような、威圧感のまったくない戦闘形態になる。

だが、その姿に勇気づけられた凛子が、その背に庇うように前へ出た。

「朝っぱらからなんの用かな？」

「……チッ、クソが」

忌々しそうに舌打ちし、ポケットから取り出したしわくちゃになった紙切れを蜜柑へと放り投げた。

わっ、と反射的に手にした蜜柑を尻目に、凛子は油断なく相手を睨んだ。

「それで良いんだろ？　これで俺は無関係だからな。いいな。ちゃんと言っとけよ！」

「ナニ言ってるの？」

「このクソ売女どもがふざけやがって……。いや、俺は関係ねぇ。まともに相手してられっかよ。冗談じゃねぇっつーの」

そのまま踵を返し、逃げるように教室を出て行く。

身に覚えのない罵倒に眉をしかめた凛子が頬を掻いた。

「なんなのかな、あれは」

「ん～ん？　あっ、これってパートナー名義変更書？」

蜜柑が広げたしわくちゃの用紙は、パートナー登録の名義を変更するための申請書類だった。

記入欄に男子の名前と捺印だけが押された白紙委任状だ。

パートナーの解消、もしくは名義の変更に利用される。

「えっ、えっ？　どうして、こんな大事な書類を」

「……あー。変態紳士くんから果たし状でも届いたのかな」

口元に指を当てた凛子が、くっくと喉の奥で笑って唇を三日月にした。

モバイルが規制された環境では、情報の伝達は噂話によるところが大きい。

人伝の口伝はゆっくりと広がっていく。

「変態の紳士さん？」

「そうね。凄い変態だけど、それなりに誠実な子。まあ順調でなにより、かな」

第37章　廃部と創部

「チェアァ！」

煌めく鋼の刀身が走る。

バスタードソードと分類される剣は、通常の片手剣よりも大きく、両手でも片手でも使えるように柄が長いのが特徴だ。

名の由来の一説には、両手用と片手用の混血、雑種《バスタード》であるとも言われている。

両手に片手と汎用に使用できる便利な剣と思われることが多いが、片手で扱うには長く重すぎ、両手で扱うには軽く短すぎるという中途半端なハイブリッドでもあった。

ガキン、と水平に薙ぎ振られたバスタードソードが、火花を散らして打ち払われる。

短い肉厚な刀身は、片刃逆反りの鉈だ。

レンジが短い分、間合いの内側へと一歩踏み込んでいる。

バスタードソード使いからすれば相手の身体に剣を打ち込める距離で、鉈使いからすれば相手の身体までは遠い。

武器の届く距離《レンジ》は、シンプルに遠くまで届く方が有利だ。

遠くから攻撃できるということは、相手よりも先に攻撃を与えることができる。

間合いを詰めるには、相手から先に攻撃を受けなければならない。

鉈使いが滑るように接近し、刃圏域に身体を晒す。

意識の虚を突くような、ぬるりとした歩法だった。

「く、そ、がッ！」

無造作に踏み込んでくる必中距離《クリティカルレンジ》での鉈撃に、サイドへのステップから再びバスタードソードが振り下ろされた。

踏み込んだ下半身から連動する力の流れを、無理矢理に剣先へと乗せる。

足捌きだけで間合いを捌いた手際は、ダンジョンの第一線で『武闘士《ウェポンマスター》』を張ってきた証明でもあった。

どんな状態であろうと、どんな相手だろうと、フルパワーの斬撃を叩き込める。

スピードとパワーが乗ったバスタードソードの一閃は、再び下から上への薙ぎ払いで弾かれた。

火花が散り、甲高い金属音が木霊する。

鉈の刃をえぐり取るような一撃だ。

「……エックセレント。やっと、まともな武士《もののふ》とヤレます」

両手に握り直したバスタードソードを構えた相手から、ぬるりと間合を取った鉈使いが呟いた。

「テメェ、遊んでやがんのか？　ふざけた面しやがって」

「至って真面目ですが」

カイゼル髭をびょんびょんと扱くヒゲメガネ系男子に、バスタードソードを構えた男子のこめかみに血管が浮かぶ。

最初は戦いになるとは思っていなかった。

決闘委員会を経由して送りつけられた『果たし状』は、パートナーを賭けた挑戦状だった。

申請者は一年生、そしてクラスは『ノービス』だ。

一年生の場合、正式に能力テストが行われるのは最初の中間試験になるので、自分で申請しなければ全てノービス扱いだ。

基本的に学生決闘《メンズーア》は、格下からの挑戦を断ることはできない。

つまり、この時期に一年生からの決闘申請を拒否できる上級生はいなかった。

勘違い野郎がとち狂ったのか、なにかの罰ゲームで決闘を強要されたのか、そんなことを考える前に思ったのは、俺にパートナーなんていたっけかな、という無責任な疑問だった。

今ではすっかり武闘派のダンジョン攻略組になっている彼にとって、わざわざパートナーなど作らずともセックス相手に困ることはない。

教室でもカーストのトップであり、見栄えのいい女子には全員手を出し、一声かければ断られることもない。

ベッドを暖める気に入った女子は囲っているが、飽きれば即チェンジだ。

それでも近寄ってくる、媚びてくる女子は腐るほどいた。

市湖《いちご》という名前を見て、一年生の当初に組んでいたパーティで性処理をさせていた女子だと、ようやく思い出したくらいだ。

特に思い入れがある相手ではない。

頭角を現して学年のトップグループと見なされてからは、教室の女子など全員が誰でも自由に使える性処理対象になった。

そんな状態だったので独占など考えるはずもなく、暇潰しで犯したり貸し出したりしていたが存在すら忘れていた。

その貸し出し許可という名目を盾に、忘れられてからもずっと拒否権のない共用物扱いされていた市湖の事情など知るよしもない。

わざわざ決闘申請など受けずパートナー権利を放棄してもよかったのだが、賭けの対象として添付されていた写真の下級生女子、静香をちょっと食ってみるか、程度のノリで受けたに過ぎなかった。

更に数回、刀身が打ち合わされて火花が飛ぶ。

「……マジやるじゃねーか。どんな『規格外《イリーガル》』クラスをゲットしやがった」

「雷系の『術士《マギ》』かなと」

「アホが！　どう見てもガチ前衛クラスだろう、がっ」

袈裟斬り、薙ぎ払い、突き、全てを剣鉈で打ち合わされる。

既に手加減などしていない。

決闘結界の中だろうと、ダンジョンと同程度の動きはできている。

硬く鋭いバスタードソードが、鞭のようにしなった軌跡を描いて唸りを上げた。

斬り下ろしの斬撃が剣鉈で弾かれても、振り子のように勢いを失わずに連撃へと繋がっている。

短く軽い剣鉈の方が小回りが利かせやすいとはいえ、リーチの短さは明確に不利だ。

リスクの中に嬉々として踏み込んでくる相手に、自然と彼の血も熱く滾ってくる。

それはもはや、戦士というクラスになった者の習性といえるだろう。

剣撃の回転速度が上がっていき、火花と一緒に視覚化されたオーラが弾ける。

ギン、と音を立て、砕け散ったゴブリンナイフの破片が結界壁に飛び散った。

「……止めだ。俺の負けでいい」

溜息を吐いてバスタードソードが床に突き立てられる。

ダンジョン産の魔剣であるバスタードソードには刃毀れ一つない。

高ランクのマジックアイテムであれば、その構成物質の多くが『解析不能』となるオーパーツである。

「……サブウェポンがありますが」

「オィ。残念そうな面してんじゃねーよ、ヒゲメガネ野郎。目的忘れてんだろ、この戦闘狂が」

手を握り合って決闘を見守っていた静香と市湖を振り返り、髭をポリポリと掻く。

「クックック、たまにいんだよ。お前みてぇなバトルホリックが。結構楽しめたから譲ってやるよ」

「それはそれとして、手加減なしの全力で続けませんか？」

「一年相手にスキルなんざ使ってられっかよ」

純粋な体術、そして膂力の勝負という、ルールにない縛りプレイは、互いが勝手に課していた暗黙の了解だ。

それが通じる相手と戦えることは、お互いにとって堪らない心地良さがあった。

審判役の白仮面、決闘委員が勝敗を宣言して結界を解除する。

簡易結界ではない、校舎の屋上に設置されている常設決闘場の一つだ。

「お前、俺たちの倶楽部に入る気はねぇか？　推薦してやるよ」

「残念ですが」

「ま、気が向いたら声かけな。……ああ、思い出した。イチゴだったよな。放っといて悪かったな。精々ソイツから可愛がってもらえ」

ヒラヒラと手を振った彼は、あっさりと踵を返して屋上から姿を消した。

「とんでもない自己中野郎ですね」

「やはり、こちらから全開で仕掛けるべきだった」

「……ちょっとドキドキしてました。叶馬さん、遊びすぎです」

手抜きではなく、少しずつ踏み込んでいく肉体言語によるコミュニケーションだったが、勝敗で賭けられた者からすれば気が気ではなかった。

もっとも内緒で自分を賭けの対象にしているのは、叶馬を無条件に信じている故だ。

とん、と正面から受けた重みが受け止められる。

顔を押し付けるように俯かせ、ぎゅっとブレザーを握った市湖が声を殺して泣いていた。

静香による無言の促しを受け、ポンポンと優しく背中を撫でるヒゲメガネ紳士であった。

＊＊＊

「無事にみんなの立場が奇麗さっぱりクリアになりました。こんなスムーズに進むなんて、正直ドン引きしてるかなっと」

「あ、あはは」

凛子先輩の隣で、蜜柑先輩が頬っぺたを掻いておられる。

立場的には『匠工房《アデプトワーカーズ》』の代表らしい。

部長と副部長なので然もありなん。

「早かったねー。ていうか、話が出てから一週間経ってないし。全員とか一日に何名分やらかしちゃってるのよ。マジ淫獣」

「アングラ板にヒゲメガネアンチスレが立ってたんだが」

パイプ椅子に寄り掛って髪を弄っている落ち着きのない麻衣と、頭痛を堪えるように眉間を押さえた誠一が溜息を吐いている。

学園イントラネットのどこかに非公式BBSが設置されているらしい。

学園側に見つかると潰されるらしいが、わざわざ個人鯖まで立てて追い駆けっこ状態になっているそうだ。

最近の俺は油断すると、ノーパソでもバチッとシャットダウンするようになってしまった。

ネット巡回も嫌いじゃないのだが、すっかりご無沙汰だ。

無駄に詳しそうな誠一の場合、ユーチューバーとして動画アップとか続けてるんだろうか。

「聞き分けのない先輩方への制裁は終わりましたので、謎の紳士の出番は減るかと思われます」

専属秘書のような立ち回りを身につけてしまった静香は、俺の斜め後ろに立ったままだ。

椅子は余っているのに、何故か座ろうとしない。

俺たちパーティの残りメンバーは今回の会合に不参加であった。

沙姫と双子シスターズは静香にお任せらしい。

俺は暇なので参加している。

賑やかし要員という奴だ。

「今年の男子は随分と元気がいいのね。最低限の節度はあるようだから見守っていたのだけれど」

最後の一名、机の向かいに座っていらっしゃる女子寮の先輩から睨まれた。

多分、初見で名前も知らないし、何で同席しているかも不明。

「コホン……麻鷺ソロリティのリーダーをしている乙葉《おとは》よ。叶馬くん」

「然様で」

わけが分からん。

この場所が麻鷺荘のミーティングルームなので、寮の先輩がいることに不思議はない。

取りあえず『ソロリティ』とはなんぞや、という疑問には、静香が耳打ちして教えてくれた。

要は各学生寮の自治運営組織のことらしい。

女子寮の場合は『姉妹《ソロリティ》』、男子寮の場合は『兄弟《ファタニティ》』と名前が変わる。

基本、寮生は全員強制参加になるという話だが、初耳である。

「……いや、寮の新人歓迎会ん時に説明あったんだよ。お前、寝てたけどな」

成る程、それは覚えていないのも道理というものだ。

というか、黒鵜荘とか既に荷物置き場くらいにしか利用していない。

「それが問題だという話なのよ」

「乙葉ちゃん、それは私たちも、えっと、そのぅ」

「……はぁ、仕方ないわね。蜜柑ちゃんの顔を立ててあげましょう」

流石、蜜柑先輩である。

身体はちみっちゃいが顔は広い模様。

などとほっこりしていたのだが、雑談が止まってしまう。

ああ、これが天使が通る瞬間というやつなのだろう。

「いや、そうじゃなくてだな……」

口ごもった誠一の他にも、場にいる全員の視線が俺に向けられているような気がする。

自意識過剰な気のせいだろう。

というか、ぶっちゃけてしまうとなんで皆が集まっているのか、意味が分からなかったりする。

もしかして……悪役令嬢ネタの断罪イベント、のようなシチュエーションなのだろうか。

まったくもって身に覚えが無くもないような気がしないでもない。

嫌な汗が背中を伝う。

ここにいるメンバーに加え、今まで関係を結んでしまった女子が代わるがわる現われ、「サイテー」「下手糞」「ちっちゃい」「×××くんより早い～」「チ○コ」とか罵声を浴びせるわけだ。

間違いなく心が折れる自信がある。

蜜柑先輩に正面から「チ○コ！」とか言われたら、そのまま首を吊ると思う。

くっ、誠一と麻衣が悪魔のような顔でケケケと笑っている、ような気がしてきた。

もはや背中が冷や汗でグショグショである。

ガマの油ならぬ、叶馬の油とか抽出できそうなレベル。

「……叶馬さん。私に任せて頂いてもよろしいですか？」

「頼む」

もはや静香さんに丸投げするしか選択肢はない。

ここで静香から真っ先に「チ○コ！」とか罵倒されたら窓から投身する。

「では、僭越ですが叶馬さんに変わって、パートナー筆頭の私が話を進めます」

「……わぉ。静香、攻めるね～」

茶化す麻衣をスルーした静香が司会進行を続ける。

まずは現状の追認だ。

麻鷺ソロリティメンバー、つまり寮生である沙姫に夏海と海春が、俺の正式なパートナーになっていると。

俺が女子寮である麻鷺荘に泊まり込んでも、見逃されていた理由である。

無理矢理に押しかけるのではなく、寮生が迎え入れているのであればオーケーらしい。

前もって沙姫たちに聞き取りしていたらしい乙葉さんも、渋々と頷いていた。

脅迫やドメスティックバイオレンスがあった場合は、実力行使で排除されることになったと。

お尻の穴がキュッとするお話である。

そして、『匠工房《アデプトワーカーズ》』の杏先輩も俺のパートナーに登録されていると。

成る程、初耳だ。

いや、凛子先輩に限っては下衆な前パートナーに制裁を与えるついでに、身柄の権利を移譲されてしまったのは確かだ。

学園のパートナー制度は、俺が当初考えていたよりもヘビーなシステムである。

女子の場合は早々気軽に委ねるべきでは無いし、男子も相応の責任を負うべき契約だと思う。

静香、沙姫、夏海、海春となにも考えずに登録を結んだ俺がいうのはおこがましいが、ハーレムやコレクションのように多数のパートナーを持つのは無責任、まさに下衆の極みというものだ。

「杏先輩を始め、蜜柑先輩他『匠工房《アデプトワーカーズ》』の皆さんのパートナーバッチがこちらです」

証拠、とばかりに乙葉さんの前に、ジャラジャラとピンバッチが乗せられる。

アレはなんだろうという疑問を持っているのは俺だけの模様。

というか、何故静香さんが持っていらっしゃったのか。

こっそり覗き見ると、蜜柑先輩の襟元にも凛子先輩と同じイニシャルの真新しいバッチが。

「わはー。これは確かにねぇ。全部つけてたらネクタイが重くて首が絞まっちゃいそう。馬鹿じゃないの」

「……えと、叶馬くん大丈夫？　お顔が青いよ」

「お気になさらず」

ストレートに罵る麻衣に比べ、蜜柑先輩マジ天使。

「まあ、定期的に流行ったりするのよね。パートナーの数比べ。侍らせた女子を勲章代わりにしてね。そういうのは大体、暇と銭を持て余した上級生のハイランカーなのだけれど。はっきり言って悪趣味だと思うの」

「叶馬さんは、そんな品の無い男子とは違います。ただ純粋に好きな女の子とセックスしたい、そういうピュアな人です」

「……どれだけ淫獣だというの」

呆れを通り越して、畏怖の目を向けてくる乙葉さんが騙されている予感。

「興味がお有りでしたら一声かけて下さい。というか、乙葉先輩を取り込めば麻鷺荘自体を叶馬さんの後宮に使えるかなと考えましたが、悪目立ちしそうなので思い留まっていました」

「蜜柑ちゃん。この子ちょっとおかしい。というか、怖いわ」

「あ、あはは……静ちゃんは叶馬くん大好きっ子だからね」

「乙葉が仲間になってくれるのならいろいろ融通が利きそうだし歓迎かな。叶馬くんを乙葉の部屋に一晩放り込めば早いんだけど」

なにやらアグレッシブな問題発言を漏らした凛子先輩が、ヤカンからお茶を注ぐ。

「ちょっと凛子、本気で止めなさいよ。本気で怒るからね？」

「あー、うん。乙葉でも朝までにはメロメロになって人生観から変えられちゃうと思うけど。どうしても嫌なら叶馬くんに近づいちゃ駄目かな」

「え、なに、ちょっと、真面目に怖いんですけど」

「乙葉って叶馬くんのストライクゾーンだと思うんだよね。……なんか時間の問題みたいな気がしてきたかな」

きりっとストレートヘアを切り揃えた乙葉さんは美人だと思うが、本人の同意もなしに部屋に押しかけたりはしない。

なので椅子を退いて距離を取らなくても大丈夫です。

「やっぱり駄目！　叶馬くんは麻鷺荘への出入り禁止ですっ」

ああ、つまりこれが本題だったのだろう。

女子寮に泊まり込んでいる男子が異常なのだ。

「落ち着いて下さい、乙葉先輩。女子の側で受け入れる意思がある男子の同衾は、どの女子寮でも見逃されるのが慣例の筈です」

「寮長《ソロリティリーダー》としての強権発動です。私には麻鷺荘の寮生を守る義務があるわ」

各寮は治外法権エリアというスタンスなので、意思決定機関であるソロリティには守衛部隊もおるそうだ。

組織運営費用は寮生からの負担（額についてはソロリティで決定）と、学園からの補助金。

ソロリティメンバーは寮生の選挙で選任され、治安維持部隊はレベルが高い寮生から選ばれると。

寮運営も大変そうである。

ただ、俺としては無抵抗に自重する方針で構わないのだが、無差別殺人鬼のような扱いは如何なものか。

そういう、俺本人の意向が全然確認されないアメイジング。

「ま、半分冗談だから気にしない。それにどうせこの部屋は普段使いしてないんでしょ？　倶楽部対抗戦まで私たちに貸してもいいんじゃないかな」

「寮の一室を貸し出すなんて規定外過ぎます。大体、匠工房《アデプトワーカーズ》にはちゃんと部室が割り当てられてるでしょう？」

「あ、今日付で廃部したから」

「えっ」

「えっ」

乙葉さんと俺の声がダブった。

「一体どういうことよ！　あの倶楽部を作るのに、蜜柑ちゃんがどれだけ苦労を……」

バン、と机を叩いた乙葉が立ち上がる。

「ええ、そうね。蜜柑ちゃんがどんな思いで作ろうとしたのか、乙葉よりも分かってるつもりかな」

「だったら！」

以前クラスメートだった凛子を乙葉が睨む。

「どれだけ苦労して『匠工房《アデプトワーカーズ》』を立ち上げたのか、続けるために部長としてどれだけ負担をかけているのかも……知ってた」

「リンゴちゃん……」

新規倶楽部の設立条件は難しいものではない。

十名以上の部員予定者を確保し、学園へ申請書を提出するだけだ。

ただし、原則として倶楽部の掛け持ちは許されていない。

下限人数ギリギリの弱小倶楽部においては、退部やヘッドハントによる部員の減少は解散の危機になった。

有能な人物であれば、より条件の良い倶楽部に移籍するものだし、使えると判断されれば多少強引な手段を使ってでも引き抜こうとする。

また、学園生活では倶楽部に所属しているだけで様々な優遇特典を受けることができた。

ダンジョン攻略のサポートやイベントにおいても、倶楽部という枠組みが前提にされている。

倶楽部に所属していないフリーの生徒など、余程の物好きか、生粋のソリストだけだ。

今までは学園のシステムに慣れていない一年生を保護するため、倶楽部勧誘については禁止期間になっていた。

連休に入るとの同時に解禁された今は、勧誘や引き抜きなどの駆け引きが始まっている。

実際にお祭り騒ぎの対象となっているのは一年生ではなく、上級生たち自身が倶楽部の移籍や再編成などで活発化していた。

ほとんどの一年生たちは、自分たちで新しい倶楽部を立ち上げることになる。

ただし、学園で用意されているリソースは有限だ。

部室の確保や、補助金を獲得するためには、倶楽部としてのランクを上げなければならない。

なんとなくで結成された名前ばかりの倶楽部などは、半年も経たないうちに自然消滅するのが常だった。

倶楽部対抗戦などのイベントの他にも、弱小倶楽部が他からの干渉をはね除けるには様々な交渉や取引が必要だった。

「だから蜜柑ちゃんには部長を降りてもらって、今度は私たちが蜜柑ちゃんを守る番」

「あうぅ」

背後からぎゅっと凜子に抱き締められた蜜柑が小さく呻く。

その目を涙ぐませているのは『匠工房《アデプトワーカーズ》』の解散を決めた夜に、部員全員からありがとうの気持ちを伝えられたからだ。

「……蜜柑ちゃんが納得しているのなら、なにも言うことはないわ」

「……うん。乙葉ちゃん、ありがと」

ぷぃと顔を逸らした乙葉が椅子に座り直した。

「前置きが長くなったけれど本題よ。それで、これからどうするのか聞かせてちょうだい」

「んー、私たちをまとめてヤッちゃった上に全員自分の女にしちゃった叶馬くんを部長に、新しい倶楽部作ってみんなでお世話になろうかな、と」

「えっ」

という言葉に乙葉が振り返ると、両方の肘を机について口元を隠すように手を組んだ叶馬がいた。

人を見下すような無表情はミーティングルームに入った時から変わらず、微動だにしていない。

ただ、その額から一筋の汗が流れていた。

「現状の倶楽部規則からしてだな。非戦闘クラスオンリーのメンバー構成ってのは想定されてねぇんだわ」

「あたしたちが武闘派担当のメンバーってことね」

「敵対者には容赦しません。叶馬さんが」

「イチゴちゃんのアレだったのと互角なら、まーそこらの倶楽部と競り合って負けることはないかな」

基本的に倶楽部の入部や退部に制限はないが、トップである部長だけは交替できない。

どれだけ倶楽部を大きくしても、部長が卒業すれば解散して引き継がせない。

不必要な派閥や勢力を作らせないという学園の方針だった。

故に、どんな大手の倶楽部でも最長で五年。

最上級生にもなれば倶楽部という仕組みから逸脱してしまうので、多くは三年から四年で入れ替わることになる。

「えっと、それでね？　アデプトワーカーズを立ち上げた時は年度末だったからたまたま倶楽部棟の空きがあったんだけど、今の時期だと新しい倶楽部もいっぱいできてるから対抗戦まで宿無しになっちゃうでしょ？」

「ぶっちゃけて言うと、ここを私たちの仮部室にしてもいいかな、ってお願い」

「……貴方たち」

組んだ手をこめかみに当てた乙葉が口元を引き攣らせる。

「いやぁ、部室を整理したら結構な荷物が出ちゃってね。最近はすんごい素材もバンバン持ってこられるし、処分するのも勿体ないかなと」

「乙葉先輩。勿論私たちも、タダで認めて欲しいとは言いません」

硬直している叶馬の背後から援護射撃が入る。

「私たちも麻鷺守衛隊に参加します」

「あのね。確かに守衛隊はやりたがる人もいなくて人手不足だけれど、一年生には力不足です」

守衛隊は文字通りに寮の防衛部隊だ。

寮生同士の喧嘩の仲裁から、ちょっとした力仕事、そしてモンスターから寮を防衛するという役割がある。

羅城門を通じて黄泉比良坂から湧き出ている瘴気は、地上においても極々稀にモンスターを発生させる場合があった。

最低ランクのモンスターが精々であったが、当然死に戻りのようなバックアップはない。

また、野生の動植物や昆虫が瘴気の影響を受け、モンスター化する現象も確認されている。

多くは一晩程度しか存在できないインスタントなモンスターだ。

そのような儚い存在は、無意味な怪異《ヌルモブ》と呼ばれていた。

「ん。この子たちの実力は保証するかな。私たちよりも間違いなく強いし、多分乙葉ちゃんより強い、かも」

疑わしそうな眼差しを凛子に向ける乙葉だが、自分の実力を過信しているわけではない。

それは高レベル戦闘クラスの生徒は、居住する寮のランクを上げてしまうことが原因となっていた。

居住環境の整った上級寮へ移るのは、当然の権利とされている。

麻鷺荘は現状、二年生の乙葉がクリスティリーダーを務めていることから分かるように、上位ランカーのような戦力は所属していなかった。

「乙葉ちゃん乙葉ちゃん、叶馬くんたちは本当に強いんだよ。ぎゅーんってしてしゅぱーのドッカーンなんだからっ」

『匠工房《アデプトワーカーズ》』メンバーの中で唯一、叶馬たちパーティに同行したことのある蜜柑の保証に、ますます胡散臭そうな顔になってしまう。

「……はっきり言って信じられないし、蜜柑ちゃんたちもなにか騙されてるんじゃないかって気がするんだけれど」

「ええーっ、乙葉ちゃんヒドイ」

「いいわ。実力を見てあげる。ああ、手帳なんて出さなくていいからね。実際に手合わせをすれば現実が見えるでしょう」

精度の低さには定評がある生徒手帳のステータス表示は、最低限の基準にしかならないというのが生徒にとって常識だ。

実際、本人の情報をリアルタイムでサーチするようなシステムは搭載されていない。

ダンジョン内でのモンスター討伐数をカウントし、階層の平均レベルモンスターのＥＸＰを元に、パーティメンバー数で分割した経験値量を記録しているに過ぎない。

他に検知するのはダンジョン内での階層移動、そして『聖堂《カテドラル》』でのクラスチェンジとＥＸＰのリセットなどだ。

それだけでも最新鋭の各種センサーと、遺失術法《ロストマギアロジー》を駆使した代物だった。

「それでは、試験に合格したら叶馬さんと誠一さんを、麻鷺ソロリティの『特別顧問』として受け入れて下さい」

目尻を上げた乙葉が静香を見据えた。

「……へぇ。馬鹿みたいに項目がある学園寮則を全部調べたのかしら？　いいでしょう。私が相手をしてあげます」

ソロリティのトップであると言うことは、即ち寮生最強であると言うことだ。

ミドルクラスの寮に移る資格は充分にあった。

「私が勝ったら話は無かったことにします。当然、叶馬くんも出禁です」

麻鷺ソロリティリーダーの乙葉は、武闘派の才女として二年生では名が知られていた。

実際に彼女を有名にしているのは、いささか不名誉な渾名《ニックネーム》の方であったが。


「開始五秒で押し倒されそう」

「ていうかー、倒れた拍子にインサート。そのままラストフィニッシュまで極めても驚かない」

「乙葉にパートナーはいないはずだし。むしろ、その方が手っ取り早いかなっと」

「……あの、ちょっといいかな？　私、これでも『戦士《ファイター》』系第二段階クラスの『騎士《ナイト》』なんですけど」

ワイワイとお気楽な観戦者を前に、フルアーマー姿の乙葉さんがエストックを手にしていた。

甲冑はモンスターの甲殻から削りだした『匠工房《アデプトワーカーズ》』メイドの全身甲冑で、鋼鉄を上回る硬度を有しながらも驚くほどに軽量らしい。

そして、得物であるエストックは、ダンジョンの宝箱から産出したマジックアイテムだ。

エストックとは主に細身の直刃で、『鎧刺し』の別名の通りに鎖帷子《チェインメイル》等の重装甲を貫くための剣だったと思う。

同じような西洋剣カテゴリーにレイピアがあるが、形状も使い方も違う。

基本的には『突き刺す』武器であり、『突撃《チャージ》』スキルを持つ『騎士《ナイト》』とは相性が良いそうだ。

そういえば決闘行脚で不自然な加速タックルをしてくる相手がいたが、あれが『突撃《チャージ》』とやらだったのだろう。

「クッコロ属性でしたか、もはや火を見るよりも明らかですね」

「叶馬くん、優しくしてあげてねっ」

「お任せあれ」

「ねえ、ちょっとおかしくないかな？　心配する相手が逆じゃない？」

麻鷺荘エントランス前に臨時のバトルエリアが作られていた。

日曜日ということもあり、窓や玄関から顔を覗かせて見物している寮生も多い。

今回は学生決闘《メンズーア》ではないので、決闘委員会お手製の謎フィールドはない。

なにやら憤慨している乙葉さんが俺を睨んでいるが、頭上の▼表示にSPバーはなかった。

スキルもろくに使えないしSP装甲もないわけで、これはちょっと不公平すぎる条件なのではないだろうか。

まあ、マジックアイテム依存の魔法スキルや、ある程度高レベルになった者は地上でも低燃費スキルが使えるらしい。

後は学園周辺では瘴気濃度というやつが増減しているらしく、星辰や気象条件によってダンジョン内並みにスキルが使える時があると授業でやっていた。

「取りあえず、全力で瞬殺しとけ。理不尽すぎると突っ込む気力すらなくなると最近気づいた」

「優しくしろと蜜柑先輩からオーダーを受諾しているのだが」

「……本気で優しく公開凌辱する気か。人格崩壊しない程度にしとけよ」

コイツ阿呆じゃないかと思う。

乙葉さんに露出趣味があるのだとしても、羞恥プレイは特殊性癖すぎる。

というか、流れるように試合う段取りが整ってしまったが、現在の状況について静香さんからお話をお伺いしたい。

倶楽部を作るという話が、俺を除け者にして進行している模様。

「随分と見くびられているようね……。さあ、構えなさい！　少し痛い目に合わせてあげる」

乙葉さんが先程から、やられ役のフラグ的発言をされている。

『くっ、殺せ』、とか言い始めそうで怖い。

下衆への制裁とは違い、プライドを賭けた勝負はフェアであるべきだ。

少なくとも雷神式高速機動やヘソスナッチは封印するべき。

戦う理由が分からないので今一モチベーションが上がらないが、勝負事とは勝ってこそだ。

学生決闘《メンズーア》のルールと同様ということで乙葉さんと向かい合う。

「……装備はどうしたの？　本気で来なさいと言ったでしょう」

「常在戦場《じょうざいせんじょう》。故に、お気になさらず」

現在の格好は普段着にしているスポーツジャージだ。

女子にはお洒落な私服の生徒もいるが、男子はほとんどがジャージ姿である。

「良いでしょう。言い訳は、聞かないわよッ！」

ヒュウ、とエストックを一振りし、水平に構えた左手のガントレットにブレイドを乗せる。

切っ先が真っ直ぐに向けられた構えは、剣術というよりもセットされた弩弓のボルトのようだった。

いい感じだ。

とても、潔い。

真正面から、突いてくる、と宣言している。

オープンコンバットの掛け声と同時に、突撃してきた乙葉さんの刺突を仰け反って躱した。

石畳が焦げ付いたような土煙。

今まで対戦してきた誰よりも鋭く、速い。

まあ、素で見えない居合を放つ沙姫は別格として。

「乙葉ちんガチモードだねぇ」

「さあ！　ポーションは準備してあるから、死なない程度に穴を開けてあげる」

のんびりした凛子先輩の声に被るように、麻鷺寮生の子たちの歓声が響いていた。
中々人気のあるリーダーさんっぽい。
やはり、適当にあしらうのは不誠実。
本気でお相手するべき。
クラウチングスタイルからのホップステップジャンプ。
クロスさせた腕を翼のように広げ、空中でポーズを極める。
「武装変《クロスアムド》！」
ピカッと全身から閃光を放ち『重圧の甲冑《ストレッサーアーマー》』を装着する。
雪ちゃんと相談して改良した、形代術の初お目見えだ。
形代術のキモである、憑代の紙形ポーズについては熱い討論を繰り広げてしまった。
ちなみに極め台詞と変身は、特に意味がない。
ないのだが、絶対に必要、と雪ちゃんから熱く説得された。
☆が飛び散るようなエフェクトを追加したいと、雪ちゃん鋭意改良中である。
ただ、もう少し発光量を落とさないと、俺も目潰しを食らうことが判明。
落下した俺は、同じように目を押さえた乙葉さんへと正面衝突してしまった。

――穿界迷宮『ＹＧＧＤＲＡＳＩＬＬ』、接続枝界『黄泉比良坂』――
――第『陸』階層、『既知外』領域――

「種付けプレスで開始五秒とか、予想通り過ぎィ」
アンダースローで振り抜いた右手の軌跡に、キュンと空気を歪ませる音が靡いた。

アニメで見るような目視可能のレーザー光線っぽい『魔弾』が、ホーミングミサイルと化して空飛ぶ『南瓜頭《ジャックランタン》』を打ち落としていく。

不規則に飛び回るカボチャに命中させるのだから大したものだ。

コントロール重視でパワーとスピードを引き替えにしてるから、と本人は軽く言うが、どう見ても魔法というスキルを使い熟している。

「アレはねえわ。せめてちゃんと戦ってやれと」

「でも、これで麻鷺荘は制圧できたって感じじゃん?」

麻衣が良く分からないことを言っているが付き合っていられない。

こちらは静香たちの戦闘訓練で忙しい。

「はあぁ……マジック、ボルトォ！」

槍の代わりに杖を手にした静香が、顔を真っ赤にして詠唱式魔法スキルを使っている。

『術士《マギ》』のクラスになった者は、この詠唱式と呼ばれるマニュアルで魔法を使う感覚を身につけるそうだ。

ゲームとかアニメの影響にどっぷり浸かった厨二病を患っている生徒ほど、あっさりと魔法が使えるようになるらしい。

というか、静香の『巫女《ミコ》』クラスは『術士《マギ》』の第二段階クラスなので、基本的な『術士《マギ》』スキルは使えたのである。

そういえば、と麻衣から指摘されるまでメンバー全員忘れていたが。

「いやまあ、静香の役目は叶馬のお守がメインだから……」

両手に構えたトレンチナイフをクルクルと回した誠一が、シャコンっと腰のベルトに収める。

ペン回しみたいにさり気なくやられると絵になる。

沙姫がキラキラしたお目々で水虎王刀の鯉口を切っているが、もう玄室のモンスターは全滅したので我慢して欲しい。

いや、確かにモンスターは一匹残っているのだが、切り捨ててしまうと夏海が泣いてしまうと思う。

「わふ」

真っ白い毛皮の雪狼《スノーウルフ》は夏海に撫でられて目を細めている。

片方の手には、中央の絵柄が消えた『雪狼《スノーウルフ》』のモンスターカードが握られていた。

『文官《オフィサー》』クラスの基本スキルで、『具象化《リアライズ》』という能力らしい。

ほぼ戦闘用スキルがない『文官《オフィサー》』クラスは、このカードからモンスターを召喚してバトルさせる。

モンスターが瘴気に還元する時に、このモンスターカードをドロップする確率は1％未満だそうだ。

なんとなく〇・〇二％な予感。

まあ、確率は不明だが出づらいらしく、モンスターカードは基本的にレアアイテム扱いだった。

『文官《オフィサー》』クラスが微妙と言われている理由は、戦闘手段であるモンスターカードの入手が困難という理由もあるらしい。

このカードは他にも使い道があり、装備に『合成《エンチャント》』すれば特殊効果の付いた『銘器《ネームド》』にもなる。

エンチャント自体の成功率が低く、また付与される効果もランダムだった。

ハイエンドの武具を求める上級生が買い集めており、常に品薄状態というわけだ。

そんな話を聞かされたのは、俺のコレクションデッキを披露した時だった。

ゴブリンデッキに動物系が追加されつつあったトレーディングカードコレクションを見せたら、みんなから一斉に突っ込まれた。

ネコババするつもりはなかったのだが、コレクションが没収されて少し悲しい。

だが、夏海の戦闘手段が増えたので良しとするべき。

ちなみに召喚モンスターが倒したＥＸＰはちゃんと夏海にも行く模様。

他のルールとしては、本人のレベルを超えるモンスターは扱えない、というか喚んでも支配できなくて暴走《バーサーク》する。

同時複数召喚も可能だが、召喚モンスターの合計レベルが本人のレベル以下でないと同じく暴走《バーサーク》。

つまり、支配下にない通常のモンスターと同じようになる。

カードは繰り返し使用可能。

カードから召喚されたモンスターは、倒されてグチャっとなってもカードの絵柄に戻るだけで消滅しない。

召喚モンスターが得たＥＸＰの分配は、召喚主が５０％のモンスターが５０％。

ＥＸＰが蓄積されればモンスターカードもレベルアップして、条件が整えばクラスチェンジもするそうだ。

育成要素もあるとか、『文官《オフィサー》』も中々楽しそうだ。

海春も羨ましそうに雪狼《スノーウルフ》をわしゃわしゃしているが、多分この子も『具象化《リアライズ》』を使えると思う。

というか、召喚されている雪狼《スノーウルフ》も、どっちがマスターか分からなくてオロオロしていた。

ＥＸＰも三分割されてそうな気もする。

「ぁ、ぁ……ふあっ」

杖を両手に握っている静香が仰け反った。

膝から崩れそうになるのを背後から抱え込んで支えた。

スキップクラスチェンジの影響なのか、『魔弾』が使えなかった静香をダイレクトコネクト状態でアシストしている。

魔力を射出する感覚が、オルガズムのあの感覚に似てるという麻衣からの助言。

今回のダンジョンダイブは、パーティメンバーの新しい戦闘スタイルの訓練だ。

エッチしていないと上手に『魔弾』使えないらしく、静香を抱っこした駅弁スタイルでトランスポーター役に徹している。

運搬時は駅弁、戦闘時は静香砲の台座として立ちバックな肉バイブ状態。

桃尻から抜けたペニスを挿れ直し、屈み込んでプルプル震える身体を横向きに抱えた。

静香のオルガズムスイッチは俺の射精でも強制オンになるので、次の玄室に到着する前に済ませておこう。

「……静香、もう絶対フツーに使えるでしょ」

「……先輩たちの取り込みで構ってもらえなかったからな。溜まってたんだろ」

「……う〜。姉様ズルイです」

第38章　麻鷺宵闇譚

さて、決闘騒動や倶楽部アレコレも滞りなく収束し、平穏な学園生活へと復帰である。

ゴールデンウィークから盛り沢山だったイベントも一段落だ。

「現実逃避はヤメロ……」

隣に敷かれた布団で寝そべった誠一が溜息を吐く。

洋室にベッドも悪くないが、畳に布団の和風も趣深い。

麻鷺荘も基本的に洋風な内装になっているが、一階食堂奥の突き当たりには宿直室という八畳和室があった。

今までは物置に使っていたらしい。

本格的に黒鵜荘を追い出された俺たちは、めちゃ不満そうなお顔をした乙葉先輩からここに押し込められた次第。

流浪の民感が半端ない。

「いや、引っ越し手続きは静香がやっちまったらしいけどな。どうして俺まで巻き込まれてるんだろうと……」

そんなのは麻衣が手を回しているに違いなかろうに。

男子寮より女子寮に置いておいた方が、自分の目が届きやすいとかいう理由だろう。

取りあえず雨露が防げて、寝る場所があれば不都合はない。

「はぁ……んっ」

ベッドとは異なる、キシキシと畳が鳴る音が響いていた。

誠一の股座を跨いだ朱音《あかね》先輩は、もうずっと腰を振りっぱなしだった。

こんにちはよろしくね、からの即合体に、もうどう対応して良いものやらだ。

ラフなルームウェア姿での来場であったが、色気のないスウェットにパンツだけ脱いだ下半身すっぽんぽんスタイルが逆にエロい。

がっつり交尾目的で来ました、みたいな感じがスタイリッシュ。

「あっ…ヤバ、うそ…また、イクぅ」

朱音先輩と同じく、こちらに背中を向ける格好で俺の股間に跨がっているのは紫苑《しおん》先輩だ。

布団の上に伸ばした足に縋りつくように震えて、お尻を擦りつけながら痙攣させている。

お二人とも、フェロモン過剰な色っぽいお姉さん系女子だ。

一昔前ならギャル系と呼ばれたに違いない。

「あ、あっ、ダメこれ、マジやば」

ぷりんとしたお尻の眺めは絶景なのだが、がっつり交尾二号さんの意図は不明のままだ。

ちょっとばかり敏感らしく、オーバーラインする前にオルガズムってしまうのがネック。

寸止めが続くのはキツイです。

ポンっという感じで、むっちりお尻から抜かれてしまったディックさんが跳ね返った。

空中に掲げられたまま痙攣する紫苑先輩のアソコがわななき、飛沫のような潮をお吹きになっている。

全てが丸見えになっており、奥でピンク色の襞がピクピクと痙攣しているのが見えた。

この生々しいエロさ、生殺し感が半端ない。

「……途中で抜いちゃってゴメンね。このまま種付けされたらヤバイ予感がしたの」

トロンと蕩けたお顔になった紫苑先輩が、身体を反転させて胸の上に乗ってきた。

「凄いね、君。冷やっとしたのは『娼婦《ニンフ》』になって初めてかも」

「んふぅ……私も、ちょっと限界。誠一くんも凄いね。一年生の女の子なんか、ちょっとエッチしたら即堕ちしちゃうでしょう？」

「こんなの上級生の男子並みだよ。交互に搾り取らないとダメだね。私たちの方が虜にされちゃう」

「……紫苑、もう影響受けてる。叶馬くんとチュッチュしているの自分で分かってないでしょ」

連続は駄目と言いつつ、肉食獣的な腰使いでのし掛かっておられる紫苑先輩である。

俺としてもお預けはちょっとキツイので、下から腰を突き上げていた。

「こ〜ら、呑まれちゃダメよ」

「やぁ〜ん」

朱音先輩から抱き起こされ、実力行使で引っぺがされた紫苑先輩だった。

「誠一くんゴメンね。ちょっと紫苑にがっつり種付けしてあげて？」

「あー。俺も結構キテるんで、遠慮なく使わせてもらいますけど」

「はぅあ、せ……誠一くんのおチ〇ポも気持ち、イイ」

「センパイたちって『娼婦《ニンフ》』さんだったんすね。クラス補正でアソコの具合がスンゴイ良くなるって聞いてましたけど、やっぱヤバイくらいにエロ締まりしてますわ」

四つん這いになった紫苑先輩のお尻を抱えた誠一が、膝立ちで腰を打ち込んでいた。

「はいはい。じゃあ叶馬くんは私を使ってね。私も『娼婦《ニンフ》』だから遠慮なく種付けしてイイよ？」

「然様で」

ペロリと自分の指先を舐める朱音先輩が跨がってくる。

手を使わずに反り返った物を咥え込む腰使いがエロい。

紫苑先輩の中でサイクロンされていたペニスは、最初から朱音先輩の中で爆ぜる寸前に膨張していた。

お二人ともお胸の発育は申し分なく、内側から張り詰めたスウェットの中でボインボインとたわむのが素晴らしい。

最初に私たちに任せて、と言われていたので僭越ながらマグロ状態で堪能させて頂いた。

匠工房《アデプトワーカーズ》の先輩方は受け身なタイプであったので、お任せプレイが新鮮だ。

『娼婦《ニンフ》』という女子専用クラスには性技関係のスキルや補正が満載らしく、こちらのフィニッシュに合せてがっつりと咥えたお尻を上手に搾り込んで下さった。

そういえば静香から、自分たちと匠工房《アデプトワーカーズ》の先輩たち以外にはもう中出しするなと言われていた。

だがまあ、『娼婦《ニンフ》』さんだと大丈夫らしいので問題ないだろう。

「ふぁ〜……凄い出てる。二人とも絶倫だねぇ」

布団にペタンとお尻を落とした紫苑先輩が、焦点が妖しい瞳でぽわぽわと呆けていた。

「ちょこっと計算外かな。ん〜、二人とも私たちを使う時は、こうやって一緒に4Pして欲しいかな。立て続けに何発も射精されたらホントマジで堕とされちゃいそう」

「コイツじゃなくて、俺もっすか？」

「もしかして自覚ない？　ホントに気をつけないと女の子が悲惨だからマジ気をつけて」

良く分からないが、誠一が俺をディスろうとして自爆したのがザマァである。

「てゆーか、エッチしたくなったら私をいつでも好きに使ってイイよん。隷属状態のエッチも凄い気持ちイイって聞くし、叶馬くんと誠一くんなら交互に奪い合いされちゃうとかヤバイ経験できそう」

「自分が愉しみたいだけでしょ、紫苑はホントに好き者なんだから」

そういう朱音さんも跨がったまま肉食獣の腰使い。

このまま二発目をぶっ放して良いのだろうか。

散々焦らされていたので物足りないのです。

『娼婦《ニンフ》』というクラス故なのか、お二人ともセックスがスポーツライクな娯楽になっている感じ。

セックスフレンドとしてお気楽にお付き合いできそう。

「つまり、俺たちが寮生を無差別レイプしないように、つう感じすね」

「正〜解。私たちも一応、麻鷺ソロリティの役員なの。対男子用の色仕掛け要員よ」

「んで、新しく『顧問』になったっていう子の味見と、一回腎虚になるまで抜きまくって身の程を教えてあげようって思ったんだけど」

「うん……叶馬くん、イイよ。そのまま。後で乙葉ちゃんには報告しておく、から……ァぁ！」

ビクンビクンっとお尻を痙攣させた朱音先輩の中に、二発目を注ぎ込む。

無論、フィニッシュで逃げられないよう腰を抱え込んでいる。

下腹部もヒクヒクと震えているのが可愛らしい。

「朱音ズルイっ。誠一くん、私たちも、もっとエッチしよ？　ほら、後腐れない『娼婦《ニンフ》』のお尻、抜きまくってスッキリしよ？」

「そう、っすね。んじゃあ仲良くしましょうか、センパイ」

「ああん、もう。その腹黒い笑顔にゾクゾクしちゃうぅ」

本格的な乱交になってしまった予感。

静香たちはプレイの録画を許してくれないので、ちょっとカメラをセットして良いだろうか。

『ｄｏｒｍｉｔｏｒｙ』とか『ｏｒｇｉａ』とかの検索タブに引っ掛かりそうなジャンルは結構好きなのです。

「ほんじゃあ、センパイ。『娼婦《ニンフ》』がどの程度の煽り耐性あんのか、確かめさせて下さいよ」

「んっ、凄ィ、奥ぅ、引っ掛かるぅ」

膝と肘を布団についた紫苑先輩は、思い切り掲げた腰をワンコのように振っていた。

合いの手のようにお尻をスパンキングする誠一もノリノリである。

焦らすように抜いたり挿したりと中々ねちっこい。

凄くカメラが欲しい。

学生手帳に動画と静止画の撮影機能が搭載されているが、煙を噴いて以来ずっと机の中に放置してあった。

雪ちゃんにカメラマン役を打診してみるべきか。

「…ぁ…ふぁ…ぁ……」

寝そべった俺の上に跨がっている朱音先輩は、ぴったりと根元まで咥え込んで二度目を吸引したお尻を震わせている。

腕はダランと脱力し、真下から身体の中を串刺しされたように背筋を反らして動かない。

深いオルガズムを堪能しておられる模様。

『娼婦《ニンフ》』だと自分の性感も過敏になるのだろう。

「……ふぁ…あへ…？」

焦らされる感覚も新鮮だが、やはり責める方が好みである。

受け身でいるのは、そろそろ飽きた。

上体を起こして、繋がっている朱音先輩の腰に手を回した。

「そろそろ本気で行きます」

「……はへ……ちょ、ま……だ、だめぇ」

下半身を抱え込み、真下からの突き上げを開始した。

『娼婦《ニンフ》』ちゃん、マジ具合イイもんだな」

「うむ」

天井を見上げる誠一に、同じく天井を見上げた叶馬が同意する。

「つか、もう腰振りマシンちゃんになっちまってんだが、『娼婦《ニンフ》』の特性かなにかなん？」

頭の後ろに組んだ手を当てている紫苑は、誠一の腰に跨がって舌を出しながら尻を振り続けていた。

全裸になった紫苑の乳房はリズミカルに弾み、快楽に没頭する痴態を晒している。

既に幾度も搾り取っていたが、胎内に射精を受ける度に激しいオルガズムで痙攣していた。

「正直、腰使いやら締め具合やらは、麻衣たちより上手いわな」

「ああ」

同じように叶馬に跨がっている朱音も、胸を反らせて脱力し、腰だけは前後に振られていた。

奥まで咥えては吐き出される肉棒は、絶妙なタイミングで締めつけられている。

男性器への最適な奉仕を、女性器が覚え込んでいるようだった。

ブラジャーからはみ出て揺れている朱音の乳房を、叶馬の手が揉んでいる。

乳首に刺激が与えられる度に、朱音の太股が痙攣して締まりが増していた。

「……搾り尽くして萎えるまで、他の寮生に会わせられないということではなかろうか」

左右の乳首を抓んだ叶馬がフィニッシュさせる。

叶馬の股間の上で、閉じた太股を痙攣させた朱音が、声もなく絶頂し続けていた。

再び子宮へと注入された叶馬の精液は、朱音の精髄を炙るように侵蝕していく。

それは、『娼婦《ニンフ》』にクラスチェンジした朱音にとって、初めて感じる隷属の快楽だった。

「俺、最近は枯れて萎えた覚えがないんだけど？」

「然り」

「つうわけで、紫苑センパイ？　そろそろ腹減りませんかっと」

ひっしと誠一の胸に縋りついた紫苑は、やぁ、と子供のように駄々を捏ねて腰を揺する。

許容値がオーバーフローしている紫苑は幼児退行している状態だ。

「あー、コレ、もしかして隷属してね？『娼婦《ニンフ》』だってのに、叶馬の所為か？」

「ディスるのは止めたまえ」

「試しに交換してみるか」

強引にモノを抜かれた二人は、途端にスイッチが切れたように汗で湿った布団へ突っ伏した。

うつ伏せでふぅふぅと吐息を乱した朱音の尻に手を乗せ、誠一がねっとりとした尻肉を捲る。

「叶馬のデカ魔羅を填めまくってもプリプリなんは、流石『娼婦《ニンフ》』の肉体補正って感じだな」

ヘソに向かって反り返ったペニスを指で押し下げ、こじ開けたままの小穴へ亀頭を潜らせた。

「はぅ」

「同じ『娼婦《ニンフ》』でもやっぱ違うな。ま、取りあえず一発だけ出しとくか」

「ふむ。紫苑先輩はお前の方に行こうとしてるようだが」

「取りあえず填めとけ。大人しくなる」

「へぁ」

四つん這いでもそもそと布団を移動しようとしていた紫苑も、背後からずぶりと入れられた制御棒に動きを停止した。

「一発出したら飯食いに行こうぜ。マジ腹減った」

「ああ」

紫苑の尻を抱えた叶馬が、ゆっくりと腰を打ちつけていった。

＊　＊　＊

「それで、どうだったの？」

「ん～、なにが～」

麻鷺荘のミーティングルームは、普段からほどんど使われていない。

寮運営会《ソロリティ》の会議は透明性と参加希望者を募るために、敢えてエントランスフロアのリラクゼーションルームで行なわれている。

ただし、オフィシャルにできない内緒話で利用されていた。

「なにって、叶馬くんと誠一くんのコトよ」

乙葉が苛立たしそうにこめかみを指で押さえているのは、公衆の面前でフライング種付けプレスを食らった後遺症だ。

幸い怪我らしい怪我はなかったが、ヒャア、と可愛らしい悲鳴を上げて気絶してしまったらしい。

本人の記憶にはなくても、立派なトラウマになっていた。

「特に問題ないんじゃない？」

テーブルで寝そべるようにネイルアートしていた紫苑が、爪先にオリーブオイルを塗って仕上げる。

「あのね、そんな簡単に……。寮の子たちがレイプされ始めてからでは遅いのよ」

「だいじょーぶ。暴走しそうなら私が毎日抜いてあげるし。ていうか、私も宿直室に寝泊まりしよっかな」

「ちょっと、抜け駆けはダメって言ったでしょ」

「交互に堕とされる、アノ背徳感が堪んないの」

「分かる分かる。恋人の前で寝取られちゃってる感覚が交互に続くの。もぅ、ヤッバイ」

「堕とされた後にイイコイイコってエッチされながら甘やかされるのも好き。『娼婦《ニンフ》』になってからあんなの初めて」

「チョー分かる。最後にぎゅーって種付けハグされて、今日のお前は俺のモノって感じ」

「ガッコでセフレとエッチしてる時も、裏切って浮気してる感じがスッゴイヤバイ。ヤバイくらいエロい気分になる」

「堕とされちゃってる子って、こんな気持ちを味わえてたんだよね。チョーズルイ」

「……ちょっと、何言ってるのか分からないんですけど？」

コンパクトをパタンと閉じた朱音に、乙葉が怪訝な顔を向ける。

今まで寮にいる間はすっぴん同然の彼女たちだったが、見れば随分と気合いの入ったメイクをしていた。

学園で男子たちから人気がある『娼婦《ニンフ》』の彼女たちも私生活はズボラ、のはずだった。

乙葉が二人を見る目が疑わしそうになっていく。

「ん〜ん、なんて言うのかな体感認識？　身体っていうか、子宮がご主人様のモノなのにって主張してる感じ。他の人のを受け入れるとスッゴイ違和感バリバリ。あー、私今裏切ってるって感じちゃうのがヤバイ」

「私も自分の身体が、乙女過ぎて笑っちゃう。処女の新妻かっつーの。凄い新鮮な浮気感」

「そうそう。誠一くんと叶馬くんが浮気しながら浮気されてるー、みたいな」

楽しそうに猥談する二人を、溜息を吐いた乙葉が据わり目で睨んだ。

「で。あの子たちを追い出すネタは？」

「却下。ってゆーか無理に追い出さなくてもだいじょーぶ。そこまで悪い子たちじゃないよ」

「乙葉は変にお嬢だからなー。一回、股を割って話してみるといいかもね」

「あのね。私は真面目に……」

テーブルに手を突いて立ち上がる前に、ガチャリと扉が開かれる。

「おー、やっぱりここにいた。どしたの、乙葉」

「凛子。なにしに来たの？」

「ん〜？　なぁに、まだ拗ねてるの？　フライング種付けプレスされたくらい気にしないの」

「その言い方、止めて」

ふてくされた顔をした乙葉がパイプ椅子に座り直した。

自分のデコレーションに余念がない二人に軽く手を振り、挨拶を済ませた凛子が椅子に座った。

「器材仮置きの件なら、もう運び込んでも構わないわよ。掃除や片付けはそっちで好きにして頂戴」

「あいあい。言質は取ったからね？」

「勝手にしなさい。……ハァ」

「ご機嫌斜めねぇ」

溜息を吐いた乙葉が凛子をキロリと睨む。

「当然でしょう。貧乏クジを引かされてる私の身にもなってよ」

本来、各寮の管理役である『兄弟《ファタニティ》』や『姉妹《ソロリティ》』メンバーは、寮生の内で最上級生が務めるものだ。

寮を守るという役割上、人望よりも強さが求められ、ハイクラス、ハイレベルランカーが推薦される。

問題は麻鷺荘のような下級寮《エントリーランク》の場合、実力が付いた寮生はより上位の中級寮《ミドルランク》へ引っ越してしまうことだ。

二年生の乙葉がソロリティリーダーを引き受けているのは消去法だった。

上級生のソロリティメンバーが進級と同時にごっそりと転居し、早い話が乙葉たちに丸投げされた形だった。

学園の校舎からも遠く立地的に不便であり、少しばかり妙な噂のある麻鷺荘は不人気寮だ。

転居願いを出している寮生も多い。

乙葉自身も中級寮へ移れるだけの稼ぎを得ていたが、生来の責任感と面倒見がいい性格が災いして役職を押し付けられている。

「ストレス溜まってるのかな。本当に叶馬くんとシテみる？」

「難しいコト考えられなくなるよねー。頭が真っ白、あはは」

「乙葉は誠一くんにネチネチ責められる方が合ってるんじゃないかなー」

「ふざけないで。ハーレムの一員になんてなりません」

味方陣営からフレンドリーファイヤーが射たれていた。

「逆に考えれば良いんじゃないのかな。あの子たちのハーレムなんじゃなくて、私たちがあの子たちを囲ってるんだよ」

「それって、私たちもあの子たちを使ってイイってコト？」

「勿論、パートナーの私たちが優先だけど」

にっと口元を笑みの形にした凛子が足を組んだ。

「ちなみに、叶馬くんにはパートナーが一六人いるからね？」

「……ワー、洒落になんないワ。あの子、ナニモノ」

「だから叶馬くんに限っては、寮の他の子に手を出す暇なんてあげないってこと。誠一くんの方は、ああ見えて節度や常識はあるみたいだし」

暗に、叶馬には節度も常識もないとディスっている凛子の言葉だったが、大体その通りである。

「でもっ！　いくら叶馬くんにパートナーがいっぱいいるって言っても、ずっと側にいるわけじゃないでしょ？」

腕を組んでそっぽを向いた乙葉の前に、凛子がポケットから取り出した用紙を差し出す。

ブルーのクリアファイルに挟まれた用紙は十枚程度の枚数だった。

「私の分も含めた、麻鷺荘への入居申請書。元々寮生だった杏ちゃん以外だから11名分だね」

学生寮の転居については、『兄弟《ファタニティ》』『姉妹《ソロリティ》』の管理領分だ。

一応、生徒の居住管理をしている学園にも、事後承諾で伝える必要はある。

「……本気《マジ》？」

「本気も本気かな。私たちはあの子に全賭けしたの。これからよろしくね？」

＊＊＊

逢魔が時。

山に日暮れた教室の中は、茜から灰色へと上書きされていく。

パン、パン、パンっと大きく三つ続いた音が止まった。

「……おっ、おっ、おウッ！」

天井を仰ぐように仰け反った男子が、臀部を痙攣させている。

大臀筋が引き締まる度に、尿道を駆け上がった精子がほとばしっていく。

粘膜に密着している亀頭から放出される精液は、行き先を求めて子宮口へと注入されていった。

それは人間という生物が受精するための仕組みだ。

「ほふ、ぅ」

大きな波を注ぎ込んで満足した彼が腰を退く。

薄暗い教室の中で、艶かしいほどに白く丸い尻が背景から浮いていた。

その尻を無雑作に掴み、これ見よがしに揉む。

「やっぱ『戦士《ファイター》』になった女のケツは締まりがイイぜ」

「だよな。しっかしナンボ絞めてもチ○ポ挿んの拒めるわきゃねーだろっつー。逆に締まってスンゲー気持ちイかったぜ」

男子と女子の粘液に塗れたペニスは、一度射精した後も全力で反り返っている。

入学した当時とは違い、ダンジョンでレベルを上げた肉体は活性化し、生殖機能も昂ぶっていた。

「次は俺だよ〜、っと」

「…ふぐぅ」

背後に回った別のクラスメートから、あっさりと挿入される。

教室の真ん中。

一つを除いて片付けられた机には、制服姿の女子生徒が括りつけられていた。

足首は片方ずつ机の脚に縛られ、両手には手枷が填められて首輪と鎖で繋がれていた。

首輪も手錠も購買部で販売している革製品であり、いわゆる無駄に傷が付かないＳＭプレイ仕様品でも拘束力は本物だ。

同じく購買部から購入したボールギャグを噛ませられた女子生徒の口元からは、涎がこぼれ落ちていた。

徹底的に無力化され、クラスメートの男子たちから輪姦されるための恰好にされている。

スカートは捲り返され、ショーツはストッキングと一緒にずり下ろされた。

丸出しになった秘部を視姦されながら、他の女子と比べられた。

弄くり回されながらローションを塗され、最初の一人から中出しレイプされた。

今は二人目のクラスメートからレイプされている。

「あー、締まる。コレ、クラスの女で一番締まりがイイんじゃないかな」

「マジかよ。さっさと終われ」

自分でペニスを扱きながら急かすも、早々に粗相しない程度にはセックス慣れしてきた時期だ。

セックスを覚え、四六時中セックスのことしか考えられない一年生でも、入学してから半年も毎日セックス漬けの生活をしていれば自然と慣れる。

「奥まで挿れてあげるから、俺のチ○ポをしっかりおマ○コで覚えておいてね？　誰のチ○ポが一番気持ちイイか、後で聞くからさ」

尻タブの肉を左右に掻き分けて入口を剥き出しにし、刻み込むようにペニスが出し入れされる。

女子にしては背が高い上に足もすらりと長く、机に縛られている尻の位置は犯りやすい高さに固定されている。

スカートのウェスト後ろを手綱代わりに掴み、パンパンパンとリズミカルに凌辱されていく。

机の回りをぐるりと囲んでいる男子の数は九名。

クラスで一番目障りな、女子のリーダーを罠に填めて輪姦すると聞いて集まった人数だ。

男子は既に全員がパンツを脱ぎ捨てている。

男子にとっては高慢で我が儘だった女子リーダーの卑猥な姿に、全員のペニスが天井へ向けて反り返っていた。

「パイオツもデケー。着痩せタイプかよ」

「ピンクの乳首もビンビンじゃねぇか。所詮、女なんざピィピィ喚いてもチ○ポ突っ込みゃあアへりやがんだよ」

「あ〜マジ締まる。俺、……を犯せるって聞いてからオナ禁してたぜ。すっごい量が出そう」

「オナ禁って。お前フツーにクラスの女と昼もヤッてたろ」

「俺もオナニーとか、ここ半年くらいしてねーからやり方忘れた。適当な女、ベッドに連れ込んでオナホ代わりだしよ」

一年生でも二学期を過ぎる頃には、スクールカーストの位置づけが終わっている。

ほとんどの女子は既にダンジョンでのリアルバトルからドロップアウトしており、男子のカーストトップグループに媚を売り始めていた。

そしてハイレベルになった者ほど肉体は強化され、精力も増進している。

堪えきれないほどに昂ぶる性衝動は、クラスメートの女子を使って存分に発散していた。

もはや彼らにとって、クラスメートの女子は性欲を処理するためのオナホールという認識だ。

自分たちに従わない女子など目障りでしかない。

「あー、気持ち良かった」

五人目の男子が、渾身の射精を終わらせた。

粘っこい糸を引くペニスが肉穴から抜かれると、白濁したカクテル精子が逆流してくる。

「わはっ、どぱって逆流してんじゃん。汚ねぇ」

机の上から除菌ウェットティッシュを引っ張り出し、オナホの後始末をするように股間をゴシゴシと拭った。

「あれ？　泣いちゃってる？」

「心折れんの早くね？　まだ半分だぜ」

「おっほ、こりゃ確かにキチキチマ〇コだな。なぁ、おい。最低の野郎に犯されてる気分はどうよ？」

机がガタガタと軋む勢いで尻を打ち続けられ、当然のように五人目の精子を膣内射精される。

「六本咥えてこの締まりかよ。こりゃあ俺が飼ってやってもいいかな。イチゴとか俺が飽きる前に失神しやがるしよ」

「おっ。イチゴちゃん捨てんなら拾っちゃうよ？　ロリ可愛いじゃん」

「抱き心地は良くても、奉仕ができねぇ女は要らねぇんだよ。ま、具合は悪くないからオナホとして使ってるけどな」

教室の遮光カーテンが閉められ、灯りが灯される。

一晩、補習の名目で教室の使用申請を担任に提出しており、見回りのガードマンから注意されることもない。

中でなにが行われていようともだ。

そもそも申請書を受け取った教師も、全て承知の上だった。

「もう中ぐっちょぐちょじゃねーかよ。一巡するまで外に出せよな、お前ら」

「えー。中出ししてナンボでしょ」

レイプ待ちの輪から離れて床に胡座をかいた一人が、麦酒とスナック菓子などをバックから取り出した。

「慣れたわ。クラスの女連れて抱き枕にしてても、自分の精液でパンパンになってるしな」

「もう始めちゃう？」

最初に突っ込んだ男子が、反り返ったペニスの亀頭を掌で転がしながら首を傾げる。

「朝まで時間はたっぷりあんだし、焦んなくてもいーだろ」

「そーそー。ちゃんと誰から突っ込まれたんだか覚えてもらわねーと」

黒く艶やかな長髪を掻き上げるようにして顔を両手で挟み、涙と涎を垂らす彼女を正面からニヤニヤと笑った。

「これがお前のケツに突っ込まれて気持ち良く種付けしてくれる俺のチ○ポですー。ぶっ飛ぶ前に頭に焼き付けとけよ」

九人目から尻をバンバンと打ち付けられながら、何本もそそり立っているペニスを見せつけられる。

「はい、じゃじゃーん。『ゴブリンの媚薬』の登場ですー」

一巡した後、特に恨みを持つ男子からしつこく犯されている彼女の前に、小指ほどの小さなポーション瓶が見せつけられる。

『媚薬《ラブポーション》』は人型モンスターから稀にドロップするレアアイテムだ。

種族を問わずに強制的に発情させるマジックポーションである。

モンスターの性別によってドロップアイテムが異なり、♂の場合は♀限定の、♀の場合は♂限定の効果がある。

通常のゴブリンには♀個体が存在しないので、『ゴブリンの媚薬』といえば女性用となる。

ゴブリンやオークにオーガーなどが人型に該当するが、浅層に群生しているゴブリンから供給される数が多かった。

『媚薬《ラブポーション》』系は効果時間や効き目の強さに差があるが、基本的に効能は変わらない。

浅層のゴブリンは討伐サイクルが短いため、瘴気の濃縮が階層規定値ギリギリの個体が多くなる。

装備などの高レアリティドロップはし辛かった。

逆に低レアリティドロップである『ゴブリンの媚薬』などは、買取されないほどの数が産出されていた。

学園では媚薬使用についての罰則は存在しない。

むしろ日常的に活用されている。

肉体に害のある成分は一切含まれておらず、また副作用もない。

不慣れで未開発な女子生徒であっても、『ゴブリンの媚薬』を使われれば簡単に発情状態になった。

劣化していない採取したての『媚薬《ラブポーション》』であれば、処女でもよがり狂うほど効果抜群だ。

マジックポーションに共通する特徴として投与経路は問わない。

粘膜吸収でも充分に効果を発揮した。

「そ～ら、ラブポチ〇チン一本目」

先端にポーションを垂らした肉棒が、肉の割れ目に潜り込んでいく。

「すぐにぶっ飛ぶし、もう解禁でイイだろ？　ほれほれ、特別にビンビン乳首にも念入りに擦り込んでやっからよ」

「ア○ルは俺が最初な。ケツからラブポぶっ込むと、即効でアへるぜ？」

「いっぱいお代わりあるからなー。こんだけぶち込んどけば、一週間はチ○ポのコトしか考えられねーようになんぜ」

コツコツと机の上にどぎついピンク色の『媚薬《ラブポーション》』が並べられる。

その数は一〇本を超えていた。

「ぶっ飛びすぎてるダッチワイフ抱くのもつまんねーし、少しずつ慣らして投与してやっから感謝しろよ」

内側が精子でねっとり充満している膣内に、『ゴブリンの媚薬』が滲透していった。

確実に生殖器に吸収された薬効は、白い肌を一気に火照らせて快楽に火を灯す。

「ホント、身体だけは上等だぜ。勿体ねぇ」

「少しは素直になるんじゃないか？　朝までぶっ壊れてなきゃな」

「は？　通常のポーションもあるし」

ビールを手にした男子がプチ宴会場に加わる。

アルコールを片手に猥談をしながら駄弁る。

少年たちにとって徹夜などいつものことだ。

ましてや、遊び甲斐のある玩具が準備されているのだ。

「よーし、良い子だ。じゃあ方向転換して逆方向に教室一周な」

既に男子は全員が裸になっている。

唯一の女子は机から解放され、首輪と手錠だけを装備させられていた。

犬を散歩させるリードのような首輪の鎖を手にし、よちよちと前屈みで歩く女子の背後には男子が合体したままだ。

ぺたぺたと床を踏む足跡代わりに、股間からポタポタと垂れ落ちる粘液が残っていた。

「はい、ストップ。しっこタイムだ」

黒板の前で鎖を引き、パンパンパンと赤く腫れ上がった桃尻を鼠径部で連打する。

五本以上の『媚薬《ラブポーション》』を投与された女子は、必死に倒れないように踏ん張りながらひっひっと喘ぎ声を垂れ漏らしていた。

「やっぱまだ出ねぇや。ほれ、チューしろ。楽しいお散歩の再開だ」

べっとりと顔を舐められ、それでも止まらない腰の動きに子宮を痺れさせながら、止まらないオルガズムに腰が震えていた。

途中参加者が追加されて一一人となった男子は、夜が更けても順次にペニスを挿れていた。

「たまに乳輪デカイ女いんじゃん？　俺、アレ駄目なんだよな。コイツくらいのが丁度良い」

目の前でたわむ乳房に手を乗せて乳首を抓る。

「ちっとは覚えてきたな。先っちょ咥えて吸ってみな。歯ぁ立てたら括ってやっぞ」

「もうガバマンすぎんよー。ポーション残ってねぇ？」

円座の真ん中に寝そべる格好の彼女は、向かい合わせの男子から上下にペニスを咥えさせられていた。

リビドーは充分に発散し、それでも女体を犯し続けているのは惰性に過ぎない。

惰性でもペニスは勃起し、精液もたっぷり出た。

「ほーれ、ラスト一本。ケツ穴からゴックンしましょうね～」

ポーションで強引に拡張された肛門の窄まりに、どぎついピンク色の薬液が注入される。

同じくポーションで無理矢理回復されながら挿入され続けた生殖器は、半勃起のペニスを咥え込んだまま内側から広がった陰唇をピクピクと痙攣させていた。

「あ～、出した出した。一〇発以上は出したな。ちっとは気が晴れたぜ」

「空明るいし、ボチボチお開きにすっかー」

「片付けて換気しねぇとな。便所から帰った時に気づいたんだけど、臭いヤッベェぞ」

「眠ィ。俺、今日サボって寝てるわ」

飽きられた使用済みの玩具が床に捨てられていた。

「つーわけで、俺ら帰るわ。しばらく堪んねぇエロ気分だろうが、まー、気が向いたら相手してやっから声かけな」

「明日以降なー。眠いし、飽きた」

「誰か来る前に消えねーとさらしモンだぜ。じゃあな、乙葉ちゃん！」

第39章　ドリームダイバー

「……ぃ、ヤ……やめ…もぅ、許して…ぇ」

片目を開けると、まだうっすらと月明かりが部屋を照らしていた。

アンティークな洋装に向かい合わせのベッド。

最近は寝床が日替わりなので、どこの部屋なのか分からなくなる。

割と男として最低だと思うが、誰が一緒に寝ているのか判断がつかない場合もありをりはべりいまそかり。

うつ伏せで胸の谷間をクッションにしている静香が、小さく呻いてうっすらと目を開いた。

随分とスタイリッシュなオッパイである。

重力に負けないロケットスタイルは、台座になる大胸筋を鍛えている証だ。

沙姫などは文句のつけようがない大胸筋なのだが、肝心のお肉がミニマムサイズ。

とすれば、俺と静香が枕にしているオッパイは何者なのか。

「……最低の夢見でした」

頭を振る静香は、心底うんざりしたように溜息を吐く。

目が据わっているところを見ると、よっぽど嫌な悪夢だったのだろう。

ナデナデすると、目を瞑って猫のようにおでこを押し返してくる。

まだ朝は遠いので寝直すべき。

「悪夢、だったのですが、多分『私』のじゃなくて……」

「……ゃ、ァ…」

「乙葉先輩の、です」

どうやら先程の寝言とオッパイは乙葉さんらしい。

というか、うなされているオッパイから顔を上げると確かに乙葉さんだった。

いや、正式に麻鷺荘に引っ越したので乙葉先輩と呼ぶべきか。

夏海のベッドで寝ている俺たちは、揃って全裸である。

沙姫のベッドを見ると、本人の他に海春と夏海が鍋の中の猫のように絡まって寝ている、全裸で。

今更だが、コミュニケーションが不足しているので一緒に、というプレイは如何なものかと思う。

流石に騒がしくなってしまったので、途中で乙葉先輩が教育的指導に現われた程である。

今は一緒に裸で寝ていらっしゃるが。

「……巫女クラスの『夢鏡《オラクル》』というスキルだと思います。はっきり言ってゴミスキル扱いされていますが……」

寝ている時に夢の中で、天啓《オラクル》を授けてくれるパッシブスキルらしい。

未来視や過去視、トラブルの解決方法、テストの解答など千差万別だ。

かなり有用なスキルの気もするが、任意で使用できず、どのような天啓《オラクル》を受け取るのかも選べないと。

どうも巫女のスキルは、そういう効果が曖昧《ファジー》なやつが多い。

そもそも睡眠中にしか効果がないスキルなど、ダンジョンでは使えないと思う。

今回は乙葉先輩が見ている夢を追体験してしまったそうだ。

悪夢を見ているのなら起こして差し上げるべきか。

「はい。乙葉先輩とセックスして下さい」

「いや、それはおかしい」

フリーセックスは素晴らしい、と思っていた愚かな俺も、実際に体験すると趣旨変えせざるを得ない。

結んだ絆を大事にしていきたい。

いや、はっきり言えば、これ以上は命の危険を感じる。

沙姫に押さえ込まれて静香に剥かれていた乙葉先輩も、ノー挿入で堪えたはずだ、多分メイビー。

最近の静香たちは肉食系になってきたので困る。

乙葉先輩も静香から悪戯された挙げ句に力尽きただけで、どっちも寝たまま睡姦交尾とか最低の行いはしていない、と思いたい。

「……えと、叶馬さん。普通に夜中寝ながら挿入してきます」

「スマン」

「いえ、抱き枕にされてまったりギシギシも悪くは……。いえ、そうではなく、乙葉先輩はまだ叶馬さんにお手付きされていませんよ」

なによりではなかろうか。

このまま目を覚ましてしまうと、キャーとか言われそうなので沙姫と位置チェンジしたいところ。

寮長さんを強姦してしまった日には即行で宿無しになってしまう。

「はい。このまま睡姦レイプしましょう」

「いや、そのりくつはおかしい」

寝苦しそうな乙葉先輩が今にも起きそう。

「……恐らく、目は覚めないです。夜の間は」

静香並みに寝起きが悪いのだろうか。

睡姦でギシギシされてると流石に目が覚めてしまうようだが。

「なにかに取り憑かれてる、んだと思います。夢の中で傍観者のような視線を感じました……。家畜を愛でるような愉悦と悪意も」

「オカルトネタはトイレに行けなくなるので」

幽霊の類いなら殴れば良いのだが、怪奇現象は苦手だ。

「お化けと言うより、ダンジョンのモンスターなのではないかと」

「ああ」

最初に沙姫に出会った時にも、なんか変な奴に憑かれていた。

確かに、有り得ないことではないんだろう。

乙葉先輩の美乳をじーっと眺めたり揉んだりしても、特に変な気配は感じないし、目覚める気配もない。

「憑依タイプのモンスターというのが存在するそうです。滅多に出現しないらしいのですが、一度取り憑かれると死に戻った後もずっと取り憑かれ続けるらしいです」

面倒そうなモンスターである。

そういえば、海春と夏海のクラスチェンジ先に『祓魔士《エクソシスト》』というレアクラスがあったが、この手のモンスターに特効がありそうだ。

校内でもクラスホルダー見たことがないし、かなりニッチなレアクラスのような気がする。

「悪夢を見せて糧にする、寄生虫のようなモンスターだと思います。気配がないのは気づかないまま放置して、それだけ深く融合してしまったのではないかと」

寝付きが悪くなりそう。

一晩中悪夢でうなされるとか、身体が保たないんじゃないかね。

ああ、ファンデーションで隠しているが目の下に隈ができてる。

ツンツンした態度は、弱っている故の防衛本能だったのだろうか。

「これは人助けです。乙葉先輩を助けるために、睡姦レイプしましょう」

「やはり、そのりくつはおかしい」

静香の指先でクニクニされているマイディックショナリーがアメリカンヒストリー。

「叶馬さんと『接続《コネクト》』してしまえば、他の繋がりなんて全部ぶっちしちゃうと思うんです。……ソロリティリーダーを堕としてしまえば勝ったも同然ですし」

「静香。もう一度お話ししようか」

「叶馬さんとの幸せな学園生活のためです。誰にも邪魔はさせません」

この件に関しては無駄に鋼の意思を貫く静香さんだ。

ただもうちょっとばかり、幸せの定義をすり合わせる必要があるのではなかろうか。

「乙葉先輩の悪夢は、過去のトラウマの録画再生《プレイバック》です。クラスメートに輪姦された……だから」

布団の中で俺のペニスと同時に、乙葉先輩の股座にも手を伸ばしていた模様。

泣きそうな寝顔でイヤイヤしている乙葉先輩のソコは、シーツに染みるほどぐっしょり濡れていた。

「思い出を上書きしてあげて下さい。私たちの快適な寮生活のために」

＊＊＊

ぐんにゃりとねじ曲がった、マーブル模様の景色が窓に映っていた。

意識を向けられていない場所にまで、幻想のリソースを割り振る必要はない。

その分は、トラウマの対象である男子生徒の構築に使うべきだ。

あやふやで曖昧な人間の意識において、潜在意識からすくい取って構築した偽界は、逃げ場のない強固な殻であり檻だった。

彼は生まれつきそのような存在としてダンジョンで発生し、自らの能力を十全に扱う術を識っていた。

最初はふわふわと意識に紛れ込んだノイズとして。

少しずつ宿主から力を吸い取り、充分にレベルが上がった今では、逆に自分の内側へと宿主を閉じ込められるほどに成長した。

じきに夜と眠りの制限すら超越し、宿主を悠久の眠りの中へと引き込み、他の意識体すらも領域の中へ引きずり込めるほどに進化する。

ここは乙葉の夢の中、彼の王国だ。

教室の中で授業中、のっぺらぼうの教師役が黒板に意味のない落書きをし続けている。

本来、本人がいなかった場所のディテールには瑕疵《かし》がある。

それでも潜在意識から読み取って構築してるのは、偽界のリアリティを高めるためだ。

リアリティが高いほど夢は現実に近づき、宿主の意識境界線があやふやになっていく。

宿主が気づくための、きっかけが無くなっていく。

ガラリ、と教室の後戸が開かれ、一人の男子生徒が戻ってきた。

ニヤニヤ笑いを浮かべたまま席に戻る途中に、適当な男子の肩を叩く。

途端スイッチが入ったようにニヤニヤ笑いを浮かべる男子が、立ち上がって教室の後ろから出て行った。

背景としての廊下は窓も開かず、他の教室の扉も開くことはない。

ただ階段の隣にある男子便所、その扉だけは簡単に開いた。

精巧に再現された男子便所には、アンモニアの臭いすら籠もっていた。

奥から二番目の便座のある個室。

無造作に開いた扉の中には、便器の排水パイプに手錠で繋がれた乙葉が震えていた。

登校してから直行で男子便所に連れ込まれ、入れ替わり立ち替わり性処理に来るクラスメートから凌辱され続けている。

初日のレイプ集団だけでなく、クラスメートの男子生徒全員が参加していた。

それは乙葉を責め苛むための記憶改竄ではなく、事実そのままだ。

火照った顔を俯かせた乙葉は、便座の上に下半身を投げ出したまま振り返りもしない。

「また便女を使いに来てやったぜ。乙葉ちゃん」

制服のスカートが捲り上げられる。

乙葉の生尻が乗せられた便座の蓋には、股間の付け根から漏れた白濁液が垂れていた。

「クソつまんねぇ授業よか。便女使ってる方がマシだっての」

ズボンとパンツを膝まで下ろした男子が、パンパンと乙葉の尻を平手打ち《スパンキング》した。

赤い手形が浮かび上がるも、強化されている乙葉の肌からはすぐに消えていく。

男子が尻叩きをしたのは、乙葉の身体に刺激を与えるためだ。

両足を開かせ、便座の上に乗った尻にペニスを挿入する。

「すっかり弛マンになっちまったなぁ、乙葉ちゃん」

両足首を掴んで掲げ、V字に開いた乙葉の下半身を手加減なく突き回す。

「マグロ気取ってもマ〇コはピクピク正直だな、オイ。ラブポ漬けにされて三日目じゃ、まだ夜も寝れねぇほどジンジンくんだろ？」

「…ちが…ッ」

「違わねぇんだよ。お前が朝一に登校して来んのは、こうやってチ〇ポハメられてねーと頭おかしくなりそうなんだろ」

「違う、そんなんじゃ……」

乙葉の尻に腰を打ちつけていた男子が、のし掛かるように股間へ跨がった。

「へへっ。便所としては使いやすいようになったな。クラスメート全員から填められて、穴がペニスの咥え方を覚えたみてーじゃねーか。ったく、覚えの悪い女を躾けるのは大変だぜ」

挿入されている角度が変わっても、乙葉の膣は肉棒を咥えて離さなかった。

「そいや、お友達の凛子たちが心配してたぞ。三日も休んでどうしたんだろうってなっ。サボって心配かけてるとか、お前最低じゃん」

乙葉の女性器に挿入した肉棒を軸にして、男子の腰がねっとりした腰使いで回される。

残留している薬効の他にも、急速に開発された膣内性感帯を穿られた乙葉は、歯を食い縛って喘ぎ声を堪えていた。

授業の合間の休み時間になっても、乙葉は男子便所に監禁されたままだった。

複数のクラスメートがやってきて入口をガードしながら、個室の中でパンパンという音が響き続けていた。

便所に来た他の教室の男子にも、中でナニが行われているのかなど丸分かりだった。

「クケケ、蕩けたアホ面さらしやがって。俺のチ〇ポがそんなにイイかよ！」

ぶびゅぶびゅっと勢い良く精液を排泄し、クラスメート男子専用のカクテルシェイカーに精子が追加される。

「あー、スッキリしたぜ。俺はそろそろ飽きたけどよ。クラスのオタ野郎どもはまだまだ犯り足んねぇってさ」

ペニスが抜かれた乙葉のソコは、ぽっかりと穴を開いたまま奥に溜っている精子が覗けた。

朝から絶え間なく肉棒で型取りされた淫肉だ。

学園の女子生徒として、相応しい有様になっている。

まだ下半身を丸出しにしている男子がニヤニヤと笑う。

「デブオタがな、ここぞとばかりにオメェを隷属させようって張り切ってたぜぇ？　良かったなぁ、ガバマンでも使ってもらえてよー」

「……ぁ……ぁ」

「俺からのプレゼントだ。昨日ダンジョンから取ってきたばっかの『媚薬《ラブポーション》』だぜ。またア○ルから挿れてやっから、ケツ向けて突き出せ」

ドロリ、と勃起した亀頭の上に垂らされたどぎついピンク色の粘液に、乙葉が壁に縋るように震えて頭を振る。

経口摂取でも患部へ塗布しても効果を発揮するマジックポーションだが、実は一番効果的に作用する投与経路は浣腸による腸吸収であった。

三日間ア○ルにラブポペニスを挿入された乙葉は、実感として覚えさせられていた。

「ったく、鈍臭ぇ……ほぉれ、また三日くれぇ便女モード追加だ」

「ひぃィ」

「つーか、これからはダンジョンで拾ってくる度に、ラブポアナセックスしてやっからな。感謝しろよ」

逃げられるはずもなく、がっしりと尻を掴まれた乙葉のア○ルに注入プラグが挿入された。

「おぅ。ア○ルも俺のチ○ポの形覚えやがったな。コッチはまだ使ってやってもいいな」

ベロリと唇を舐めてからペニスを抜き、ぽっかりと開いた肛門の窄まりへと『媚薬《ラブポーション》』を残らず注ぎ込んだ。

「いいか、忘れんなよ。お前のア○ル処女ぶち抜いてやったのも、ケツイキできるまで開発してやったのも俺様だからなっ」

前穴に突っ込んだカクテル精液塗れのペニスを、後ろ穴へと突っ込み直した。

背後から乙葉の尻を掴んで腰を振る男子生徒の顔が、別人のように変わっていた。

ピッケルのように尖った鷲鼻、三日月のように裂けた口元、翁面のように歪んだ目の瞳孔は、羊の目と同じく横に潰れていた。

乙葉以外のアバターは、全て『彼』の分身だ。

彼、『享楽の悪魔《サテュロス》』はこの世界の支配者だった。

コンコン、と個室の扉がノックされる。

休み時間になれば、クラスメートの交代要員が来るようにループ設定されていた。

同時に、賑やかし要員として湧き出るアバターが乙葉の心を少しずつ削るのだ。

「おっおっ、もうちょっと待ってろ。コイツのケツ穴が吸い付いて離さねぇ！」

鍵の掛かっていない扉はあっさりとオープンされ、前後サンドイッチしての二穴プレイになだれ込む。

そういうプログラム、だった。

振り向いたサテュロスインストールアバターは、思考を硬直させつつも腰だけは振り続けていた。

開かれた扉の向こうに立っている、謎のヒゲメガネマンをポカンと見詰めている。

「ハロー、エブリバディ」

「クケ」

ガッシリと喉元を掴まれ、あっさりゴキリという音を響かせる。

絞め殺された鶏のような呻き声を吐き出し、サテュロスインストールアバターがビクビクと痙攣する。

「アイファインセンキュー、ハワユー！」

扉の蝶番を弾き飛ばしながら吊り上げられた身体は、壁掛け小便器に顔から叩き付けられた。陶器が砕け散る音と、断末摩の悲鳴が重なる。

「オゥ、ノーバット」

「……何故、片言イングリッシュなのか。何故、ヒゲメガネ装備なのか聞いても良いですか？」

制服姿の静香が、サハラ砂漠のような湿度の目で立っていた。

「ジェントルマンシップの演出」

「あ、いましたね。大丈夫ですか、先輩」

凄惨なレイプ現場となっていたが、静香は驚きも引いた様子もなく乙葉を介抱し始める。

「薬の、解毒を、願う」

「うっ……」

ほんのりとした『祈願《ウィッシュ》』のスキル光に包まれた乙葉が小さく呻いた。

「どうやらスキルは使えるみたいですね」

「良く分からないが、ここが乙葉先輩の夢の中ということか？」

「私も初めての経験なので断言できませんが、きっと」

先輩の中温かいなりぃ、とか物凄くどうでも良いことを考えている叶馬に気づきながらも、スルーした静香が乙葉を抱える。

「乙葉先輩の精神世界で間違いないと思います。そして、トラウマをなぞって乙葉先輩の心を抉る存在が敵。恐らくさっきの男子に憑依していたのが……」

砕けた便器の破片に埋もれた男子生徒アバターは、のっぺらぼうの顔無しに変わっていた。

静香も現状の全てを把握しているわけではない。

叶馬が乙葉を隷属状態にしてしまえば、取り憑いているモンスターも排除できるはず、という希望的観測だったのだ。

乙葉の精神世界らしき領域へと取り込まれるなど想定外だった。

「成る程。つまり、乙葉先輩以外を全てぶちのめせば良いのだろう？」

「えっと……はい、多分」

ボキボキと指を鳴らす叶馬がメガネを光らせた。

凄く無駄なヒゲメガネのオプション機能である。

「あ、でも、一応ここは乙葉先輩の精神世界だと思うので、あまり壊したりしない方が……」

「いたぞ。殺せ！」

トイレのドアを突き破るようにして現われたのは、同じ顔をした男子生徒の群れだった。

乙葉の記憶から抽出した、もっとも強いと思われていた生徒のコピーアバターだ。

それは叶馬の記憶よりも少しばかり幼くなっていたが、市湖のパートナー相手として学生決闘《メンズーア》で戦った相手だった。

「是非も無し」

全身の筋肉を膨張させた叶馬は、先頭の男子ごとショルダータックルで扉を吹き飛ばした。

乙葉の精神世界を間借りしている『享楽の悪魔《サテュロス》』にとって、自分の手駒は各所に配置していたアバターだ。

『享楽の悪魔《サテュロス》』の成長、即ちレベルが上がる毎に増えていったアバターの数は九〇体を超える。

乗り物を乗り換えるようにアバターからアバターへ憑依を繰り返すモンスターは、命のスペアを九〇個持っているに等しい。

乙葉の記憶から抽出された強者のアバターが、次々にダウンロードされては踏み潰されていった。

「たわい無し」

九〇体目の武術担当教師アバターをねじ伏せ、首に腕を巻き付けてメキメキとへし折る。

『享楽の悪魔《サテュロス》』にミスがあったとすれば、乙葉の精神状態を固定するためにトラウマの源泉となる、当時の『乙葉から見えていた世界』を精密に模写した故だろう。

相手を過剰に恐れる故に本体以上の力を持つこともあるが、それは乙葉の想像を超える強者は存在しないと言うことでもあった。

ただ、仕留めた後は無貌のマネキンに戻るとはいえ、尋常であれば人間の形をした相手を無造作にネジ折れるものではない。

「……この、程度か」

ぶらんと首が奇妙な角度で揺れていた人形が、溶けるように消滅していく。

その様はダンジョンで瘴気に還元していくモンスターと似ていた。

腕を回し、首を鳴らした叶馬が呟いても、追加のアバターは出現しない。

溜息を吐いた叶馬が踵を返した。

「……アァ?」

不機嫌そうな声がした。

感情のない、機械音声のようなアバターたちとは違う、生々しい肉声だった。

振り向いた叶馬の背後に出現していたのは、最初に出現したアバター部隊と同じ人物だった。

ただし、今は一人だけ。

気怠そうに頭を掻き、大きな欠伸をしている。

「まったく、なんなんだよ。俺は巨乳セフレを枕にして寝てたはずだぜ？　ってことは、コレは夢ってことか。なあ？」

「俺にも分かりませんが」

「ア？　ああ、ハハッ。そっか、そういうことか。深く考えても無駄だぜ、一年生。この学園じゃ理不尽な奇跡もオカルト現象も、良くあることさ」

ニイッと笑った男子の手には、いつの間にか得物が握られていた。

鈍い光を放つ、魔剣のバスタードソードだ。

「理由も場所も分からねぇが、折角のお膳立てだ。あん時の続きと行こうぜ、ヒゲメガネ野郎」

「もしや、本人で？」

「偽者だろうと本人だろうと知ったことかよ。もしかしてテメェ、理由がなきゃ戦えないタイプか？」

「いいえ」

叶馬の手にも、いつの間にか六角六尺棒が握られている。

偽界の支配から逸脱している者たちは、己のイメージを具現化させていた。

「だろうな。クハハッ、嬉しそうに笑いやがって。丁度いいぜ、欲求不満だったんだ。拾った巨乳があっさり失神しやがってよ。まあ、ヤルんなら巨乳が一番だけどな。テメェもそう思うだろ、同類！」

ゴゥ、と真下から振り上げられた鉄棒がスウェーバックで躱される。

叶馬が手にした餓鬼王棍棒（仮）は鉄の鈍器だ。

どこに直撃しようと、骨が折れるどころか肉体ごとちぎれ飛ぶ。

構えらしい構えもなく、無造作にバスタードソードが振り回された。

武術として伝えられるような、型に填まった動きではない。

ただダンジョンのリアルバトルで鍛え上げてきた実戦剣だ。

そのスタイルは、とても叶馬と噛み合っている。

「ハハッ、いいぜ。生温いセックスより、こっちの方が燃えるだろ！」

右からの袈裟斬りが、左からの薙ぎ払いに変わる。

スキルに見えるほどの純粋な剣技だった。

辛うじて弾き返した叶馬の左腕が、ざっくりと切り裂かれていた。

「……ハッ。いいさ、ここまでにしとくか」

魔剣をタイルに突き立てた男子は、満足そうな笑みを浮かべた。

砕け散った個室の衝立や便器が、濃縮された戦いの痕跡になっている。

「つーか、身体が重いわ。筋肉も足んねーし、一年時に戻った感じだな」

「今度はまた、リアルの身体でやりましょう」

叶馬の台詞に、抉れるように陥没している脇腹を押さえた男子が笑った。

「忘れんじゃねーぞ。覚えてろよ、テメェ……」

そのまま崩れるように姿が薄れ、声も消えていった。

叶馬はその場から何かを拾い上げてから深い息を吐いた。

「……お疲れ様です」

心なしすっきりしたように見える叶馬の格好はボロボロだった。

廊下の隅で乙葉を抱きかかえていた静香は、叶馬に首根っこを摘まれてキーキー鳴いている奇妙な人形に気づいた。

山羊のような下半身と、醜いゴブリンのような上半身のハイブリッドが『享楽の悪魔《サテュロス》』の本体だ。

精神世界に寄生して自在に世界を歪める強力なスキルを持ったモンスターも、自らが強固に『リアリティ』という枷を施した偽界では無力な本体をもさらけ出してしまう。

「ソレが元凶、でしょうか？」

「メイビー」

「ヒゲメガネはもうしまって良いです」

渋々ヒゲメガネ外した叶馬は、ついでとばかりに『享楽の悪魔《サテュロス》』の頭をグリッとした。

ビクビクと痙攣した『享楽の悪魔《サテュロス》』があっさりと活動を停止する。

本体はゴブリンよりも貧弱だった。

「……まだ、状況が分からない、のだけど」

「正気に戻られましたか？」

静香の腕の中で身動ぎした乙葉は、監禁凌辱されていた時と変わらず、あられもない格好を晒している。

乙葉にとっては夢の中であるからこそ、夢を見ているような気持ちのまま、吹き荒れる理不尽な暴力をぼんやりと目に映していた。

「……叶馬くんと静香さんは、本物、なの？」

「定義による」

「叶馬さんは少し黙っていて下さい」

眉間に指を当てて考え込んでいた叶馬を一蹴し、静香は落ち着かせるために抱えた乙葉へ状況を伝えた。

というか、言葉少なにちゃっかりと恩を売っていた。

「……夢。夢なのね、うん……そう、ね。夢だって分かってるのに目が覚めないなんて……酷い悪夢」

「自覚のある夢は明晰夢《めいせきむ》、と言うそうです」

「少しだけ……思い出してきた。ずっと同じ悪夢を繰り返されていたのね」

夢世界のシナリオは『享楽の悪魔《サテュロス》』がシチュエーションを演出していた。

偽界の中の乙葉は、役割を与えられた出演者の一人に過ぎない。

最悪な思い出のシーンを抜き出し、繰り返し上演される。

トラウマが強いほど深く囚われ、抜け出せない悪夢を追体験をさせられていた。

乙葉は胸の前でクロスした腕で自分の身体を抱き締める。

夢と現実の区別がつかないほどの現実感《リアリティ》。

現実に等しいリアリティがある身体で受けた凌辱の記憶は、現実で実際に凌辱される記憶となんの変わりもない。

男女の交わりによる溺れるほどの快楽を、最低の形で身体に教え込まれた。

それは悪夢ではなく、ただの過去だ。

いつから取り憑かれていたのか本人にも自覚はないが、記憶の奥底を覗き見られ、より最低の形で再調教され続けていたのだ。

介抱された今も、腹の奥に熾火のような肉欲が疼いていた。

「それはリアルで叶馬さんにがっつり挿入されている影響もあるのかな、と」

「ちょっと待って。私の身体って、今どこでナニをやっちゃってるのっ？」

「……覚えていませんか？　私たちが叶馬さんと愛のあるセックスをしている時に、枕を抱えた乙葉先輩がやってきて『私も混ぜて』と」

「絶っ対、嘘だよね。私ってそういう性格じゃないしっ」

「精神世界にダメージを受けたので混乱しているのです。こうつご……いえ、乙葉先輩も交えて愛のある6Pを」

「今、好都合って言いかけたよね？　それに校舎が半壊してるんですけど。私の精神世界だからなんとなく分かるけど、あっこれヤバイ後遺症出そうって感じちゃってるんですけど！　ていうか、愛のある6Pってフィクションでも避けられそうなシチュエーションじゃない？」

「そこは女の子同士で間を繋ぎます。事前に順番を決めておくことが揉めないコツです」

首がぐりっとしている『享楽の悪魔《サテュロス》』を手にした叶馬が、取りあえず空間収納《アイテムボックス》に入れようとして失敗していた。

あくまで投影イメージで構成された精神世界だ。

蜜柑へのお土産素材と考えていた叶馬は、還元消滅していく死骸を悲しそうな目で見ていた。

「なんていうか、ごっそり記憶が消えちゃいそうな予感……」

「失敬」

「……ピンポイントでトラウマになってた記憶を、力尽くで破壊されちゃった感じ。ほんとーに無茶苦茶だね……叶馬くんは」

泣いているような、笑うしかないような複雑な表情で叶馬を見上げた乙葉が、そっと目を瞑って呟いた。

「ホント、無茶苦茶だよ」

第40章　神匠騎士団

頭に冠った蔦の冠。

もじゃもじゃ巻き毛に鷲っ鼻。

片手に持った角杯には、ワインが入っているらしい。

下半身は山羊で、上半身が人間の半人半獣スタイル。

特徴的なのは絵の中でも股間からそそり立たせたペニスで、常時エレクチオンしているのがデフォルト。

モンスター図鑑には、肉体的快楽の化身のような悪魔であると記載されていた。

遭遇率が低いモンスターらしく、図鑑の解説ページも能力欄などほとんど空白だ。

これは中々の高レアカードをゲットしてしまった模様。

以前のカードデッキは没収されてしまったが、新しいデッキコレクションに相応しい一枚だ。

多分、タイプはトリッキー型だと思う。

攻撃力は低くても、特殊能力で相手デッキを翻弄する、みたいな。

この『モンスターカード』には本体の絵柄の他にも、いろいろな情報が記載されている。

名称、『享楽の悪魔《サテュロス》』
種族、悪魔《ディアボロス》
属性、魔
階位、1
能力、『憑依《ポゼッション》』『吸魂《エナジードレイン》』『色欲《ラスト》』『享楽の宴《ワンダードリーム》』
存在強度、☆☆☆☆
「ディオニューソスの祝福にして悦びを得る者。饗宴と女性を愛する怠惰にして無用な悪魔」

という感じ。
小遣いを工面して、パーティ所有物から一枚だけ買い取ってあるゴブリンのカードを見る。

名称、『──』
種族、ゴブリン
属性、土
階位、1
能力、『強欲《グリード》』
存在強度、☆
「強欲にして原罪を司る者」

シンプルな雑魚っぷりである。

フレーバーテキストも手抜きっぽい。
☆印の数がレアリティを示しているのだろう。
そして、☆の数が保有スキル数に対応しているのだと思う。

レベルの高いモンスターを倒しても、カードになるとレベル1に戻るようだ。

理不尽な気もするが、高レベルモンスターの方がカードを含めたレアドロップが発生しやすいと言われている。

装備品にモンスターカードを合成する場合、保有スキルの内ひとつがランダムで宿るそうだ。

育てて階位、レベルを上げたカードほど成功率が高いようだが、合成失敗すればカードが消えてしまう。

モンスターカードの値段が高いわけである。

組み合わせ次第でいろいろな浪漫武具が作れそうな予感。

その分、膨大な試行回数が必要だろうが。

俺としては純粋に、更なるデッキコレクションの充実を目指したい。

「あっ」

「没収します」

静香から『享楽の悪魔《サテュロス》』カードをひょいっと取られてしまった。

なんという理不尽な仕打ち。

「乙葉先輩に見られると変な勘違いをされそうなので、私が保管しておきます」

代わりにどら焼きを渡されたが、こんな物では納得できない。

抹茶クリームや栗バタークリームどら焼きを追加されても、俺の怒りは治まらない。

ああ、お茶が美味しい。

「完全に餌付けされてる件について」

「すっかり叶馬の操縦が上手くなったよな。おっ、チョコ味もイケる」

「えっ、邪道です。至高は粒あんですよー」

「沙姫ちゃん。それは間違い、です」

「こしあんが正義、です」

みんなまったり、まふまふとどら焼きを齧っていた。

甘味とは正義である。

「……まったく、一体なにをしているのよ。君たちは」

噂をすれば影。

学生食堂で食後のどら焼き、まふまふタイムを楽しんでいた俺たちの所へ、乙葉先輩が顔を出した。

「おっと、待ち合わせ時間、間違いました？」

「いいえ、たまたま見かけたから声をかけたのよ。エントランスで合流するより良いでしょう？」

首を傾げた誠一に手を振り、テーブルの空き席に腰を下ろす。

麻鷺荘への引っ越しを許可された俺たちであるが、守衛隊員としての腕を確認させて頂戴、という乙葉先輩からのお誘いだ。

早い話が一緒にダンジョンダイブである。

「私アンコはあまり好きじゃ……えっ、パンプキン？　あ、これ美味しい……期間限定？」

スイートポテトみたいな触感も、これはこれでお奨めである。

手にしたパンプキンどら焼きを、まふまふ啄む乙葉先輩可愛い。

「はぁ。ダンジョンダイブ前にこんなにのんびりしてて良いのかしら？」

「急いては事をし損じると申します」

「君たちのペースに文句をつけるつもりはないのだけれど、気が抜けちゃったわ」

制服姿の乙葉先輩も新鮮でよろしい。

頑強さには定評のある制服なので、ダンジョンで鎧を装備する生徒もインナーウェアに利用するくらいだ。

とはいえ、乙葉先輩のガチ装備のように、全身甲冑を装備するタイプは少ない。

殺られる前に殺れ、のオーバーキルが基本スタイルなので、盾役《タンク》以外は攻撃力に全振り装備だ。

効率よくモンスターを倒してＥＸＰを稼ぐためには、格上や同格と鎬を削るより、格下を大量に食らっていく方が安全で楽だ。

乙葉先輩は『突撃《チャージ》』でモンスターに突っ込む脳筋スタイルっぽいので鎧は必要だろう。

「それじゃあ、聞かせてもらおうかな。君たちのクラスとレベルは、どんな感じなのかしら？　ダンジョンの中じゃなくて、今でも構わないでしょう？」

まふまふが終わり、お茶を手にした乙葉先輩が真面目な顔になる。

「あー。そっすね」

さり気なく周囲を見回し、近くに誰もいないのを確認した誠一がヘラヘラと首肯した。

「ぶっちゃけると俺ら、学生手帳のステータス画面がバグってるんすよね」

「……へー。まあ、有り得ないことじゃないよ。『レイド』とか『緊急クエスト』はカウントできないシステムらしいし」

チラリと向けられた誠一の目配せに、静香が頷く。

「なんで実際にダンジョンの中で見てもらった方が早いってわけ。ちなみに俺が『盗賊《シーフ》』クラス、麻衣と静香が『術士《マギ》』クラス、姫っちが『戦士《ファイター》』クラス、夏ちゃんが『文官《オフィサー》』クラスで、春ちゃんがレアの『回復《ヒーラー》』クラス」

見開いた乙葉先輩の視線に、海春が夏海の後ろに隠れようとしていた。

「本当にレアね。うん、それは確かに言い触らさない方が良いかもしれない」

「乙葉先輩も既に身内で、一蓮托生だということを忘れないでくださいね」

ずずっとお茶を啜る静香の言葉に、お顔を真っ赤にした乙葉先輩が俺に視線を向けた。

何故こちらを睨むのか。

「そ、それはまだ認めてないからっ。そんなことより叶馬くんのクラスはなんなの？」

「……あー。なんなんっすかね？」

「改めて聞かれると説明に困るよね。超迷惑。もー、チーレムクラスとかでいいんじゃない？」

誠一と麻衣のコンビが俺をディスってくる。

まあ、今はコツコツとレベルを上げて再クラスチェンジを目指すのみ。

「やっぱり、『規格外《イリーガル》』ってことね。いいわ。実際に見せてもらいましょう」


――穿界迷宮『ＹＧＧＤＲＡＳＩＬＬ』、接続枝界『黄泉比良坂』――

――第『漆』階層、『既知外』領域――


「うぜえ。――『影刃《シャドウブレイド》』」

ゴゥ、と力任せに振り回される棍棒をダッキングで躱した誠一が、足下に落ちた影に両手のナイフを突き立てる。

ガチン、ではなく、ゾブリ、と影に切っ先が沈み、オークナイトの足の甲には黒い棘が突き刺さっていた。

野太い豚のような悲鳴は、開いた口内へ狙撃された『魔砲《マジックキャノン》』により頭部ごと消滅した。

「要するにオークって、ちょっと強くなったゴブリンよね」

水平に伸ばした右腕を、砲身にした麻衣がスカートをなびかせる。

豚のような頭部に、太鼓腹。

平均体長にして二メートル、体重は二〇〇キログラムを超える巨体だ。

丸太のような手足は、贅肉ではなく筋肉がうねっている。

盾を構え、密集方陣《ファランクス》を組んで突進してくる武装オークの群れは、ゴブリンとは比較にならないほど統率されていた。

「殺アアァーッッ！」

左手を腰の鞘に添え、柄に右手を乗せた沙姫が、地に這うような前傾姿勢で正面から突貫した。

既に切られた鯉口から青白い煌めきが走る。

密集方陣《ファランクス》の先頭に立ったオークナイトの脛が両断される。

足並みの乱れたオークナイトたちが、血飛沫と悲鳴を迸らせた。

居合抜きから呼吸を止めた沙姫は、『閃撃《スカッド》』を発動させて一気に陣形の中を切り抜けていた。

遠吠えと共に浴びせられるブリザードブレスに、的確に手足の腱を絶たれたオークたちが薙ぎ払われた。

「良い子、です」

得意げに尻尾を振る雪狼《スノーウルフ》を、双子の姉妹が左右から撫で愛でた。

ズシン、とダンジョンの床を響かせ、四股《しこ》から右手を床に突けた叶馬が構える。

「発気用意《はっけようい》」

崩れたオークたちの背後から、雄叫びを上げるオークロードが大剣を掲げる。

次の瞬間、眷属強化《レラティブエンチャント》のオーラに包まれるオークロードの巨体が、鉄塊のぶちかましによって吹き飛んでいた。

後に残ったのは掃討という名のレベリング作業だった。

槍を担ぎ直した静香が額の汗を拭う。

『魔弾《マジックボルト》』は使えるようになったものの、ダメージソースとしてＥＸＰを稼げるほどではない。

巫女は汎用に優れたハイブリッドクラスではあるが、戦力としては微妙といわざるを得なかった。

「お疲れ様です」

「です」

「おつー。やっぱし、ゴブリンと同じく人型モンスターは装備ドロップするねぇ」

「んだな。蜜柑ちゃん先輩たちへのイイ土産になりそうだ」

「……どうしてこんなにポロポロ装備が落ちてるの？」

こめかみを押さえた乙葉が頭を振る。

武装した人型モンスターは、加工せずともそのまま使用できる武具をレアドロップする。

コボルト、ゴブリン、オーク、オーガー、ミノタウロス、ライカンスロープ、ケンタウロス、リザードマンなどがドロップする武具には、時折マジックアイテムも混じっていた。

特殊能力はなくとも、地上で作られる武具より性能がいい。

モンスターカードを合成する素材として申し分なかった。

『宝箱《ジャックポット》』から低確率で発見されるハイエンド武具には劣るが、モンスターがドロップする武具アイテムは多くの生徒が利用していた。

「……いえ、そもそもどうしてオークの上位種がこんな階層に」

オークが出現し始めるのはダンジョンの第六階層以降のはずだった。

事前に聞かされていた第四階層へのダイブでは、本来存在しないモンスターである。

それに通常出現するのは『オーク』であり、『オークナイト』はレアモンスター扱いになっている。

『オークロード』に至っては、階層守護者《フロアガーディアン》でしか出現しないボスモンスターだ。

ダンジョン攻略深度が第一二階層に到達している乙葉のパーティでも、オークナイト部隊と正面から戦えば苦戦し、オークロードが混じっていたら死に戻りを覚悟する戦いになる。

「なんかごっつい剣がありましたよー」

「オーキッシュクレイモア、とある」

「刀じゃないので要らないですねー」

「では、試し切りにでも使うといい」

いろいろと混乱していた乙葉が無意識に手を伸ばす。

ボス級モンスターの武器ドロップアイテム、それも人気のある大剣なら欲しがる人は多い。

「つうか、前に渡した『シャイニングクルセイダー』とかいう大剣はどうした？」

「ああ、いろいろと役に立った」

「いやわけ分かんねえし。持ってんなら使えよ」

「……実は折れた。棍棒《オーバーグリードギア》も切れない鈍に用は無し。蜜柑先輩に修理を依頼したら可愛い悲鳴をあげておられた」

名前からしてマジックアイテムをマジックアイテムで破壊したとかいう、聞くに堪えない会話が聞こえてくる。

「やっぱし変におシャレな武器だと、叶馬くんの脳筋プレイに耐えられなかったね」

「とはいえ、相撲レスラースタイルはどうかと思うのですが……。乙葉先輩、どうしました？」

「えっ、うん。ちょっと待って。何から突っ込んでいいのか分からないわ」

差し出すように伸ばした夏海の掌に、一冊の本が浮かび上がっていた。

透けて見えるホログラムの立体映像がサイバーな感じ。

開かれたページの上にはレ○ブロックを組み合わせたような箱庭、ダンジョンを俯瞰した模写図が描かれている。

『文官《オフィサー》』の基本スキルの一つ、自分の位置を確認する『位置《ロケーション》』を視覚化した情報だ。

夏海が上位クラスである『案内人《パスフェンダー》』になってからは、『検索案内《ナビゲート》』が便利過ぎるのでお蔵入りになっていたスキルである。

本来は脳裏に映し出されるデータらしいが、他のメンバーにも見えるようにイメージ投影してくれている。カードからモンスターを呼び出す『具象化《リアライズ》』スキルの応用らしい。

「確かに、階層の情報も表示されてるな。いや、レベルが上がったから取得表示される項目が増えたのか」

「つまり、どゆこと？」

こてっと、あざとく小首を傾げた麻衣に、腕を組んだ誠一が告げる。

「ココ、第七階層だわ。いつからズレてやがったんだか」

まあ、三階分くらいなら誤差じゃあるまいか。

誠一以外はみんな、へぇ～という感じだ。

実際、適正レベル帯がどこら辺なのか分からないが、皆のレベルも順調に上がっているので今のままでも問題ないだろう。

最近はゴブリンが出てこなくて蜜柑先輩たちへのお土産もなかったので、ここら辺のオークコロニーを潰しつつレベリングも良いだろう。

人型モンスターの方が、戦い甲斐があって楽しい。

改めてパーティメンバーステータスを開いてみる。

・船坂叶馬（雷神、レベル２）
・小野寺誠一（忍者、レベル２２）

・芦屋静香（巫女、レベル２０）
・薄野麻衣（魔術士、レベル２４）
・南郷沙姫（剣豪、レベル２１）
・神塚海春（司祭、レベル１２）
・神塚夏海（案内人、レベル１２）
・青葉城乙葉（騎士、レベル１８）

やはり第二段階レベル２０からの壁は厚い感じ。

沙姫はモリモリとレベルアップして、とうとう静香を抜いてしまった。

ちなみに、乙葉先輩のレベルは思っていたより高くなかった。

ついでに付け加えるならば、俺の置いてきぼり感が半端ない。

「……オッケー。つまり、俺らの現在位置は二年のダンジョン組並みってことだな」

誠一が悪い笑みを浮かべていた。

乙葉先輩よりレベルが上なので嬉しいのだろうが、器の小さい男である。

何故か少し距離を置いている乙葉先輩に視線を向けると、真っ赤になって視線を逸らされる。

「で。実際、どの程度なんだ？　乙葉センパイの立ち位置」

「ツンデレさんなので恥ずかしがっているだけです。既に叶馬さんにベタ堕ちかと」

「……そりゃーねー。叶馬くんのため、ってキーワードであっさりダンジョン姦オッケーだもんね」

みんなの視線で自分が噂されていることが分かったのか、きっと睨み返してくる乙葉先輩は中々の可愛さ。

「サブメンバーに組み込んじゃうのはアリだよね。実戦経験って結構大事かも」

「ああ、しばらくは毎回連れ込んでノウハウを吸収すっか」

「見た目通りのクッコロチョロインさんでした。あえて夜伽のローテションには入れないで焦らしましょう」

不満そうにしていた沙姫たちに静香が付け加える。

雪狼《スノーウルフ》のモコモコ気持ち良い。


夜更けの麻鷺荘に、リズミカルな喘ぎ声が響いている。

エロ全開のアヘり声ではなく、可愛らしい小動物系の鳴き声だ。

「あっ、あっ、あんッ……」

ポンっと抜けてしまった先っちょを、ちっちゃなお尻の底を這わせて挿れ直す。

胡座をかいた脚の上に、正面から抱っこちゃんスタイルになっている蜜柑先輩がぞくっと仰け反る。

太腿をバネにして、蜜柑先輩のお尻が再び弾み始めた。

「…あぅ、叶馬くん…ダメ…ダメだよぅ…」

駄目、と言いつつ背中に手を回してしがみついてくる蜜柑先輩である。

お胸のクッションがないのが多少寂しいところではあるが、指摘すると焼いた餅のように頬っぺたを膨らませて拗ねるので禁句だ。

旧匠工房《アデプトワーカーズ》の先輩たちは、既に全員が麻鷺荘にお引っ越し完了済みだ。

他の女子寮に比べ、麻鷺荘には空き部屋が多かったらしい。

わざわざ引っ越さなくても、と思わなくもないが、倶楽部を廃部にしてまで来てくれた先輩たちの思いに気づけないほど卑怯ではない。

「うんうん。そこですっとぼけるようなら、思い知らせてあげたかな」

「健全な男子なので」

蜜柑先輩たちのような可愛い女の子が、『貰って』というのなら頂戴せざるを得ない。

全裸のまま、ベッドの上ではしたなくも胡座をかいた凛子先輩がニヤッと頬笑む。

「静香ちゃんたちとのローテーションで二日に一度。私たち一二人を全員頂いちゃうんだから健全過ぎるかな」

「あうッ……」

また、ポンっと抜けてしまった先っちょを蜜柑先輩のお尻に挿れ直した。

体格的に半分程度で奥に当たってしまう蜜柑先輩は、簡単にポンっしてしまうのだ。

段々良くなってきたっぽい蜜柑先輩の、不慣れなぶきっちょセルフスウィング、でポンっという流れ。

焦らしているわけでもないのに、段々と涙目になっていく蜜柑先輩ラブリー。

「叶馬くんがいじめっ子だ……」

胡座の中にすっぽりと填まり込んだまま、毛布を身体に巻き付けた蜜柑先輩がぷくーと膨れていた。

「気持ちは分かるかな」

ベッドの上でうつ伏せになり、オッパイをぐにぃっと潰している凛子先輩が腕の上に横顔を乗せる。

「エッチな視線を感じるけど、まだ枯れてないとか普通に呆れる。ていうか、まだスル？」

うつ伏せのまま剥き出しのお尻がぷりぷりと揺すられる。

蜜柑先輩の背中に当たっている危険物の化学反応に、ぷくーっとした頬っぺたが連鎖反応。

「二人とも、今何時だと思ってるのかな。ちゃんとお休みしないと、寝坊しちゃうんだからね」

「ん～、だから宿直室に押しかけるのは止めて巡回制にしたんだけど、蜜柑ちゃんがまたお寝坊しちゃいそうだね」

みんなが枕を持って宿直室に泊まりに来ると、中々の密集感だった。

誠一は真っ先に逃げ出していたので孤立無援のプラトーン。

閨の睦事《むつみごと》というよりは、仲良し合宿のワイワイ感だった。

寝てた子もいたし、課題をしてる子もいたし、同性でチュッチュし始める子たちもいたしでとってもカオス。

「そういえば、『要塞建築士《インゲニアトール》』の梅ちゃんが音頭を取って、宿直室の改造案とか相談してたかな」

凄いアミューズメントラブホになりそうな予感。

「みんな健気だよね。叶馬くんがハーレム状態でも気兼ねなくエッチできるようにだってさ。本人はベッドに女の子がいれば、即填め使い回しの絶倫くんなのにね？」

お尻をぷりんぷりんさせながら流し目の凛子先輩である。

「私のお尻で昂奮しながら、蜜柑ちゃんのアソコで性処理するとか最低だね。それがハーレムの醍醐味なのかな？」

「やあっ…」

毛布を顔にまで引き上げた蜜柑先輩が縮こまってしまった。

「蜜柑ちゃんを味わった後、私も犯り直すんでしょう？　今日はどこまでエンドレスになっちゃうのかなっと」

それはまあ、先輩たちがダウンするまでだ。

こちらは常在戦場《じょうざいせんじょう》が売りなんです。

「自分専用にしちゃった蜜柑ちゃんのアソコ、そんなに気持ちいいかな？　叶馬くんって、寝てる時も蜜柑ちゃんに挿れて広げようとしてるよね」

「あっ、あっ……リンゴちゃん、変なコト言わない、でぇ」

「ええ。蜜柑先輩は俺が責任を持って女にすると約束したので」

毛布に潜り込んでいる蜜柑先輩が、ぎゅうっとしがみついてきた。

「はいはい。その調子で頑張ってね。新部長さん」

枕に横顔を乗せた凛子先輩は、優しそうな微笑みを浮かべていた。


『神匠騎士団《アデプトオーダーズ》』

デデーンと掲げられた看板は、俺たちの新設倶楽部の名称だ。

麻鷺荘ミーティングルームの入口に堂々と掲げられている。

一応ちゃんと隅っこに（仮設部室）と書いてあるのが良心。

「あ、貴方たちねぇ……」

頭痛を堪えるように額に手を当てた乙葉先輩がプルプルしている。

「え、ええっと、乙葉ちゃんがオッケーって言ってたって……」

「好きにしてイイって言質取ったし。問題ナッシンかな」

オロオロする蜜柑先輩の後ろで、肩に手を置いた凛子先輩がサムズアップした。

「やっぱし部室があると実感が湧いてくるねー」

「ですねー。私も手伝いましたよー」

「人海戦術、です」

中にいる先輩たちは、現在進行形でトテカントテカンとリフォーム中だ。

旧『匠工房《アデプトワーカーズ》』の部室から運び込んだ物資は、奥にまとめて積んである。

リフォームプランとしては、カウンターや作業場なども設置する予定らしい。

結構うるさかったりするのだが、麻鷺寮生に限っては武具の無料メンテナンス請け負いますとか、いろいろ根回し済みっぽい。

寮内回覧板も手配済みで、リーダーの乙葉先輩だけハブられてた模様。

「特に校則や寮則に違反してるわけじゃねえんだが」

「良識の問題ですっ」

「……ですよねー」

「乙葉先輩。後でお話ししましょう。叶馬さんと一緒に」

フシャーっと威嚇する猫のような乙葉先輩が、背後から静香に耳元へと囁かれて沈黙してしまった。

トテカントテカンと寮の一角を改造する先輩たちは、とても楽しそうであった。

『職人《クラフター》』クラスの先輩たちは、やはり元から『職人《クラフター》』気質なのだと思う。

外れクラスになってしまったのではなく、成るべくして自分に見合った道へと進んだのだろう。

ダンジョンのバトルが苦手でも、同じ倶楽部の仲間としてガンガンレベリングすれば良いだけの話。

蜜柑先輩の作った倶楽部を合併吸収してしまう形になったのは心苦しい。

だが、本人は笑顔で真新しい倶楽部の看板を見上げていた。

「叶馬くん。これから一緒に頑張ろうね！」

「はい。勿論です」

キラキラした蜜柑先輩の瞳が告げていた。

敵対する者全てを降伏《ごうぶく》し、屍山血河《しざんけつが》を踏破する常勝不敗の倶楽部にせよ、と。

志を受け継ぐ者として義務を果たせと瞳が訴えている、ような気がする。

否も無し。

俺たちは滾る闘志も新たに、『神匠騎士団《アデプトオーダーズ》』の看板を見上げるのであった。

群像艶戯《アンサンブルキャスト》

・勇者団［ブレイバーズ］

「和人、今日の予定なのですが」

一年丙組の教室に、勇者組と呼ばれ始めたグループがあった。

規格外《イリーガル》クラスの代表である、『勇者《ブレイバー》』の和人。

それにクラスチェンジを果たした戦士《ファイター》の剛史、術士《マギ》の虎太郎。

彼ら三人の男子を中心に、複数の女子クラスメートも集い始めている。

「ダンジョンに挑みますか？　一応、装備は持ってきていますけどね」

「あ、んっ」

メガネに指を当てた虎太郎だが、ほぼ伊達眼鏡のようになっていた。

レベルアップによる身体強化《ブーステッド》は、ある程度の視力改善効果もある。

もっとも学園にはメガネ生徒も珍しくない。

ファッションであったりマジックアイテムであったりいろいろだ。

「暇だしな、行こうぜ」

「はぅ、んぅ」

ニヤッと笑った剛史は、食後の運動とばかりに腰を振っていた。

学生食堂でランチを済ませた彼らは、中庭に出てくつろいでいた。

放課後の行動プランを練りながら、女子クラスメートの部員候補を味見している。

彼らは希望者を好きに選別できる立場だった。

仲間として受け入れるなら、セックスの相性確認は大事だ。

拒むような相手を仲間にする必要はない。

「うっ……ふう。中々、良い持ち物です。弥生《やよい》さん、でしたね」

「そ、そうだ……です」

「パーティに入りたいのなら、もう少しボクが試してあげましょう。今日はボクの部屋に来て下さい。良いですね？」

虎太郎の股間に乗っている弥生の尻が震えた。

「わ、分かった」

「お。なら、俺にもヤラせろよ。ちょうど志保もイッたとこだぜ」

初期から仲間になっている志保は、剛史のパワー系セックスにも慣れ始めていた。

ただ受け身体質の志保なので、剛史がフィニッシュするまで自分が達しようが失神しようが続けられる。

今も剛史の股間を跨がされ、膝に手を乗せたまま尻を弾ませていた。

肩をすくめた虎太郎は、顔を逸らしている弥生に手を回した。

「もう少し待って下さい。この子には変な癖があるので、ボクが慣らしておきますから」

「ちぇ。まあ、しゃあねぇか。んじゃ続けるぜ、志保」

「あ、んんーぅ！」

再びパンパンっと志保の尻が音を響かせ始めた。

「まったく、もう……アンタ、たちってば」

「いいさ。精神の充実も必要だからな」

ベンチの真ん中に座っている和人が、空を見上げながら判断を下した。

その膝に跨がっている聖菜は、尻を揺すりながら自分で胸を揉んでいた。

三人の男子から共有物にされている聖菜だが、和人には自然と奉仕するセックスになる。

自分たちのリーダーであり、対等な関係ではないのだから。

そう考えているのは聖菜だけでなく、他のメンバーも同じだった。

それを当然として受け入れている和人が、断りもせずに聖菜の胎内へ精液を注ぎ込む。

「んんぅ！」

ビクッと尻を震わせた聖菜がオルガズムに飛ばされた。

イキながら尻を揺するのは、以前和人がそう命じたからだ。

「しかし、本当におかしな学園ですよ。こうしてオープンセックスしていても、誰も気に留めたりしない」

「いいじゃねぇか。最高にご機嫌だぜ」

同じベンチに座り、同じように女子を膝に乗せている三人は、特に目立ってもいなかった。

それどころか中庭に出ている生徒の大半は、男女のペアでセックスに耽っていた。

「おっと。そういえば、まだ仲間になりたいというクラスメートがいるのでした。折角ですので、倶楽部というのを設立できるように調整しましょう」

「ああ、任せる」

「へぇ。なんか部活とか、そういう集まりなのかよ？」

舌を出してアヘり始めた志保を使う剛史が首をかしげる。

「ダンジョン攻略をサポートするための、一種の互助グループですね。学園のシステムも倶楽部活動が前提になっているようです」

「はーん。良いじゃん。つーか、当然増やすメンバーは女なんだろ？」

「当然ですね」

雑談が続けられる中で、和人に跨がっている聖菜は終わらないオルガズムに歯を食い縛っていた。

ダンジョンダイブする準備はマニュアル化されている。

ロッカールームでの装備品の装着から消耗品の点検、達成目標の設定やパーティメンバーの体調確認。

それは自動車の安全運転マニュアルと同じように、逐一全てを確認するような学生はいない。

だが、たまには武器を忘れてあっさり死に戻るような粗忽者がいるのも確かだった。

そのマニュアルの項目には、トイレを済ませておくようにとの一文もある。

ダンジョンの中には便所などない。

当然そこらで済ませることになるが、食事、睡眠、排泄中などは生物がもっとも無防備になるタイミングだ。

「ッ！　ふぅ〜…」

小窓から中庭を見下ろしながら、小用を足した後の溜息が漏れる。

腹筋を絞めて残り汁を押し出し、腰を振って尿道から搾り出す。

「やんっ」

尻を小突くように突かれた聖菜が、壁に手を突いたまま身震いする。

胎内の奥底に充填された精子のねっとりした感触に、じんわりと込み上がるオルガズムにも似た多幸感が宿っている。

女性器に挿入されていたペニスが抜かれ、ずり下ろされていたショーツが引き上げられる。

「やっ、パンツに付いちゃうってばー」

「大丈夫ですよ。漏れる前にダンジョンへ潜りますから」

人が二人並ぶのがやっとの狭い細長の空間は、便所ではなくロッカー更衣室だった。

ダンジョンに潜る際に使用する装備は、重くかさばる物が多い。

特に前衛クラスが装備するような甲冑、長物の武器などは常時携帯するのも大変だ。

そのため羅城門にもほど近い、特別教室棟の一階にはロッカールーム兼更衣室が設置されている。

ロッカー更衣室の利用については、一般の駅に設置してあるコインロッカーと同じだ。

各自の銭プリペイドカードを読み取って料金を徴収し、カードキー代わりにもなっている。

利用は基本三日間とされていたが、それほど厳密には管理されていない。

使われ方としては、ダンジョンダイブ前にロッカー更衣室で装備を着替え、ダンジョンダイブ後には外した装備をロッカー預けるパターンになる。

装備の紛失や盗難については自己責任となっており、高レアな貴重品は保管しないのが普通だった。

暗黙の了解として、羅城門に近いエリアは上級生が利用し、一年生が利用できる空きエリアは一番奥になっている。

多くの一年生は、まだロッカーを使うほど装備が整っておらず、ほとんど空いており人気もない。

仲間の女子だけを誘い出した虎太郎は、また適当な名分で種付けを行なっていた。

「ホント虎太郎ってば変態。ダンジョンに行く前にも種付けしたい、なんて」

グチグチと文句を言いながらも、じんわりと腰の奥に宿った多幸感の余韻に浸っている。

虎太郎たちと関係を持って以来、聖菜はセックスを純粋に楽しむようになっていた。

種付けされる回数は、なんといっても虎太郎が一番多い。

朝昼晩と、毎日欠かさず中出しされている。

「んっ、コタロー…さんっ」

「志保は悪い子ですね。聖菜が犯されている姿を見て感じていましたか」

聖菜と並んで壁に手を突いている志保の尻を撫で、猫がプリントされた可愛らしいキャラクターショーツをずり下ろした。

小振りな聖菜の臀部とは違い、安産型でふっくらとした志保の尻に虎太郎のペニスが埋め込まれる。

グリグリと押し込まれる異物感に、志保は口を閉じて嫌々するように頭を振る。

さして抵抗もなく入り込んでいく亀頭は、志保の粘膜がじっとりと潤んでいた証拠だ。

「中々、馴染んで、きましたね。この、穴も」

「あっ」

志保の口から漏れた声が擦れる。

壁と虎太郎の腰にサンドイッチされて震える臀部を、鞠突きのように捏ねられていく。

元々、ロッカーと人一人が着替えるだけの狭い空間だ。

三人もいればそれだけで身動きするスペースもない。

股間から立ち上る性臭が立ち籠もり、聖菜のそれと混じり合う。

「ぁ……やっ、指でくちゅくちゅしちゃダメぇ。漏れる…垂れてきちゃう」

穿かせたショーツの隙間から指を挿れ、聖菜の尻を同時に弄る。

陰毛を掻き分けるように浮き沈みする指先から、クチクチと音が響いていた。

「もっといっぱい馴染ませてあげますからね。志保も聖菜も、僕の物ですから」

背後からヌルヌルと尻の中身を掻き回され、とろんと惚けた顔を晒す志保がピクリと震えた。

尻の谷間からヌッヌッと顔を覗かせる陰茎には、ねっとりと濃厚な愛液が絡みついていた。

「毎晩毎晩、剛史から猿のように交尾されてますからね。初めて抱いた時よりお腹のお肉が柔らかくなってしまいました」

「あっあっ、みんなの共有だって……コタローさんも言って」

「ええ、和人もすました顔で毎日参加するくらいムッツリですからね。パーティメンバーの円滑なコミュニケーションは大事ですから」

眼鏡を曇らせるほど息を荒げ、志保の尻を思う存分穿り回す。

「ただし志保は昨日、剛史との最中に二回、和人から種付けをされて一回オルガズムに達していましたね。慣れるのは良いのですが、淫乱になり過ぎですよ」

「あんっ、ごめんなさい……コタローさんとはもっと、もっといっぱいイッてるからぁ」

「聖菜はエライです。僕のモノを挿れるまで、イッた振りをして我慢していました」

「ぁ…んっ…うん、だって最初に虎太郎からセーエキ入れてもらったから、ずっと気持ち良くて、お股がポカポカしてずっとイッてる感じだったからっ」

手淫している虎太郎の手を挟んだ股を震わせ、発情した犬のようにハッハッと甘い吐息を漏らす。

「だから、和人たちからズポズポされてもイカなかったの。んっ……でもぉ、プルプルおマ◯コ気持ちイイからって、ずっと剛史からズポズポされちゃって」

大きなオルガズムに達することはなくても、膣を穿り回される快感はあった。

小刻みなオルガズムをずっと続けていた感じだ。

抜かず三発ほど剛史に犯され、直後にのし掛かってきた虎太郎のペニスに反応して、牝犬のように派手なオルガズムにも達していた。

「ええ。ですから、アイツ等に貸し出す前、そして抱かれた後は、お腹に僕の精子を入れてあげることにしました」

「あっあっ、イクッ、イクイクぅ」

壁にしな垂れて腰を突きだした志保が、早々にオルガズムに達する。

元より敏感体質の志保は三人の男子を経験し、特に虎太郎からは執拗に調教を受けて、急速にセックスの快感に目覚め始めていた。

「まったく……清楚な顔をしてとんだ淫乱娘ですよ。志保は」

「ゃ…やぁ…出して、コタローさんもイッてぇ……ぴゅって気持ちイイの出してぇ」

腰に密着させてくる尻が痙攣する様を見下ろし、牡としての自尊心が充たされ笑みが浮かんだ。

自分の性器を突っ込まれた女が我を忘れてよがり、尻を差し出して種付けを乞う。

原始的な牡としての快感だった。

「こ、虎太郎？　私に、もう一回……」

「まだイッてないんですがね。では聖菜でペニスを扱いて、種付けだけ志保に挿れ直しましょう」

「あぁ……いやぁ、コタローさん。そんな殺生な」

志保の尻を両手で揉みながら腰を揺すっていた虎太郎が、ずるりとペニスを引っこ抜いた。

聖菜は自分でスカートを捲り返し、期待に満ちた目で虎太郎の反り返った陰茎を見守る。

「やぁん。パンパンに膨れたおチ〇ポ、ずぶってキタぁ」

「さあ、さっさと済ませますよ。待ち合わせの時間まで、出せるだけ出してあげますから」

聖菜の尻に、二人分の愛液が絡みついた肉棒が埋められていった。


絶頂に震える桃尻からペニスを抜き、根元を押さえて角度を下げ、汗塗れになった肌へ先端を擦りつける。

鈴口からは放出したばかりの残滓が垂れており、硝子窓に這ったナメクジのような痕が残った。

中学時代に本気の陸上スプリンターだった弥生の身体には、三年間みっちり炎天下で焼けたブラトップとパンツの日焼けが残っている。

スプリンター仕様の水着のような際どいモノクロの境目を、なぞるように亀頭を滑らせる。

まだピクピクと痙攣する弥生の股間にちゅるり、と半勃ちペニスが沈むと、シーツに沈んでハァハァと乱れていた吐息が止まった。

またゆっくりと引き摺り出したペニスは反り返り、既に何度も中に溜め込ませた精液を纏わり付かせている。

程良く鍛えられて引き締まった臀部にマーキングするように、膣内射精した精液を肌に塗していく。

まだ未成熟な年代であることを差し引いても、弥生の身体はスレンダーな肉付きであった。

控え目な乳房にや臀部に触れれば、脂肪の奥にしなやかな筋肉が潜んでいた。

クラス『戦士《ファイター》』を得たのも分かるというものだ。

「どうです？　多少は慣れましたか」

同じベッドの上で膝立ちになった虎太郎が、弥生の尻肉を揉みながら問い掛ける。

同じ全裸だが、その身体は華奢だ。

『術士《マギ》』のクラスには身体的な補正はほぼ無い。

ベッドボートに置いてある、薄いピンク色のフラスコ瓶からトロリ、とした溶液を指先に垂らす。

「弥生は運がいい。必要以上に痛い思いせずに処女を卒業できたのですから」

「ぁ…ぁ…ぁ…」

上半身をシーツに突っ伏して腰を掲げさせられた弥生の後ろでは、座り込んだ虎太郎が初々しい女性器を弄り回していた。

「学園生活で不自由しない身体に開発してあげます。一晩じっくりとね」

定期的にペニスを挿入しては中出し射精し、ポーションや媚薬を使って処女地を開拓していく。

挿入した指を回転させ、溶液を膣粘膜へとなすり付ける。

昼休みに破れた処女膜は、こうして幾度も再生させられていた。

そしてポーションが塗られたペニスがゆっくりと沈められ、処女膜自体を拡張しながら奥を広げていく。

弥生の膣肉は虎太郎のペニスの形を写し取っていた。

痛みを感じさせない虎太郎の処置に、弥生は唇に舌を乗せて蕩け顔になっている。

ここで欲望のままに貪られれば、まだ弥生の人格は歪まなかったはずだ。

だが丁寧に、慎重にペニスを馴染ませる虎太郎から、弥生は学園の女子生徒として相応しい身体に調整されていった。

「それ」

抜いた直後にも閉じ合わされていた肉窟を、体付きに似合わず存在感のある陰茎が掘削した。

「あっ……」

「ちゃんと馴染ませておきませんと、ね。和人はともかく、剛史のピストンで壊れてしまいます」

結成したばかりの倶楽部、『勇者団《ブレイバース》』の入部面接。

その面接官を買って出た虎太郎が頬笑んだ。

「僕たちのパーティに加入するのなら、セックスに慣れていなければいけません」

弾力のある尻を出し入れしながら、愛でるように撫で続ける。

ポーションの効果と相まって、むず痒いような痛みに疼く股ぐらが痙攣していた。

「あっ」

「こうして」

ずるぅ、と根元まで一体化していたペニスが引き戻され、まだまだ初々しい粘膜が引っ張られる。

虎太郎は結合部の根元にトロリとポーションを垂らし、ぬちゅ、と奥まで填め直す。

「ん～ぅ……」

「男性器を咥え込むのが当り前だと、繰り返し身体に教え込む必要があるのです」

繰り返し処女膜を貫通され、熱く疼く下腹部に弥生の吐息が乱れていく。

「弥生の女性器が覚え込むまで、僕がゆっくりと仕込んであげますからね」

「あっ…んぅ…あっ…んぅ…」

繰り返し撫でられる尻肌にもじっとりと汗が滲む。

またペニスが引き抜かれ、顔を近づけた虎太郎から女性器を観察される。

指を挿れて割れ目を押し開き、ピンク色の中身を覗き込んだ。

「おやおや。処女膜が見えなくなってしまいましたね。伸びて膣ヒダと一体化してしまったのでしょうか」

「ああん、ぅ」

「では遠慮は要りませんね。本格的なピストンを教えてあげましょう」

精子が溜まったら挿入して出しているだけの虎太郎が告げる。

初めて遭遇した処女という生贄を、隅まで味わうつもりになっていた。

ペニスが繰り返し挿入され、繰り返し精液が注入され、その度に弥生は舌を出して発情の喘ぎ声を漏らしていた。

「んんッぅ」

「おっと、弥生のおマ○コが締め付けるので、また射精してしまいました」

弥生の尻に填めたまま、ポーション効果で勃起し続ける虎太郎が頬笑んでいた。


——穿界迷宮『YGGDRASILL』、接続枝界『黄泉比良坂』——

——第『参』階層、『既知』領域——


ダンジョンの片隅で乱交が行なわれていた。

ダンジョン攻略目的と、よりセックスが捗るプレイルームとしてのダイブ。

彼らは二種類の目的を分けて、ダンジョンへ潜るようになっていた。

とはいえ、攻略が目的でも普通に交尾はする。

加入した女子メンバーも増え、交尾中の見張りや交代要員にも困らなくなった。

「んぅ～……ぷぁ」

唇を窄めて吸引し尽くした後に、舌先に裏筋を乗せたまま口をひらいて見せた。

飲み込んだ証明と、果てた後も反り返っている物への奉仕だった。

鈴口から亀頭の括れをキャンディのように舐めると、頭上から押し殺した呻きが聞こえてくる。

「んふ。いっぱい出たね、和人くん」

「ああ、気持ち良かったよ。奈々実《ななみ》」

頭を撫でられる奈々実は、目を細めながら和人のペニスを咥え直していた。

立ったままダンジョンの隔壁に寄り掛った和人の足下には、うつ伏せで腰を掲げた姿勢の弥生も余韻に浸っていた。

最初に挿入中出しされた弥生は、丸出しの尻の底から生臭い湯気をあげている。

「ほれほれほれっ、イクぞ。また出そうだ！」

聖菜を抱っこちゃんスタイルで正面から抱え上げた剛史は、遮二無二に腰を打ち上げ続けている。

ペース配分もないフルスロットルなピストン運動だが、充分に馴染んでしまった膣肉への単純振動は充分に効いていた。

「やあっ、もう、この馬鹿っ…激し、過ぎぃ」

「へへっ、まだまだあっ」

捲れ反ったスカートの中で弾む聖菜の股間は、泡立った精液が飛沫となって床に散っていた。

「ダンジョンでのセックスも、大分慣れてしまいましたねぇ」

「……あっ」

ヌルッと背後から尻の中へ挿入された感触に、美依《みい》の背筋が反る。

スカートを捲られ、尻からショーツを剥かれ、そのままの流れで挿入されたペニスはすんなりと膣へと滑り込んでいた。

前戯の準備はなくても、ダンジョンの中でセックスされるというパブロフの犬の如き条件反射を身体が覚えていた。

「とはいえ、ゆっくり楽しめないので早く部室が欲しいものです」

「そうですね……」

先に虎太郎から情けを受けた志保が、頬を火照らせたまま頷く。

じんわりと下腹部に広がっていく余韻に、志保の唇が艶かしく舐められた。

「美依はもう少しゆっくりと慣らす必要がありそうですね？」

「あっ」

膝に手を乗せて立ち屈んだ姿勢の美依の隣に、同じ姿勢を取らせた志保を並ばせる。

ペロンとスカートを捲り上げた志保の尻は、既にノーパンであった。

美依から抜いた物が、そのまま志保に挿入される。

ヌルリと貫く異物感に志保の膣肉がわななき、奥に粘り着いた精子が蠕動する。

蕩けるような顔を見せる志保を、唇を尖らせた美依が嫉妬していた。

いじらしく揺すられる美依の尻にほくそ笑んだ虎太郎は、指先で穿り返した穴の中へと再挿入する。

最初より締まりが増した美依の中を悠々とペニスで突き回しながら、志保の尻に伸ばした手で泥濘んだ穴を穿り回していた。

新設倶楽部『勇者団《ブレイバース》』は順調にメンバーを増やしていた。

・無貌［ネイムレス］

いろいろと個性的な面子の多い一年丙組。

だが、当然クラスメートには目立った特徴のない、いわゆる普通の生徒の方が多かった。

そんなクラスの担任となっているのは翠だ。

『迷宮概論』という科目を担当し、放課後にもなれば教え子たちが詰めかける人気者だった。

「『戦士《ファイター》』とかフツー過ぎだけど、マジでクラスチェンジできたぜ。翠ちゃん、あんがと」

「んっ、ひィ」

胎内を自由に泳ぎ回る活きの良さに、翠の腰が跳ねた。

ヌルッヌルッと擦れる粘膜が、限界まで勃起している肉棒に絡みついていた。

始めはすぐにフィニッシュしていた肉棒も、繰り返し填め込んだ翠の膣粘膜で鍛錬されてきた。

今では余裕を持ってピストン運動を楽しめるようになっている。

パン、パン、パンっと翠の尻が鳴り、ブラジャーからはみ出した乳房がブルンブルンと揺れる。

性徴期にたっぷりと刺激を受けて分泌された女性ホルモンが、たわわに実ったEカップのバスト、括れたウェスト、安産型だが絞り上げられたヒップを育て上げていた。

未成熟な女子生徒とは違う、十分に発達した女体は、フェロモンと精子の臭いを濃厚に醸し出していた。

「ご褒美に、今日もいっぱいセックスしてやるからなっ」

一年丙組の男子生徒である彼は、担任教師の翠と毎日欠かさずセックスをしている。

それは学園の女性教師が、男子生徒の性処理を担当していると知った、その日からだ。

翠だけでなく他の教室を担当している女性教師へも、お試しセックスをしに出向いたりもしていた。

「ひっ、ひっ、んんぅ」

「ネチョネチョの翠ちゃんのナカ、マジ気ん持ちイイ」

講義用のアイテムが保管された迷宮資料室の中で、盛りの付いた牡のパッションが迸っていた。

翠が管理人になっている資料室には、資料や教材の他にも様々な備品が揃っている。

本人が仰向けに寝そべっている、シンプルなソファーは生徒指導用品の一つだった。

よりセックスを、性処理をし易いように学園が用意した基本セットだ。

拘束具や大人の玩具も、人目につかない場所に保管されてあった。

「あ、んぅ！」

右足の膝を背もたれに乗せ、左足は床に投げ出され、開かれた股間には教え子が跨がって腰を振っている。

「あ、あ……出そう。種付け一発目。今日は俺が最初だよねっ。イクッ、出るっ」

ギシギシと激しく軋むソファーが静かになる。

胎内の奥で勢い良く弾ける迸りに、翠は歯を食い縛って堪え、堪えきれずに舌を突き出してオルガズムに痙攣する。

例えレベルの低い男子の精液でも、胎内に出されれば否応なしにイク。

それが翠のクラス特性だった。

「ンあ〜、一晩溜めた精子たっぷり出る」

目の前でぶるりと自己主張する乳房に両手を乗せ、精子を注入しながら乳首を弄り回す。

「翠ちゃんってダンジョンに入ってねーから受精すんだよね？　俺の赤ちゃん産んでみようぜ。っていうか、孕むまで毎日種付けレイプすっから」

大臀筋を絞めて残液を搾り出した男子は、本気のイキ顔を晒している翠に覆い被さって唇を舐めた。

「ぷあ、チ○ポ舐める前にいっぱいキスしようね。翠ちゃん」

「お前ホント翠ちゃん好きだよなー」

「つーか、翠ちゃんボテ腹なっちまっても、誰の子だか分かんねーだろ？　毎日何本チ○コ挿れられてんだか」

「丙組の男子専用、肉便器ちゃんだもんよ」

「んだけど、俺も翠ちゃんのおかげで最近オナニーしてねぇわ」

他のクラスメートと同じように、既にズボンとパンツを脱ぎ捨てている男子がソファーに腰掛ける。

「らぶチュー終わったら、俺のチ○ポ舐めて、翠ちゃん〜」

半勃ちした赤黒い肉棒は、既に先端から先走りを垂らしていた。

「おいおい。お前らは陽菜子《ひなこ》とヤッとけよな。翠ちゃんは俺がご褒美中なんだからよ」

「取りあえず一発ヤッたし。お前もどうせ後で一発ヤルだろ？」

「…ん…ん…ん」

壁に手を突いて頭を下げているのは、クラスメートの女子だった。

ブレザーの制服を着込んだまま、たくし上げたスカートの後ろでは男子が下半身を押し付けている。

腰振りのタイミングに合わせて、陽菜子の尻が小刻みに弾んでいた。

「あ〜、これ段々弛くなってきたな……。翠ちゃんより締まりイイと思ったんだけど」

「立て続けに三本ハメられたら、そんなもんだろ。ジャンケンで負けんのが悪ぃ」

「ダンジョンの外じゃあんまりヤラない方がいーのかな。この調子じゃ、すぐに翠ちゃんと同じくなっちゃわない？」

咥え込んでいるのは四本目の肉棒であり、最初の男子はすぐ後ろで順番待ちをしていた。

「いや、全然悪くないな、コレ。キツイだけの穴から、エロっぽく咥える穴に進化したっていうか」

「ソムリエかよ」

「わけ分かんねーし」

「はぁ、んっ…んっ…んっ」

ズンズンと腹の中を突かれる陽菜子だが、耐えられないほどの激しさではない。

クラスメートの女子へ手を出すよりも前に、男子たちは翠という教材でセックスを手解きされていた。

また、性行為についての倫理観を麻痺させ、箍《たが》を外させる。

それも担任教師の役割だった。

「は〜い。翠ちゃん、あ〜んして」

「はん、むぐぅ〜」

「ま、いっか。俺もヌルヌルマンマンの中で復活したからご褒美続行ね。翠ちゃん、俺の精子選んで受精してっ」

硬度を回復させた陰茎が、白いワックスに塗れて引っ張り出される。

入口の肉を引っ張り出すような荒々しいピストンに、翠は喉の奥までペニスを咥え込んだまま乳房をたわませていた。

「ちゃーっす。おっ、もう始めてんじゃん？」

「蓮華《れんか》ちゃん連れてきたぜ。やっぱ仲間に入りたいってさ」

「もー我慢できねぇ。ほらっ、さっさと壁に手ぇ突いてケツ向けろ」

「やっ…乱暴、なのはっ」

開かれた入口から登場した四人の内、紅一点の女子が背後から抱きつかれていた。

廊下を歩いている間も揉まれていた尻が、捲られたスカートから剥き出しにされる。

ブレザーの下に差し込まれた手で胸が揉みしだかれ、テントを張っている部分がズボン越しに押し付けられていた。

「おっおっ、出た出た。陽菜子、あんがとな」

「はぁ…はぁ……ぁん」

「そいや俺、まだ蓮華とヤッてねぇや。後で味見させて」

抜き取ったばかりのペニスをティッシュで拭った男子が、テーブルの上に座って胡座をかいた。

資料室スペースは狭く、男子七名、女子二名、教師一名がいれば芋洗い状態だ。

「おほっ。マジでガボガボじゃんコレ。ほらほら、陽菜ガンバ」

「ん……あっ」

「おっ、マ◯コきゅって締まったぜっ。中々素質あんじゃん。裏側んトコ気持ちイイのか？」

一度射精して余裕ができた男子は、抱え込んだ尻への挿入角度を変えて穿孔を繰り返していく。

資料室に連れ込まれてからずっと、ペニスを填められ続けている陽菜子だ。

胎内に精子が注入されるまで肉棒を抜かれることはなく、抜かれても入れ替わりの肉棒が膣穴へと挿入される。

「よしよし。んじゃ、俺の生ハメチ◯ポでイカせてやるよ」

陽菜子の膣は、まだ肉棒の出し入れで愉悦を感じるほど調教されてはいなかった。

だが、じんわりと腹の奥に溜まっていく熱に、牝の喘ぎ声が漏れ出るようになっていた。

「ああっ、クッソ、やべっ、出そう」

「ちょっと早過ぎじゃね？　つか出したらさっさと変われ」

入口付近の壁に押し付けられた蓮華の尻には、すでに一発分の射精が注入されていた。

だが、その尻にくっついている男子がイキそうなのは確かで、二発目が漏れ出そうになっているだけだ。

蓮華はすでに中出しされていることも気づかず、壁に手を突いて頭を振っている。

「んおっ、イクッ……。ふぉ、蓮華のココ、俺のチ◯ポにぴったりじゃね？」

「はいはい。交替な」

脱がしたばかりのライムグリーンのショーツを頭に冠った男子は、自分のペニスを扱きながら舌舐めずりをする。

「お前変態過ぎかよ」

「賢者モードになってんじゃねぇよ。んっしょ、っと。ほれ、あんよして陽菜子の隣までいくぜ」

あっさりとペニスを挿入した蓮華の尻を抱え、パンパンと腰を打ち付けながらヨチヨチと歩かせた。

陽菜子と同じく、蓮華も前回のダンジョンダイブで乱交した相手だ。

一度はっちゃけた相手に対する、精神的な遠慮はなくなっている。

「女子メンバー、もう二、三人スカウトしときてぇなー」

「勇者パーティに掻っさらわれる前に唾つけとかねーとな。琉菜《るな》か真穂《まほ》あたりとヤッてみてぇなあ」

「女同士で組んでるレズコンビかよ。あっ、良いこと思いついた。翠ちゃんに言いくるめて貰ってさ、一回ダンジョンに連れ出そうぜ！」

「天才過ぎかよ」

「蓮華、行くぜ～行くぜ～……はい、出たっ」

入れ替わり立ち替わり、青臭く濃厚な性臭が部屋に満ちていた。

紳士協定を結んだクラスメート同士が、メンバーを入れ替えながらパーティを組んでダンジョンを攻略する。

目立つキャラクターを持つ者はいなかったが、似たもの同士としてグループが自然と出来上がっていた。

「おっすー。樹里亜《じゅりあ》も参加したいっつーから連れてきてやったぜ。ほらっ、パンツ見せてご挨拶しろ」

「阿呆か！　穿いてねーじゃんっ」

「わりわり、便所で脱がせたの忘れてた。軽く三発ヤッてきたし」

「んじゃ樹里亜ちゃんヨロシク！　初挿入っ」

一人一人では躊躇し、思い留まってしまいそうなインモラルも、同類集団の中では簡単に一線を踏み外す。

調子に乗った誰かが羽目を外せば、後は全部なし崩しだ。

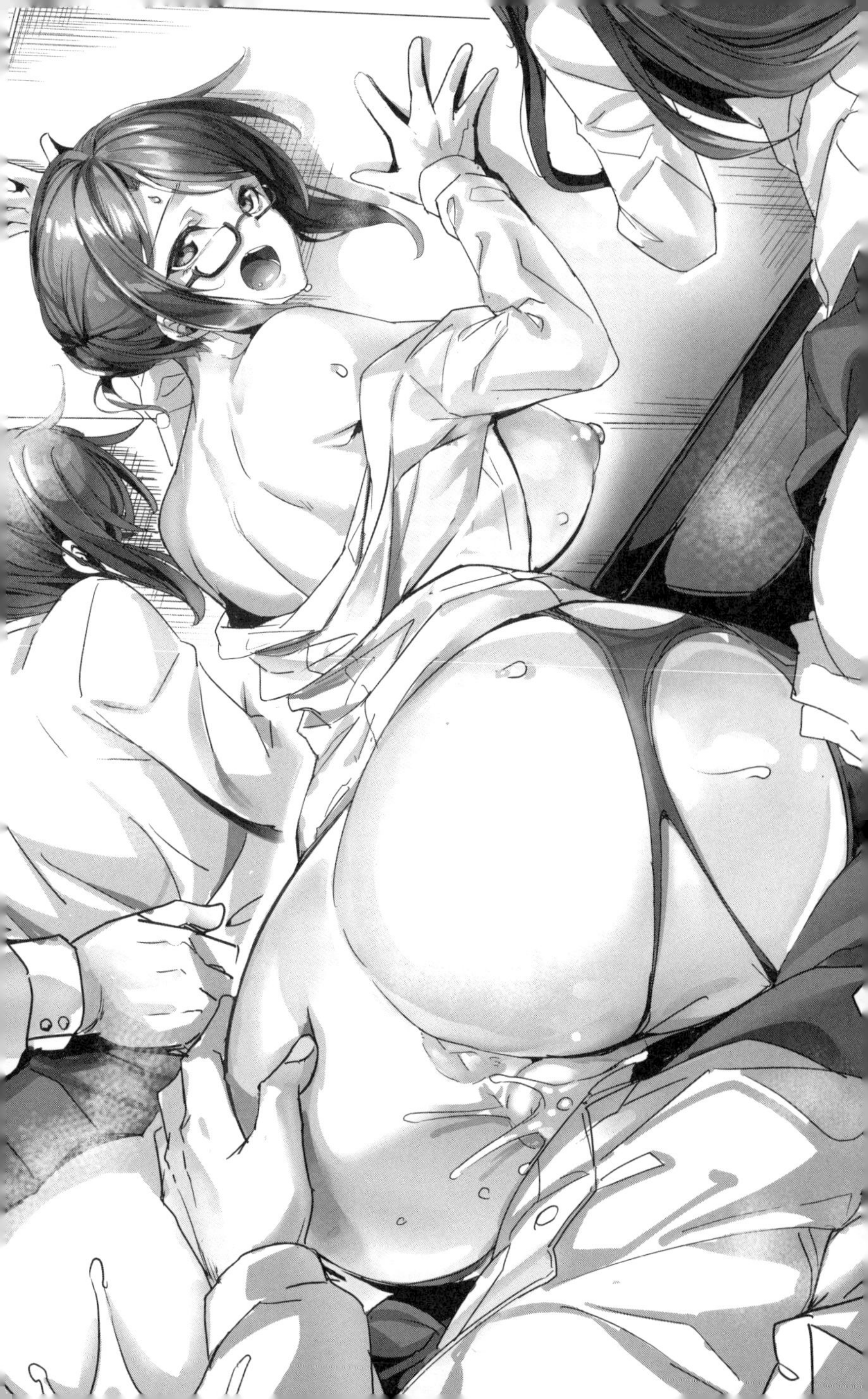

「陽菜ちゃん足プルプルだね。はい、俺の上に座ってイイよ。ガバッて開いて、そうそう、挿った」

「蓮華のマ〇コって下付ってやつ？　こりゃバック一択でしょ」

「樹里亜ちゃんマ〇コ熱っつくてキモチー」

「翠ちゃん、三発目だよっ。今度こそ受精してっ」

あぶれた者、凡才の集まり、故に大多数。

一年丙組のクラスメートで結成された倶楽部『無貌《ネイムレス》』の、ここが部室で、始まりだった。

SIDE：青鴨荘

連休が始まったとはいえ日々の生活パターンが変わるわけでもなかった。

寝坊するのは自由だが、当然寮の朝食にはありつけなくなる。

学生街へ遊びに行くとしても銭は必要だ。

特に大多数の一年生にとって、娯楽と情報に溢れていた今までとは違う環境へのストレスは大きかった。

インターネットで暇を潰そうにも一切の無線環境がない上に、学園が提供するイントラネットからのアクセスには情報統制レベルのフィルタリングがかけられていた。

情報統制という意味の他にも、無用な暇潰しを排除するという思考誘導の意味合いもあった。

外部から隔離され、情報も遮断された小世界で、娯楽も取り上げられる。

そこに思春期の男女を囲い込めば、嫌でも原始的な娯楽に没頭し始める。

男子寮である青鴨荘で目覚めた彼らも、そんな娯楽に耽り続けていた。

「ん……ぁ」

目覚める前から、ずっと続けられていたキスから解放され、まだ惚けている蓮華が生臭い吐息を吸い込む。

ルヌッとした感触が唇に重ねられ、すぐに舌を絡め合わせる接吻が始まる。

される方もする方も手慣れたものだ。

ヌルヌルとお互いの口の中で唾液が混ざり合う。

寄り添うように男子と抱き合った蓮華の下半身には、また別の男子が顔を寄せて弄くり回していた。

ルームメイトである男子は、開かせた蓮華の股の間に座り込み、普段はスカートの中に隠されている秘所を愛でている。

蓮華の足は大きく開かれ、割れ目の中に二本の指が出入りしている。

ほぼ一晩中クラスメートのペニスを交互に挿入されていた女性器は、指二本程度で拡張される感覚はない。

手首を回しながらヌチヌチと女性器を弄る指は、解れたままの肉穴を執拗に刺激した。

寮の先輩に見つからないように蓮華を連れ込んだ昨晩は、部屋の灯りも最小限に落としていた。

閉じきった窓から差し込む日の光の下で、引っ張って広げ、舐めて味わい、思春期の男子にとって最高の教材である女性の神秘を探求していく。

「あ～、堪んねぇ。んじゃあ、また挿れっから」

「……あんまガン突きすんなよ。ベロチュー怖ぇんだかんな」

ぷっくらと膨らみかけたBカップ乳房を揉みながら、顔を上げた男子が文句を垂れる。

既に挿入したペニスをヌルヌルと出し入れする男子が適当に頷く。

玉袋の中身が空っぽになるまで射精し尽くしても、すぐに精液がドクドクと製造されていくようだった。

同級生を咥え込んでいる蓮華のソコも、否応もなしに快感を生み出している。

レベルアップで肉体が強化されるのは男子だけではない。

一晩かけて馴染まされた二本のペニスに、蓮華は精一杯の奉仕をしていた。

「あぁ、スンゲ……奥の方がヌッルヌル。つーか俺らの精子溜まってんの、納得」

「寝る前に搾ってやったんだけど、ゴメンなぁ。蓮華」

またベロリと唇を舐められて、そのまま舌を挿れられる。

目覚める前から続けられていた手マンと、乳首への執拗な刺激に、蓮華はクラスメートたちから馴染まされた身体が反応しているのを自覚していた。

横から抱きついている男子にも、右手を伸ばして握ったペニスを扱かされている。

夜が明ける頃には出なくなっていた精液も、仮眠を取っただけで大量に出始めていた。

女体慣れしておらず、テクニックがあるとは言えないクラスメートたちだったが、交互に休まず性感帯を刺激されて感じずにいるのは不可能だった。

そもそも拒絶したり、抵抗したりする意思はない。

彼らは彼らなりに大事にしてくれるし、人数が集まれば羽目を外すことがあっても暴力など振るわない。

グループの一員として保護されている立場は、悪いものではなかった。

なにより独占されず、グループの男子全員で共有されているのが良かった。

「蓮華、今日はじっくり愉しもうぜ？」

蓮華の股間から引き抜いたペニスは反り返り、膣奥に溜まっていたカクテル精子が亀頭に絡んでいる。

刹那で果てる快感ではなく、行為そのものに楽しみを覚える猿に進化していた。

「あ……やべ、腹減ってきた。飯どーするよ？」

「んぁ、確か学食で弁当売ってるだろ。俺と蓮華の分も頼んだぜ」

「つあ…あっ、あっ…」

手コキしていたペニスが入れ替わりで挿入されていた。

ヘソの辺りを内側から押し上げるようにノックされている。

「蓮華、ココ好きだよな。俺が開発しちゃった？」

「オイ待てふざけんな。俺が先に喘がせてたからだろ。つーか、ジャンケン」

「ポン。……かは、マジか。ヤッべ、挿れたばっかなのに」

蓮華の腹の上でがっくりと頭を垂れた男子が、あっさりと床に足を付けた。

「朝昼晩の弁当だな。忘れんなよ、割り勘だからなー」

「おー。ん？　ああ、なに蓮華ちゃん？　お外に出たら先輩たちからソッコー輪姦されちゃうぜ。俺らちゃんと保護してあげるから、約束だろ？」

「そーそ。どうせ暇だろ？　俺らに付き合ってよ。ちゃんとダンジョンに蓮華も連れてってやるからさー」

「ほんじゃ、戻ってくるまでベロチューセックスしようぜ。蓮華ってチュー好きだよね」

扉が閉められ、二人きりになってもヤッている行為は変わらない。

蓮華の膣穴は、昨日からほとんどペニスが填められた状態になっていた。

「さあ〜て、蓮華。アイツが戻ってくるまで甘々セックスしようぜ」

「……あっんっ」

「大丈夫。俺、蓮華にゃ特別に優しくしてやっから」

一人の男子を選んで精を受ければ、いずれ隷属してしまう。

セックスを拒み続けても、いずれ破滅が待っている。

隷属を避ける一番簡単な方法は、複数の男子から精を受けることだ。

女子には通達され、男子には知らされない教示は先輩後輩のルートから伝わっていた。

「あー、もう一発出しとけそー」

パンパンと遠慮なく尻を打ち貫かれ、朝一の大量の精子を溜め込んだ肚がグジュグジュと掻き回されていた。

SIDE：藍雁荘

ギシ、ギシ、ギシ、とベッドが軋む音が響いていた。

年代物の寝台であり、古い備品ほど下級生へと回されるのは当然だ。

しわくちゃになったシーツにうつ伏せに寝た陽菜子は、夢と現を行き来しながらボンヤリとギシギシ鳴る音を聞いていた。

汗で乱れた前髪を優しく梳かれて首を竦める。

頬っぺたに熱くて硬い突起物が触れているのに気づき、反射的にペロリと舌先で舐めた。

昨夜から何度も何度も味わわされた男子のペニスだったが、コレが誰のペニスであるのか判断はつかなかった。

どうやら胡座をかいた男子の下半身に、被さるような格好で気を失っていたらしい。

横からペロペロと陰茎を舐めながら、ペニスの先っちょに掌を乗せる。

クリクリと掌を転がすと、すぐに掌の中に先走りの汁が滑ってべちょべちょになった。

ちゅっちゅと陰茎を啄むようにキスをしながら手を動かすと、頭を優しく撫でられた。

割り切ってしまえば、クラスメートの男子とのセックスに拒絶感はなかった。

最初昂奮しきって暴走している時は、まるで物のように乱暴に扱われたが、ぐったりと放心している間はお姫様のように優しく扱われた。

こちらから奉仕すれば子供のように嬉しそうに悦び、宝物探しをするように丁寧に身体を弄られた。

一晩そうして乳繰り合い、感じる部分は全部男子たちに知られてしまった。

快感で反応する様子に昂奮するのか、順番に入れ替わって犯す男子の他からも、撫でたり吸われたり揉まれたりしてイキまくった。

大きな声が出ていたらしく、寮の先輩に勘づかれないようにと、常時ペニスか唇で口を塞がれていた。

失神を繰り返したのは気持ち良さの他にも、少しだけ酸欠になっていたのだろう。

クラスメートの男子にベッドの上で囲まれたまま、一晩中エッチにあやされ続けた。

そして今が何時なのか分からないが、そのまま引き続きあやされているのだろう。

「っ……はぁ」

背後から押し殺したような呻き声が聞こえた。

足を伸ばした陽菜子の尻の上で、跨がって股間を押し付けていた男子が頭を仰け反らせている。

閉じ合わされた尻の谷間から、柔らかく勃起しているペニスがぶるんと抜き取られる。

股間の付け根からプクリと白濁した粘液が押し出された。

既に陽菜子の胎内には隅々までカクテル精液が充満しており、誰かが膣内射精すればその分だけ誰かの精子が押し出される状態だ。

締め切った小部屋での腰振り運動に、汗だくの男子はすえた臭いを放っている。

もう陽菜子を含めて全員の嗅覚は麻痺しており、気にする者はいない。

「陽菜、へいき？」

尻に跨がっていた男子が屈み込み、目覚めてからペニスを延々挿れていた尻を撫でる。

尻タブの肉が指先で左右に開かれ、ぷっくりと充血して膨れたヌルヌル陰唇が剥き出しになる。

「陽菜のおマ○コ、ピンク色で凄く可愛い」

びらびらした小女陰も捲られ、ねちゃりと糸を引く膣穴から半透明の粘液が押し出されてくる。

尻にチュウチュウとキスマークを刻みながら、割れ目を指先で挟むようにして扱き続ける。

乱暴な手淫で涙目になった時に、みんなに教えた触り方はちゃんと守られていた。

それどころか同時に穴の奥から精子を掻き出す指先の刺激に、痺れて麻痺しかけている括約筋もわななくように反応してしまう。

膝裏に押し当てられていたペニスに芯が通り、信じられないことにまた尻の上に跨がられていた。

愛撫がマッサージの代わりになったのだろう。

弛んでいた胎内はペニスの穿孔にきゅっきゅと反応して、陽菜子もまた失神コースへと乗せられてしまった。

密室で輪姦というシチュエーションが箍を外してしまったのか、誰も彼もペニスを萎えさせようとしなかった。

「お弁当買ってきたよー」

「うわ、やっぱ外から帰ってくると臭いヤバイ。ちょっと休憩して換気するべ」

ベッドの上の三人は我に返ったような顔をして姿勢を戻した。

「はい、陽菜子ちゃんにはアツシボ。お前らにはツメシボ」

「冷てぇ」

陽菜子に渡された濡れタオルは、わざわざ電子レンジでチンされていた。

「不満ならシャワーでも浴びてこいよ。陽菜子は危なくて連れてけねーし、気ぃ使うのは当り前」

最初に顔を覆った陽菜子は、ずっと夢見心地でぼーっとしていた頭が少しだけすっきりしたように感じていた。

ホコホコとした蒸気が心地良い。

特にねっとりとしていた胸元やお腹に手を伸ばすと、自然と男子の視線が集まってくるのが分かった。

飽きるほど見たり触ったり揉んだりしているというのに、まだ飽きないのだろうかと感心し、魅入らせているのだと胸の奥の自尊心が疼いた。

最初は散々冷やかされてコンプレックスにもなっていた無毛の恥丘にタオルを当て、四対の視線から凝視されているのを承知で上下に擦って拭っていく。

長時間酷使されて腫れてしまった外側はともかく、穴の奥からは拭っても拭ってもトロリとした物が垂れてくる。

「て、手伝ってやるよ」

「ぁ……うん」

買い出し組の一人が足の前に座り込んでタオルを手にした。

「盛るのは飯食った後な。陽菜子の身体が保たないし」

「ちょっと冷たいけど、背中拭いてやるから」

ベッドの上の二人に左右から抱えられ、ひんやりとしたタオルで背中側を拭われながら精液を搾り出される。

着せ替え人形のようだとも思ったが、手付きは優しく労られているのが分かる。

「あ、これ。フリマってのやってたから買ってきた。安物だけど一応効果が残ってるポーションだってさ」

「塗っても飲んでも良いんだっけ？」

「陽菜子ちゃんのパイパンおマ◯コ、真っ赤に腫れちゃったからさ。なんかコレ苺味っぽいよ」

丁寧に拭い取られた恥丘の上に、トロリとしたピンク色の液体が垂らされた。

じわりと股間が熱くなるのを感じ、残った溶液も飲まされる。

甘い苺ゼリーのようなポーションが喉の奥に落ちると、胃の辺りから全身にじんわりとした温かさが広がった。

「マジ効果あんじゃん」

「んじゃ弁当食おうぜ。陽菜、何食べたい？」

「ぁ、えと……牛丼」

半ば強引に連れ込まれた男子寮だったが、想像していた扱いとは正反対の厚遇だ。

善人にも悪人にもなりきれない男子たちにとって、資料室のような〝はっちゃけ〟は同類の集団意識に同化していなければ無理な行いだ。

人数が減れば『俺だけが悪いわけじゃない』という免罪符も、効果が薄れて良心が顔を出す。

彼らは決して善良ではなく、悪逆でもない。

普通の人間だ。

故に質が悪い。

「えっと、陽菜子ってさ。連休中、ヒマ？」

「俺たちと一緒にいない？　ほら、ダンジョンとかにも行く予定だしさ」

「弁当で良けりゃ好きなの買ってくるし、夜中にこっそりシャワー連れてくのは大丈夫だから」

「イイよね？　陽菜、うんって言って。ほら」

「ぁ、んぅ」

買い出しに出された男子は、お預けのまま股間を膨らませていた。

早々にサンドイッチを食べ終え、ちょこんと体育座りで牛丼弁当を食べていた陽菜子の背後に回る。

「ちゃんと食べてね。陽菜には体力つけてもらわないとだから」

背後から胸に手を回され、腰の後には熱くて硬い物が押し当てられていた。

テレビもなくスマホもなく、ネットやまともな娯楽もない。

代わりにありふれた行事として推奨された、本能的な快楽行為。

陽菜子の腰が引っ張られるように浮かせられ、当然のように生殖器官が挿入された。

・艶媚［エンヴィ］

一年寅組の教室は普通に賑やかだった。

普通ではない教室があるのか、それは分からない。

「ええっと、『ダンジョンの第二階層に到達する』というのが条件だっけ？」

「ダンジョン実習の試験は、そうらしいね」

事前に告知された中間テストの試験内容は、ダンジョン第一階層の踏破だった。

まだ戦闘訓練も始めたばかりの一年生だが、第一階層の既知エリアマップは無料で公開されている。

マップ上で自分の位置を把握できれば、例えゴブリンから逃げ回っていても界門まで到達することは簡単だ。

「というコトは、私たちはクリア済みなんですね」

「そうなるね」

寅組のクラスメートであり、パーティを組んでいる保奈美《ほなみ》の言葉に苦笑して頷く。

自分たちのパーティは、ダンジョン実習を順調に攻略している方だと思っている。

集まったメンバー構成に理由はなく、ただ席の近いクラスメート同士で組んだパーティだ。

理由はないが、きっかけはあったか、と竜也《たつや》は思い直した。

可愛いと言うよりは美人系で、蓮っ葉で投げやりな仕草が妙に気になった一人の女子クラスメートが、男子を乗り換えるようにパーティ組みまくっていたのだ。

竜也も噂で聞いただけだが、ダンジョンの中で男を取っ替え引っ替えヤリまくりだったらしい。

男子は揃って自分のパーティに誘おうとしていたし、他の女子は冷めた目で一線を引いていた。

今は氷のように冷たい態度へと変わり、男子も女子も寄せ付けなくなっている。

馴れ馴れしく近づいてくる男子は、実力行使で叩き斬られていた。

そう、斬られていた。

丸めただけのノートで机を真っ二つにできることを、竜也は初めて知った。

だが、この教室で男女の仲が微妙に悪いままなのは、彼女のせいだと竜也は考えている。

最初からその騒ぎをスルーして、他の女子とパーティを組めた自分は正しかったのだろう。

パーティメンバーの女子と、特に進展があるわけではない。

正直なところ、寮の先輩や他のクラスの話を聞いて、少しばかり期待もしていたが。

なにより可愛いクラスメートと一緒にダンジョンへと挑むのは張り合いがあった。

「なんのお話をしてたの？」

どこかおっとりした幼い印象を受ける、パーティメンバーの女子が混じった。

「お疲れです、由香《ゆか》さん」

保奈美の言葉に小さく苦笑した由香が、スカートの前に手を組んだ。

ふわりと柔らかそうな髪に優しそうな顔立ち、小柄ながらもしっかりと主張している胸元の膨らみと、竜也が一番気にかけている女子だった。

「中間テストの話ですよ。ダンジョン実習は問題なさそうですけど、ペーパーテストは気が重くなります」

「ん。そっちは大丈夫だよ。どんなに成績が悪くても、特に補習とか落第とかもないんだって」

「へぇ、詳しいんだね。由香ちゃん」

「う、うん。先輩から聞いたの」

感心する竜也に、頬を掻いた由香が曖昧な笑みを浮かべた。

「そういえば由香さん、李留《りる》さんは一緒じゃなかったです？」

「李留ちゃんは補習中……かな」

各種の選択授業では、自分のスタイルに合わせた戦闘講義を選ぶ必要がある。

女子の場合は護身術や基礎訓練を選ぶ場合が多かった。

『槍士《ランサー》』のクラスを得た竜也が選択していたのは『基礎槍術』だ。

「李留ちゃんも頑張ってるんだね。俺も負けてられないな」

「ふふっ。竜也くんなら大丈夫ですよ」

なんの保証もない保奈美の言葉だったが、竜也は照れたように視線を逸らしたのだった。


羅城門が設置されている地下大空洞は、体育館よりも大きな空間が広がっている。

ドーム状の天蓋に吊された水銀灯は昼夜を問わず照らされたままだ。

学園の存在意義にして最重要施設である。

ダンジョンにダイブするパーティ編成などは、地下空洞に降りる前のエントランスエリアで行なうのが常だ。

臨時と呼ばれる、その日限りのパーティ勧誘も賑やかだ。

更衣室やロッカールームも地上に準備されている。

羅城門に向かわず、地下空洞エリアにたむろしている生徒は少ない。

急にトイレへ行きたくなったメンバーを待っているパーティや、『文官《オフィサー》』系ハイクラスがメモしたボス湧き座標へログインアウトをしているボス狩りパーティ、そんなパーティ連中を観察しているグループもいる。

「ゴメンゴメン、お待たせ～」

「李留さん。お帰りですー」

片手を上げた保奈美に迎えられた李留が最後のメンバーだった。

トイレから戻った李留はタクティカルベストをきっちりと着込み、腰の後ろにショートソードを固定している。

普段の巻き毛セミロングが大雑把に後頭部で結わえられていた。

学園には髪型や髪染めについての校則はないので、女子は自由にお洒落を満喫している。

だが長髪の場合、ダンジョンでのバトルや訓練の時には大雑把にでもヘアゴムで纏めるくらいはする。

ストレートロングの由香は毛先を編み、保奈美はお団子に纏めていた。

「前もって済ませておけよなー」

「うるさいなー。女は準備に時間が掛かるのよ」

腰に手を当てて頭を掻いた信之助《しんのすけ》を李留が睨んだ。

彼がパーティを組んでいる五人目のメンバーだ。

「そりゃなー。こないだみたいにダンジョンの中で漏らしちまったら大変だガッ」

「漏らしてないし、アンタってホントにデリカシーがないんだから」

「まあまあ、李留ちゃん」

由香から宥められつつも李留の鼻息は荒い。

高速のストレートを鳩尾に受けた信之助は盛大に咳き込んでいた。

李留が得たクラスは、『盗賊《シーフ》』系レアの『山賊《バンデッド》』だ。

スピードに長けた『盗賊《シーフ》』系でも、パワーに偏った補正がかかる。

男女の身体能力の差はあるが、クラスによる補正はそれ以上に大きい。

女子でもレベルを上げてクラスを得れば、男子と変わらない活躍ができる。

「それじゃ、そろそろ行こうか。他に忘れ物がある奴はいないよな？」

「おー……痛てて、ゴブリンの一撃より痛え」

なんとなくでリーダーを押し付けられている竜也が苦笑する。

友達の信之助がパーティメンバーの李留に気があるのは分かっていたが、いまいち素直じゃない絡み方しかできないらしい。

「よーし。テスト前だし、無理しないで稼ぎましょうー」

「おー」

緊張感のない保奈美の号令に、リーダーとしてのお株を奪われた竜也が、信之助と顔を見合わせて溜息を吐いていた。

彼らなりのマイペースで転移門へと向かうパーティを、見るとはなしに観察していたグループが腰を上げていた。


――穿界迷宮『YGGDRASILL』、接続枝界『黄泉比良坂』――

――第『弐』階層、『既知』領域――


声も漏らさず倒れた信之助の背後に、警棒のような武器を振り下ろした男子が立っていた。

鈍器というには柔らかく、殴られた音もない。

モンスターの皮で作られた細長い筒に砂鉄を詰めたソレは、『ブラックジャック』と呼ばれる武器だった。

武器の扱いとしては暗器、正面からではなく暗殺に向いた武器だ。

他のパーティメンバーに気づかれることなく排除された信之助の身体が、空間に溶け滲むように掻き消える。

学年が上がれば自然と身についていくダンジョン探索時のフォーメーションは、モンスターの奇襲よりも敵対パーティからの強襲に備えたものになる。

その程度には、ダンジョンの中は無法地帯だった。

もっとも例え用心していたとしても、初めてのクラスチェンジを済ませたばかりのパーティでは、上位クラスチェンジ者たちに対抗できたか疑問だ。

回廊を歩く彼らが見ているのは前方のみ。

続いて別の襲撃者に狙われたのは保奈美だった。

背後から回された手で口元を塞がれ、ビクリと反応した身体にも腕を回されて押さえ込まれる。

例え声が出せなくても、たたらを踏んだ足音、衣擦れの音、呻き声は『気配』となって漏れ出る。

その気配を消すスキルに特化しているのが、『盗賊《シーフ》』系第二段階クラスの『暗殺者《アサシン》』だった。

スキルの対象ごと本人の気配を隔離する『隠蔽《カバーアップ》』というアクティブスキルだ。

正面からのバトルには向かないが、暗殺戦闘スタイルにはうってつけの強スキルといえる。

こうしたスキルは戦闘クラスではなく、搦め手を使うようなクラスに類似スキルがあった。

保奈美の目の前に、『引き籠り《パラサイト》』と呼ばれる『遊び人《ニート》』系第二段階クラスの男子が出現する。

実際には、そう、見えただけで最初から立っていただけだ。

保奈美と背後の男子を、最初から展開していた領域に招き入れただけである。

『引き籠り《パラサイト》』スキルの『堕落園《ユートピア》』は、外界から一切関知されることのない自分だけの空間を作り出すスキルだ。

初めて目にする保奈美には、完全に未知の魔法だった。

「涙目になっちゃって可哀相」

無骨なサバイバルベストの裾を引っ張り上げ、スカートのベルトとの間に現われたヘソの辺りを掌で撫で回す。

怯えた目をしていた保奈美の瞳が裏返る。

撫でられる肌の奥に存在する器官を、直接弄くり回される感触。

「お。ケッコー開発されちゃってるなぁ。期待外れ」

「遊ぶんなら後にしろ」

優しく下腹部を撫で繰り回される保奈美の腰が跳ね上がった。

失禁したと本人が錯覚する勢いでショーツに潮を吹く。

「やっぱ紙みたいな抵抗値《レジスト》でワロス」

背後から羽交い締めにされた状態で、立ったまま正面から挿入される。

手慣れたレイプに強制発情させられた股間をガシガシと貪られる。

顎を仰け反らせた保奈美の呻き声が回廊に木霊するが、メンバーが消えたことに気づいて周囲を見回している仲間たちは誰も気づいていない。

口元を押さえていた手で胸を鷲掴みに揉まれても、保奈美の声は仲間たちへと届くことはなかった。


脚を砕かれて床に這いつくばった竜也の前で、後ろ手を拘束された由香が前屈みになっている。

スカートは後ろから捲られ、ショーツは膝までずり下ろされ、竜也から見えない剥き出しの尻は背後の男子から貫かれていた。

パンパンパアン、と小気味よい尻肉のドラミングは、既に由香の尻肉がほどよく馴染んでしまった証だ。

「おっおっ……ほ、おぅ」

全身を硬直させた凌辱者が、ぶるりっと身体を震わせる。

玉袋が収縮し、陰嚢から吸い上げられた精子が尿道を伝って迸る。

それはセックスではなく、由香の尻穴を利用したマスターベーションだ。

手綱代わりに握った由香の手が引かれ、しっかりと穴の奥底に排泄液を追加注入される。

顔を逸らして歯を食い縛っている由香の足下に、ボタボタと精子がこぼれ落ちる。

新しく注入された精子に、中出しされていた精子が押し出されていた。

「俺のデカイから最初痛かったろ?」

「……ひっ」

「いい加減慣れてきた頃だろうけどよっ。彼氏が使いやすいように、もうちっとおっぴろげてやろうなぁ」

奥にねちょねちょの粘液が詰まった肉穴が、目一杯エラを張ったままのペニスに掻き出される。

由香の女性器から引っこ抜かれたペニスは、自称ではなく歪なほどに大きく括れた勃起物だった。

片手で拘束した腕を吊り上げ、由香の身体の向きをひっくり返した。

突き出す格好でさらけ出された由香の生尻に片手を乗せ、尻の谷間を指先で押し開いて見せた。

普段、絶対に見ることのないクラスメートの肛門と、引っ張られて剥き出しになった女陰の割れ目。

そして、割れ目の底にぽっかりと口を開いたピンク色の穴。

呻いて歯を食い縛っていた竜也は、どうしようもなく由香の秘部を凝視していた。

「彼氏ゴメンなぁ。俺のに馴染んじまうと、オメコ筋すぐに伸びちまってなぁ」

「つく……」

ねじ込んだ指先でピースサインを作ると、穴の奥から押し出されてきた粘塊がぶびぃ、と音を響かせた。

彼氏がいる女を寝取ることに快感を覚えるという性癖は、貞操概念のズレた学園ではとてもレアなシチュエーションになる。

上級生になるほどフリーセックス上等になるからだ。

自然と、まだ外の常識を保っている一年生がターゲットになった。

求めるのは性癖が充たされるシチュエーションであり、事実がどうであろうと関係はない。

由香の彼氏は竜也、そうであった方が楽しめる。

「もうちょっと彼女のケツ穴使わせてもらうぜ。ほぉれ」

「ひっ」

差し込むというより、ねじ込むという勢いで挿入されたペニスに、内股になった由香の膝が痙攣していた。

パーティメンバーの最後の一人、李留は膝をついた姿勢で顔を仰け反らせていた。

真上から口の中に挿入されたペニスがずりずりと口腔を出入りする度に、嘔吐感に涙含みながら涎を喉に垂れ流している。

両手で李留の顔を両側から固定し、がに股になった男子が舌を出しながら腰を上下させる。

手持ちぶさたの襲撃者パーティの男子が李留の背後にしゃがみ込む。

「おっ。コイツ、マーキングされてやがんの」

ペロンとスカートを捲り上げ、下半身を覗き込んだ男子がニヤニヤと笑った。

グレー地にピンクのラインが入ったスポーツショーツ。

底のクロッチ部分は中から滲み出た体液で濃く湿っていた。

ダンジョンダイブ直前に便所で注入された精液のお漏らしだ。

もっともマーキングと揶揄された痕跡は逆流精子ではない。

無造作に尻を包んだショーツがずり下ろされると、尻タブの位置にくっきりと『陰影部員専用《ブルームシェード》』の文字が書かれていた。

『落書き《グラフィティ》』と呼ばれる、任意の場所に絵や文字を記入できる『文官《オフィサー》』系のスキルだ。

「部員候補の調教かぁ？」

「だろうな。下手糞だけどチ○ポのおしゃぶりも教えられてるみたいだしよ」

李留のポニーテールを掴んだ男子が、自分の股間に押し込んだ。

歯を立てないようにと、それだけはキック仕込まれた李留の喉をペニスが潜り抜ける。

「女子三匹ともお手付きかぁ。つまんねーの」

李留だけでなく保奈美も由香も、毎日上級生の男子からレイプされていた。

今日も授業の合間の休み時間は、決められた男子トイレまで出向いてセックスだ。

時間内に相手の男子をフィニッシュさせられなければ、罰ゲームとして授業をサボタージュさせられる。

罰ゲームの間中はトイレに監禁され、気紛れに種付けされながら奉仕のテクニックを教え込まれた。

上級生になれば授業に出席する必要がなくなっていく。

一年生たちはまだ分からないが、それはどの学年でも同じだ。

ダンジョン実習で成績を出せば、座学を無視しても許されるのだ。

「めぼしいのはみんな唾つけられてやがんなー」

ガチャガチャとベルトを外した男子がズボンを下ろす。

露出した男子の股間は、李留の尻の後ろでみるみる反り返っていく。

「ほいじゃあ、俺っちも味見してやっか」

「歯ァ立てたら、顎外してやるからな。気ィつけろよ？」

ずるぅり、と尻の内側へ熱く硬い異物を挿入された李留が、ペニスが貫通している喉を震わせる。

最近は一方的に目をつけられた上級生倶楽部の連中から、頻繁に呼び出されてはセックスを強要されていた。

身体が男慣れしてしまったというのもあるが、なによりダンジョンに入る前に便所でレイプされた名残が挿入をスムーズにした。

「おっおっ、コイツは巾着マ○コってやつか。レアマ○コゲットだぜ」

「イイね。コイツはキープちゃんだな」

尻をガンガンに貪られながらペニスで喉を塞がれる李留は、酸欠で朦朧としていた。

「雑魚倶楽部には勿体ねぇーよ。上書きマーキングしてやらぁ」

『落書き《グラフィティ》』の効果である禁則は、格上に対する強制力はない。

あっさりと部外者が挿入できた時点で、レベルの差は歴然としている。

拉致レイプされた時に一度経験した、尻に刻印される熱さが刻み込まれていく。

『お尋ね者専用肉便器《ワイルドバンチ》』の文字に、ハートマークが追加されている。

無論、洗って消えるような落書きではなく、一度定着したスキル効果は施術者本人か格上が無効化しない限り半永久的に残る。

例え死に戻りしても消えることはない。

「レアモンだからなぁ。大事に育てて『娼婦《ニンフ》』に育成してやるぜ」

にゅぽ、っと膣穴の食いつき具合を試すようにペニスを抜き、指を突っ込んで旧主人に撒かれた種を掻き出す。

新しいマーキングが施された尻たぶを引っぱたいてから、挿入し直した。

「なんだよ。もう全滅させちまったのかよ」

「愉しみ方ってのを知らねぇなぁ」

下半身が剥かれた保奈美を小脇に抱えた二人組の男子が、回廊の奥から追いついてきた。

尻を前に、人形のように荷物扱いされている保奈美は、繰り返し押し上げられた強烈なオルガズムに意識を飛ばしていた。

彼ら『お尋ね者《ワイルドバンチ》』にとって、パーティvsパーティ戦は娯楽にして暇潰しだ。

レアモンと聞いて李留に手を伸ばした相方を尻目に、床に放棄された保奈美を拾い上げるとペニスケースとして腰の前に据え付ける。

余韻に痙攣している保奈美の肉付きの良い尻肉が波打ち、肉オナホの玩具として使用されていた。

この初々しさ、弱々しさが新人狩りの醍醐味だった。

「おっおっ、彼氏も逝っちゃいそう？」

出血多量で霞む視界に、腰部装着品となった由香がベルトで固定されているのが映った。

襲撃者リーダーの身体の前面に、海老反りの姿勢で吊られている。

手枷で固定された両腕は万歳するように男子の首にかけられ、腰を挟んで背後のベルト固定具に足首を固定され、腰に巻かれたベルトは後ろのカラビナでがっしり繋がっている。

女を腰に装着しながら行動するための特殊拘束具であり、女体の甲冑装備であった。

「コイツ気に入ったから、ダンジョンから出るまで俺のチ〇ポに装備しとくわ」

息も絶え絶えの竜也の前にしゃがみ込んでから、由香のブラウスのボタンを引き千切って乳房を弄ぶ。

「シンパイすんなよ。彼女はちゃんと大事に扱って生きたまま学園に送り届けてやっから」

「……が……ァ」

「ちゃんと見えるかァ？　繋がってるマ〇コが馴染んじまった俺のデカチンに吸いついてやがんぜ」

開脚された状態で固定された脚の付け根は、目一杯押し広げられた膣口に、泡立つ精子がクリームのようにこびり付いている。

「時間一杯までぶっ壊れなきゃ、上に戻ってからも俺の玩具にしてやるぜ。アイツらも他のスケ気に入ったみてぇだしな……。シンパイすんなって、俺らぁ慣れてるからよ。どんな未通女《おぼこ》ぃスケも、簡単にチ〇ポ咥えて腰振るようになるモンだ」

しゃがみ込んだまま腰を揺すり、角度がずれて空気が膣内に入ってからは、その密着度が災いしてぶぴゅぶぴゅと卑猥な挿入音楽を奏で始めていた。

「ま。お前は全部忘れちまうんだけどなァ……。あ？　消えちまったかよ。根性のねぇ野郎だぜ」

今はまだ、彼には全てが足りていなかった。

レベルも覚悟も、そしていずれ訪れる運命との出逢いも。

・孤軍［ギャザリング］

一組のカップルがベッドの上で抱き合っていた。

その行いは優しく丁寧だ。

「うっ……イイよ。ルゥちゃん、段々上手になってきた」

彼、昴《すばる》が所属しているのは、男子寮の黒鵜荘だ。

つい最近までは、腫れ物のように扱われてた一年生コンビが所属していた寮である。

その二人との縁も、面識も昴にはない。

今はまだ互いに存在すら知らなかった。

ベッドで仰向けになった昴は、股間に跨がって上下する尻を撫でた。

彼の幼馴染みでもあるルームメイトの少年は、寮の先輩から誘われて外出している。

おそらく朝帰りになるだろう。

とある事故で落ち込んでいた彼に、気を利かせた先輩の一人が乱交パーティへと連れ出したのだ。

元々体育会系気質の幼馴染みは、この異常な学園生活でもそれなりに馴染んで後輩として可愛がられていた。

内向的で人見知りする自分とは違う。

ルームメイトへのコンプレックスを自覚しながら、昴は自分のペニスを咥え込んでいる尻肉を揉み込む。

腰を跨いで四つん這いになっている女の子も、また彼の幼馴染みだ。

長く伸ばした黒髪がシーツの上に流れ落ちている。

上下に弾ませている尻の動きは、咥え込んで咀嚼しているようだった。

それは男を知っている、女の腰使いだ。

胸の奥にじわりと疼いたのは、ルームメイトである友人への嫉妬だった。

彼女の名は、琉華《るか》という。

子供の頃からずっと好きだった。

ずっと彼女になって欲しいと思っていた。

そんな彼女が自分の物になったのだから、乱交パーティなど興味も羨ましくもない。

今までは妄想で終わらせていた彼女の身体を自由に使えるのだ。

罪悪感や葛藤は捨て、思いを遂げてしまった。

「いく、イキそう……もっといっぱい腰を振って」

昴の命令に従い、尻の上下運動を加速させる琉華だったが、勢い余ってペニスがすっぽ抜けてしまう。

目の前で空腰を使う彼女の尻を両手で押さえる。

扉を開くように左右へと尻肉を開くと、琉華の女陰も引っ張られてピンク色の中身が剥けた。

ヒクヒクとわないてる膣口の奥には、昴が注ぎ込んだ精液が溜っているのが見えた。

生唾を呑み込んだ昴のペニスが、ビクンッと跳ねた。

まるで夢のような眺めだった。

幼い頃から遊んでいた琉華が、自分の精液を子宮に溜め込んでいる。

そして、肉棒の挿入で与えられる快楽を求めて、いやらしく腰をモジモジとさせていた。

昴の自制心を吹き飛ばしてしまうには、十分に刺激的だった。

肉棒の根元を押さえて角度を調整し、自分の物になった琉華のソコへと挿入する。

胎内に入り込んでくる肉棒を、彼女の膣は吸い込むような動きで締めつけた。

「あ、うっ」

歯を食い縛った昴が射精を堪える。

昴が琉華とセックスをするのは今夜が初めてだった。

そして、昴にとっては琉華が初めての女性だ。

「好きだよ。ルゥちゃん。ずっと……ずっと、こうしたかった」

心の底から込み上がってきた独占欲に背後から抱き締める。

首筋に顔を埋めてマーキングを散らしていく。

挿入して抱き締めているだけで、昴は何度目かの放精をしていた。

萎んで抜け落ちたペニスは、抱き締めている琉華の身体に反応してすぐに反り返っていく。

まだ一度萎えてしまうのは昴のレベルが低い証拠だった。

「ルゥちゃん」

ベッドに投げ出されていた手を誘導してペニスを握らせる。

命令する前から手首を使って扱いてくる琉華に、既に『教え込まれていた』という嫉妬心が掻き立てられた。

琉華が処女でないのは分かっていた。

分からないはずがない。

ここにはいない、幼馴染みの彼から聞かされていたからだ。

昴と琉華と、もう一人。

物心つく前から一緒に遊んでいた仲の良い三人組だった。

思春期になって性別を意識し始めるようになると、あっさりとその関係は変わってしまった。

琉華と付き合い始めた、と彼から聞かされた時に、昴は自分がなんと答えたのか覚えていない。

多分、適当に取り繕うように、祝福したのだろう。

彼は昴とは対称的なタイプだった。

性格もポジティブで社交的。

自分が欲しい物や、やりたいことがあったら遠慮などしない。

琉華とヤッた、と報告されたのは交際を始めた次の日だった。

しばらく後になってから聞かされた話では、無理矢理に琉華を抱いて自分の彼女ということにしたらしい。

周囲にも話を広められてしまい、琉華も受け入れるしかない状態にされたそうだ。

それほど悪い奴ではない、それは昴も知っていた。

男友達としてみれば頼りになる、気の良い奴だ。

だが、どうしても許せないし諦められなかった。

多分、ちょっとした悪戯心だったのだろう。

彼と琉華がセックスをしている場面を、見せつけられたことがあった。

彼の家に呼び出され、いつものようにゲームで遊んでいた時だ。

後から同じように呼び出された琉華は、彼の部屋でセックスをし始めた。

面白いものを見せてやるよ、と押し入れの中に押し込まれていた昴は、事務的なセックスを見せられていた。

楽しそうな会話も、色っぽいやり取りもなく、服を脱いでベッドに上がった琉華を、彼は小一時間ほど抱き続けていた。

琉華は行為が終わったらすぐに帰って、部屋に残されたのは使用後のコンドーム三つだけだった。

恋人同士のセックスではなく、ただの性欲処理だと昴は思った。

彼が言うには、最近はマンネリだったらしい。

中々刺激的だったと、彼は笑っていた。

それから度々、昴は琉華とのセックスを見せつけられた。

もし断って他の人間が呼ばれるくらいなら、自分が遊びに付き合って黙っていればいい。

そんな歪んだ関係になった昴たちは、どんな因果か揃ってこの学園に通うことになった。

昴がこうして琉華を抱いていても、見せつけられた光景が頭の隅をかすめている。

だが今はもう、彼女はずっと自分の物になったのだ。

「ルゥちゃん。また中に挿れて、中で出すからね」

膝立ちになってがっしりと腰を掴み、反り返ったペニスが尻の谷間に乗せる。

「ルゥちゃんも学園に来るまで、アイツに中で出されたことはなかったんでしょう？」

シーツに顔を乗せたまま頷く琉華を、後背位で貫く。

ビクッと震えた腰を抱え直し、悠々と腰を打ち付けていった。

「ルゥちゃんのココすっごい気持ちいい。こんなの我慢できないよ」

「…あっ、んっ…あっ、んっ…」

「ねぇ、僕のおチ〇チンの方が長いんでしょ？　今まで届かなかった所までいっぱい掻き回してあげるから」

勢いに任せたパンパンパンという激しいスパンキングに、琉華の頭がイヤイヤと振られる。

行為自体を嫌がっているのではない。

昴の支配下になっている身体が、マスターとしての精気に強く反応していたのだ。

肉の快楽だけではない、精液を受け入れる度に子宮の奥が熱く疼いていた。

それを昴に知られるのが、とても恥ずかしかった。

ビクッと琉華の腰が跳ね、シーツに広がる黒髪が泳いだ。

ご主人様がイケば、自分もイク。

そういう立場になってしまったと、琉華は尻を突かれながら理解させられていた。

「んんうっ！」

合図もなく決壊した射精がドキュっと暴発し、背筋を駆け上がったオルガズムが脳裏で弾けた。

指を食い込ませる昴の手が尻をホールドし、彼だけに許された種付け場所へと精子を注ぎ続ける。

昴から注ぎ込まれる精液を、子宮が悦んで吸引している気がした。

少なくとも嫌悪感はない。

あるべき場所へと戻ってこられた、そんな気がしていた。

それを今、昴に伝えることはできない。

何故なら、今の自分と昴の立場は、従者と主人なのだから。

「……は、あ」

ガクリと腰を落とした昴のペニスには、桃尻の真ん中から伸びている粘ついた糸が繋がっていた。

手を伸ばして、何度触っても飽きない尻の感触を堪能する。

「ルゥちゃん。少し休んでから続きをしよう？」

「はい。マスター」

「それは違うって言ったでしょ？　琉華ちゃん」

「……うん。昴ちゃん」

薄蓬けていた琉華の瞳が瞬き、頷いてから昴の股間へと顔を寄せていった。

彼がキレたのは事件から三日経った放課後だった。

一年丑組の教室は、彼の剣幕ざわついている。

「一体どういうことだってばよ！」

握り締めた拳を壁に叩き付けた彼、京助《きょうすけ》が背中を震わせる。

癇癪を隠そうともしないクラスメートに、巻き込まれては堪らないと誰も話しかけようとはしない。

『失踪者《ロストマン》』

それは、いなくなった生徒に対する呼称だ。

その言葉自体が学園の生徒には、一種のタブーとされていた。

学園からの逃亡、矯正施設への監禁、帰還不能となりダンジョンに取り残される。

他にも様々な噂が囁かれていた。

実際には、それら全部を含めて学園から消えた生徒が『失踪者《ロストマン》』と呼ばれていた。

今回一年丑組からロストマンに指定されたのは琉華だ。

理由は『ダンジョンからの未帰還』になる。

事情聴取をされた昴たちパーティメンバーには、箝口令が言い渡されていた。

「どうして、琉華が……」

所在不明になってから三日目。

担任教師から告げられた言葉は、納得できるようなものではなかった。

同じパーティメンバーだった生徒も、どうして彼女が、という気持ちしかない。

「京ちゃん……」

胸の前で手を組み合わせた亜弥《あや》は泣きそうな顔をしていた。

フワフワとした印象の、クラスでも笑顔を絶やさないムードメーカーの彼女も落ち込んでいた。

「なんでこんなことに……。辛いよね、京助くん。ゴメン、どう言っていいのか分からない」

普段は凛々しく男勝りな巴《ともえ》も悲痛な表情を浮かべていた。

誰が相手でもズバズバと物を言う彼女にとっても、パートナーを失ったばかりのパーティリーダーにかける言葉は見つからないらしい。

かわいそう大変だったね、そう繰り返される慰めの言葉が向けられる相手は京助だ。

ロストした琉華ではなく、悲しむ京助に対して心を痛めている。

湿っぽいお通夜のような空気の教室で、昴は一人白けた気持ちになっていた。

これではまるで、安っぽいテレビドラマのようだ。

カワイソウカワイソウと呟きながら京助のベッドに入り込み、琉華に遠慮することなくセックスで慰めようとするのだろう。

幼馴染みの京助は、昔から女の子にモテた。

自分とはルックス以前に、性格や行動力が違うと昴も分かっている。

地元から追い出されるように、この狂った学園に来てからも変わらない。

いや、おかしな学園生活だからこそ、リーダーマンシップを発揮する京助に惹き付けられているようだった。

やはり友達として、幼馴染みとして、決して悪い奴ではないのだ。

だから、琉華を早々にパートナーとして登録したことにも納得して、諦めていた。

「……噂に聞いたことはあったけどな。ダンジョンから戻れない奴が、たまに出るって」

昴にもパーティメンバー以外で、教室で雑談する相手くらいはいた。

「僕も寮で聞いたよ。学校の七不思議みたいな怪談だと思ってた」

古くから受け継がれてきたいろいろな噂が混じり合い、新しくできたり消えたりするのでどれが正しいのかは分からない。

例えば、空に浮かんでいるという『天空校舎への階段』、様々な人体実験が行われていたという『旧陸軍研究所への扉』、夜な夜な首無し武者が出没するという『校庭の哭き首塚』、見えると遠からず死ぬという『女子寮の座敷童』、そしてダンジョンに入ったきり出てこられなくなる『羅城門の神隠し』。

他にもいろいろな噂が混じり合い、学園七不思議として語られている。

昴も良くある噂話としてしか考えていなかった。

だが、実際に同じパーティでダンジョンにダイブし、一人だけ羅城門に戻れなかった生徒は確かにいたのだ。

京助をリーダーにした自分たちのパーティで、琉華だけが消えてしまった。

ダンジョンで死んでも復活できるはずの羅城門で、琉華の姿だけがなかった。

声を大きくして教師に訴えた京助たちだが、特に騒ぎにすらならず、逆に騒ぎにしないように言い含められて待った結果が『失踪者《ロストマン》』宣言だ。

「俺も寮の先輩から聞いたんだけど、毎年何人かはいつの間にか学校から消えていなくなるらしい」

「そうなんだ？」

「先生たちも分かってて黙ってるって話。……って、なんの慰めにもならねぇな。悪い」

白けた表情の昴は、精神的にショックを受けて呆けているようにも見えた。

同情するような視線を向けたクラスメートが溜息を吐く。

京助、琉華、昴の仲良しグループ中心に、亜弥に巴と順調に仲間を増やしながらダンジョンを攻略していたパーティは、丑組でもトップ戦力だった。

幼馴染みの彼女がいて、更にクラスメートの女子が寄ってくる京助には男子の風当たりも強かった。

端から見ればオマケの当て馬だった昴には、逆に同情の眼差しが向けられていた。

取得したクラスも、京助が『戦士《ファイター》』系第一段階レアの『拳士《パンチャー》』という花形戦闘クラスであるのに比べ、昴は人気のない『文官《オフィサー》』だ。

今も女子がチヤホヤと慰めているのは京助だけで、同じ幼馴染みの昴はガン無視されていた。

彼女たちから宥められた京助は、体調不良という名目で早退することになった。

教室は腫れ物がいなくなってホッとした空気が流れる。

一緒に早退することになった亜弥と巴に、昴はどこまでも乾いた視線を向けていた。


――穿界迷宮『ＹＧＧＤＲＡＳＩＬＬ』、接続枝界『黄泉比良坂』――

――第『弐』階層、『既知』領域――

名称、『赤城《あかぎ》　琉華《るか》』
種族、人間
属性、無
階位、１０＋２
能力、『抽象化《アブストラクション》』『盗賊《シーフ》』
存在強度、☆☆
「豊葦原学園壱年丑組女子生徒」

「あっ、ひっ、あっ、あっ……」

ダンジョンの壁に手を突いた琉華は、背後からスカートの中に差し込まれた手で臀部を押さえられていた。

捲れたスカートから覗いている尻は、しっとり艶やかだ。

ショーツは脱がされたままカードに戻されていたので、最初から穿いていなかった。

突き出されている尻の後ろに立った昴が腰を振っている。

「あっ」

パンっと琉華の尻が良い音を響かせる。

「あっ、あっ」

パンパンっと昴の腰が打ちつけられ、琉華の尻肉が弾んだ。

段々スムーズになっていく昴の腰振りに、琉華の胸元から零れている乳房が上下に揺れ始める。

「琉華、ルゥちゃんっ」

「あっ、はぁ」

大きく打ちつけられた昴の肉棒から、最初の精液が注入された。

ダンジョンダイブ直後に『具象化《リアライズ》』された琉華は、真っ先に溜まった性欲の解消に使われていた。

地上とは違い、ダンジョンの中では時間制限がない。

焦る必要はないはずなのだが、琉華の尻を抱え込んだ昴は腰を振り続けていた。

射精されながら膣をクチュクチュとピストンされる琉華は、歯を食い縛って昴に尻を差し出している。

腰の動きは射精の脈動と一致し、琉華の最奥で膣肉に捲られながら精液が放たれていた。

膝をガクガクとさせている昴は、大きな吐息を漏らしていた。

一度知ってしまった琉華との交わりは、昴にとって禁断の果実だった。

手を伸ばすことを止めることができなかった。

だが、ダンジョンの外で琉華を『具象化《リアライズ》』するには、触媒としてモンスタークリスタルが必要だった。

昴がソレに気づいたのは偶然だ。

琉華が失踪したショックでパニックを起こしていたメンバーは、購買部でのクリスタル買取など頭から抜け落ちていた。

ダンジョンの中で琉華が死に戻りした後、昴だけが気づき、回収していた一枚のカード。

そのままポケットに入れていたカードと、適当に回収して同じポケットに入れていたモンスタークリスタルが、昴の『具象化《リアライズ》』に反応したのは偶然だ。

ダンジョンに満ちているスキルの源。

モンスタークリスタルは、その『瘴気』と呼ばれるエネルギーが凝縮して結晶化したものだ。

結晶を触媒にすれば、一般生徒もダンジョンの外でスキルを発動することが可能だ。

ただし、その事実は学園側で秘匿情報とされている。

気づいている生徒も沈黙を守らざるを得なかった。

そもそもダンジョンの外では、モンスタークリスタルがあっと言う間に劣化していく。

ゴブリン程度のクリスタルでは一日と保たずに消滅する。

「ルゥちゃん、ゴメン、とまんない」

「いいよ、すばる、もっと、きてぇ」

腰を振って尻を責める昴の方が、泣きそうな声になっていた。

琉華は自分から動きを合わせてサポートする。

ダンジョンの中で死亡した時、琉華という存在は『カード』という概念に還元されていた。

極めて低確率で発生する現象は、モンスターのカード化と同じだ。

モンスターカードと同様に、『人間カード：琉華』も文官《オフィサー》のスキルで使役が可能だ。

『具象化《リアライズ》』に関する制約や条件も、モンスターのカードと同じだった。

昴は学園にとって、琉華のカードがどれだけ禁忌に該当するのか、今までの対応を見て悟っていた。

学園側に知られたら最後、二度と琉華とは会えなくなる、それだけは確かだった。

「あ、うっ……いくっ」

「あっあっ……はぁッ！」

ビュッビュと再び琉華の中に射精する昴は、天井を見上げて呻き声をあげた。

琉華を具現化するには、ダンジョンに入るか、モンスターを倒してクリスタルを手に入れる必要があった。

そして、琉華をカードから救い出す手段があるとすれば、ダンジョンにしかあり得ない。

誰にも、琉華にも相談はできない。

それでも昴は、例え自分一人でもダンジョンを攻略して、琉華を救い出すと決心していた。

しゃがみ込んでいる琉華は、スカートから尻を丸出しにして荒い吐息を漏らしていた。

マスター《マスター》である昴から注入される精液は、隷属状態よりも強烈な快感を琉華に与えている。

文官と従僕《スレイブ》の関係は、互いの信頼や感情が重要だった。

信頼し愛情が深いほど、スキルの負担は少なく、効果も最大限に発揮される。

潤んだ瞳の琉華が昴を見上げる。

昴の決心は、言葉に出さずとも琉華に伝わっていた。

そして京助には今更ながら失望し、心底愛想が尽きていた。

『抽象化《アブストラクション》』でカード化している間は、ほとんど琉華に意識はない。

ぼんやりと夢の中を漂っている感覚だ。

だが、クリスタルの残滓が残った昴のポケットの中で、彼女は教室でのやり取りを知覚していた。

「ええっと、ルゥちゃん……」

「昴……の、エッチ」

琉華の尻を見詰めていた昴の股間は、また勢いよくそそり立っていた。

赤面して顔を逸らしている昴に、頬笑んだ琉華が抱きついていた。

《つづく》

あとがき

この度、当作も三巻目を出させていただくことが叶いました。

お手にとってご覧になられている皆様に感謝いたします。

また、発刊でお世話になりました一二三書房の担当者様方、イラストレーターのアジシオ様、本作を応援して下さる読者の皆々様にお礼を申し上げます。

今回も短いご挨拶になりますが、作品に作者のエゴっていらないよね、というタイプなのでご容赦くださ い。


この本を手にしている貴方へ。

ただ、物語の世界を楽しんで頂ければ幸いです。

竜庭ケンジ

学園イベント紹介

・倶楽部活動について

学級、学年という枠を越えてダンジョンを攻略するため、学園が用意したシステムのひとつ。

パーティが集団ならば、倶楽部は組織という意味合いが強い。

様々な倶楽部特典が用意されており、生徒のほとんどは倶楽部に所属している。

なお、倶楽部の兼任は不可。

倶楽部にはランクが設定されており、高ランク倶楽部ほど特典が大きい。

Sランク四枠、Aランク一二枠、Bランク四八枠、C及びFランクは無制限、上位の枠は決まっている。

倶楽部のランクは、年三回開かれる倶楽部対抗戦で決められる。

倶楽部の設立は、一〇名以上の部員予定者を確保して学園へ申請しなければならない。

・部室について

『S及びAランク倶楽部』

独立した最新設備の建物となっている。

ミーティング室、仮眠室、娯楽室、ロッカールーム、トレーニングルーム、シャワールーム、サウナなどが完備されている。

『Bランク倶楽部』

倶楽部棟に大部屋が確保されている。

ミーティング室、休憩室、ロッカールームなどが提供される。

『Cランク倶楽部』

プレハブ造りの倶楽部棟を使用できる。

基本的にはミーティング室兼用のロッカールームがあるのみ。

『Fランク倶楽部』

空きがあった場合はプレハブの倶楽部棟を利用できる。

部室の確保は先着順で、勝手に改造したりすると怒られる。

・倶楽部対抗戦について

倶楽部のランクを決定するイベント。

娯楽に乏しい学園生活において、最大級のお祭り騒ぎイベントになる。

予選と本戦で分かれており、予選を突破した時点でCランクが確定される。

予選のルールは毎回異なっており、ルール次第で下馬評がひっくり返ったりもする。

本戦は勝ち抜きトーナメント方式となり、会場は『闘技場（コロッセウム）』が使用される。

・学園生活について

『学生通り』

学園正門から中野駅までのストリートに隣接した商店街。

コンビニから家電雑貨に百円ショップなど、学園生活に必要なアイテムが揃っている。

円は使用できず、使用可能なのは銭のみ。

日常雑貨などの品揃えに不足はないが、映画館やゲームセンターなどの娯楽施設は存在しない。

また、各店舗のスタッフは全て学園関係者、即ち学園の卒業生となっている。


『学生食堂』

生徒数に相応しい規模のマンモス食堂。

一般生徒がよく利用するのは、フードコートスタイルの大ホール。

他にも上級生用の高額フロアや、弁当販売などのテイクアウトが準備されている。

以前はバイキング形式のコーナーもあったが、とある生徒が常連になったので閉鎖された。

豊富なメニューは和食、洋食、中華に留まらない万国仕様。

営業時間は年中無休だが、早朝深夜は一部のみ。

また、夜間限定の裏メニューが存在している。


『学生手帳』

生徒全員に配られ、常時携帯が義務づけられている電子手帳。

割と頑丈だが、高価なので壊すと怒られる。

秘密の研究所で解析された遺失術法《ロストマギアロジー》が搭載されている。

モンスターのキルカウント及び羅城門の転移記録からモンスターレベルを換算してレベルを、聖堂のクラスチェンジを感知してクラスを表示させる。

生徒にとっては、自分の力を示すステータスになっている。

が、誤差の大きさには定評がある。

写真と動画撮影モードが搭載されており、生徒からはエロ目的で愛用されている。

USB端子があり、パソコンから充電とデータ転送が可能。


『学生決闘《メンズーア》』

学園で公式に認められている決闘権。

在学生全てが等しく有した自力救済《フェーデ》の権利を指す。

決闘においては如何なる身分や立場もこれに影響されることはない。

決闘権は在学生全てが等しく有した権利であり、同時に決闘を拒否する権利も有している。

決闘のルールは、挑戦を受けた側が決定し、挑戦者はルールに異議を挟むことはできず、またルールにより決闘を拒否すれば敗北となる。

基本的に、下の立場の者からの挑戦は拒否できない。

自分の正当性、名誉、権利を実力で勝ち取るためのシステム。


『決闘委員会』

主に上級生で構成された『決闘委員会』が運営している。

決闘委員は校内で正体を明かしてはならない伝統があり、委員同士も誰が決闘委員なのか把握していない。

決闘委員として活動する時は、白い頭巾を被って正体を隠す。

彼らは点数稼ぎにとても張り切っており、校内で決闘騒ぎがあるとどこからともなく湧き出してくる。

決闘委員会には『典範書』があり、過去の範例を元に公平を心掛けている謎のジェントルマンたちなのだ。

地上でもスキルが使用可能になる『簡易決闘結界』は、彼らの秘伝である。

また、教室棟の屋上や武道館に設置されている『決闘場』の管理も彼らの仕事である。

『失踪生徒《ロストマン》』

学園在籍の生徒が失踪した場合に認定される。

一度認定されてしまえば、原因を追求することも許されていない。

学園の書類上でも、最初から居なかったことにされてしまう。

原因は幾つか確認されており、羅城門のアンデッドシステムのバグ、レイド領域での同化侵食、ダンジョン内での死亡時に○・○二%の確率で発生する抽象化現象《アブストラクション》などが知られている。

失踪者の割合は、一年でクラスから一人の姿が消える程度。

「悪魔の応援キャンペーン！　ご当選、おめでとーございまーす！」。木島文雄の部屋にある日突然、自分を悪魔だと名乗るボンデージ姿の幼げな女の子が現れた。彼女は自分を魔界のキャンペーンガールと名乗り、文雄には類まれなる悪の才能があるとして、『何もないところに部屋を作り出す能力』を与える。最初はその部屋を悪用することなく、物を運んだりとそれなりに便利に使っていた文雄だったが、ある事件をきっかけに、自分を酷い目に遭わせた連中に復讐を決意する。「後悔させてやる！！」。彼は『能力』で部屋を作り出し、監禁と洗脳による復讐を開始する……。

｜サイズ：四六判｜価格：本体1,300円＋税｜

冒険者であるジーノは、その慎重な性格のおかげで 15 歳で田舎を飛び出してから 20 年以上、冒険者として生き存えていた。既にベテランの域に達していたジーノは、それなりの地位と財産を得てはいたが、自分の面構えが女性から快く思われてないとわかっていたため、結婚して家庭を築くという冒険者引退の機会を諦め、今まで貯めた財産で性奴隷を購入することにした。ジーノは、明日をも知れぬ冒険者稼業を続けることを選んだのだったのだが、性奴隷が家にきてから、ジーノの生活が少しずつ変わり始めていた…。中年冒険者のちょっと変わったラブストーリー、始まる。

| サイズ：四六判 | 価格：本体1,300円＋税 |

オルギスノベル
ORGISNOVEL

ハイスクールハックアンドスラッシュ❸

2021年2月25日 初版第一刷発行

著 者 竜庭ケンジ

発行人 長谷川 洋

編集・制作 一二三書房 編集部

発行・発売 株式会社一二三書房
〒101-0003 東京都千代田区一ツ橋2-4-3 光文恒産ビル
03-3265-1881

印刷所 中央精版印刷株式会社

作品の感想、ファンレターをお待ちしております。

〒102-0072 東京都千代田区飯田橋 2-14-2 雄邦ビル
株式会社一二三書房

竜庭ケンジ 先生／アジシオ 先生

ISBN 978-4-89199-672-7